Électrons glamour et jupons libres

Tome 3

Chaos mondial

François Daguisé

Chaos mondial

« Chaos mondial » est la suite de « Le temps d'un espace ».

« Chaos mondial » est la suite de « Le temps d'un espace ».

1 – Le carnet de Fao

Monseigneur Maxime Lagrange, ecclésiastique facétieux, profil rare au Saint Siège, remplissait néanmoins son office avec une diligence de bénédictin. Comme il s'était engagé à le faire et avec une régularité hebdomadaire sacerdotale, il relevait la plaque de réception du *transit temporis* située dans une cave de la basilique Saint Pierre. Un beau jour, il découvrit le carnet de Fao, qui contenait des notes mathématiques, des recommandations, diverses instructions et un délicieux message à l'attention de son père, Chi Xao Tan. Il venait de l'année 2512. Maxime connaissait l'importance de ce carnet tant attendu par le savant et surtout, l'impossibilité d'une réexpédition au cas où, par malheur, il aurait été perdu. Par précaution, il en fit donc une copie complète à des fins de sauvegarde, avant de l'expédier à Amsterdam, au siège de la Globexum. Quelques jours plus tard, dès qu'il reçut l'accusé de réception de son envoi, il procéda scrupuleusement à la destruction de sa copie et se recueillit en une pénétrante méditation, faute de prière, mais pas en latin, qu'il abhorrait. Il pressentait que ce carnet allait être la source d'un bouleversement mondial et à vrai dire, il était bien plus attiré par cette histoire réelle et concrète du monde que par les atermoiements, lassants à force de répétition, que l'on propageait dans les lieux saints. Le Prélat était très dubitatif quant à l'existence de Dieu.

C'est ainsi qu'un petit colis arriva un beau matin dans les mains de Chi. Ayant lu l'étiquette indiquant sa provenance, ses mains s'étaient mises à trembler légèrement.

Quand le rassurant billet de cinquante euros lui était parvenu quelques semaines plus tôt, attestant du bon déroulement du voyage extraordinaire de sa fille et de Marc Leterrier, Chi Xao Tan avait compris qu'il pouvait regagner Amsterdam. La

Globexum lui avait offert un refuge dans un des confortables appartements de transit dont elle disposait et il était resté là, dans l'attente des nouvelles de sa fille. Ignorant encore qu'elle comptait ne pas revenir, il se doutait néanmoins que son « séjour » allait durer quelque temps, d'autant qu'apparemment, le colis était arrivé seul sur la plateforme du *transit temporis* du Saint Siège. Comme tout savant qui n'a pas encore effectué sa percée, il ignorait aussi la dimension de son génie, qui ne serait reconnu que plus tard, c'est ce qu'elle lui révélait dans le message accompagnant son carnet.

Réfugié dans son appartement, sous l'emprise d'une profonde émotion, il lut tout d'abord la lettre de sa fille. Il était comblé de se voir enfin appelé « Papa » par celle qu'il avait le plus aimé de toute sa vie, sans pouvoir partager ce bonheur avec quiconque, cloîtré dans les sinistres locaux sans fenêtre de l'IMB de Pékin[1] et l'idée d'être grand-père dans plusieurs siècles l'amusa énormément. Au bout de plusieurs relectures, il avait encore beaucoup de mal à s'imaginer plus grand qu'Einstein, figure totémique à ses yeux. Mais puisque sa fille le lui affirmait, 500 ans plus tard, cela était sûrement fondé. Puis il ouvrit le carnet et se plongea dans l'étude des notes scientifiques dont il était abondamment rempli. Il ne lui fallut pas moins de deux heures pour en venir à bout. Tout ce qu'il lisait n'était pas limpide pour Chi. Ces transcriptions mathématiques de haute volée, posaient des équations que personne n'avait jamais vues. Car Chi Xao Tan était un physicien avant tout, habitué aux sciences dures et moins à l'aise avec une telle abstraction dont il ne parvenait pas à imaginer une réalité palpable, sauf à fournir de gros efforts

---

[1] « Institute Master of Beijing », organe au sein de l'université scientifique chinoise, contrôlé directement par le PCC et dédié à la recherche scientifique.

d'imagination. Bien sûr, certains termes ne lui étaient pas inconnus, mais cela faisait fort longtemps qu'il n'avait plus pratiqué cette discipline. Il devinait toutefois que ces notes constituaient une avancée considérable, à même peut-être d'aboutir à un résultat positif et remarqua que le carnet comportait deux parties, l'une consacrée au translaser proprement dit et l'autre intitulée « Condensation de l'énergie solaire ».

Depuis qu'il avait quitté la Chine, Chi Xao Tan avait beaucoup changé. Il n'était plus l'obscur scientifique, résigné à son triste sort et enfermé dans les murs lugubres et glauques de l'IMB. Son détour par la France, puis son installation à Amsterdam, lui avaient permis de se familiariser à nouveau avec le français et l'anglais, ce qui lui permettait de converser avec ses collègues de la Globexum. Il avait aussi troqué sa tunique sans fantaisie pour adopter des tenues plus occidentales, même si ce renouveau ne l'avait pas conduit au-delà d'un style assez classique ; il était tout de même d'un âge où la sobriété l'emportait sur la fantaisie. Sous des apparences restées simples, Chi était malgré tout beaucoup plus heureux qu'autrefois. Confiant dans le travail que sa fille accomplissait, il jouissait non seulement d'une grande liberté, mais aussi d'une reconnaissance et d'un respect, auxquels les austères pratiques chinoises ne l'avaient pas habitué. Parmi ses vindicatifs concitoyens, son ancien référent Tsao, occis depuis sur une décision vengeresse et sans appel de Madame Carla, avait été le plus détestable.

Il sortit de chez lui, le carnet en poche et se dirigea vers le quatrième étage, en vue de le confier à Mathias Kroble, le patron de la R&D. C'est Chu Dua, l'assistante de Mathias, qui l'accueillit.

— Bonjour Professeur, quel bon vent vous amène ?, lui dit-elle aimablement.

— Bonjour Chu. Oui c'est un bon vent, vous ne croyez pas si bien dire. Mathias est-il là ?

— Il est en rendez-vous à l'extérieur mais peut-être pourrais-je lui transmettre un message ?

— Euh… Eh bien oui, je peux effectivement vous confier un message, mais à une condition impérative, que vous en fassiez une copie immédiatement. Est-ce possible ?

Il lui montra le carnet de Fao.

— Certainement et cela ne me prendra que quelques minutes.

— Voici et prenez-en le plus grand soin, c'est le carnet de notes de ma fille, il contient peut-être toutes les données qui nous manquent pour mettre au point notre translaser, répondit Chi en lui tendant le précieux objet.

— Formidable !, s'exclama Chu. Elle ouvrit le carnet et le referma presqu'aussitôt : il n'y a que Mathias pour comprendre quelque chose là-dedans, lança-t-elle à Chi avec un sourire désolé.

— Je l'espère de tout cœur. Dites-lui de me faire signe lorsqu'il en aura pris connaissance, pour que nous en parlions ensemble.

— Je peux même vous le scanner pour en avoir un exemplaire numérique, si vous le souhaitez.

— Oui, c'est cela, un scan sera parfait. Merci Chu.

Puis Chi quitta le bureau de la R&D et rentra chez lui, tout empreint d'une grande joie intérieure.

Quelques heures après, Mathias était revenu et avait lu le carnet. Isolé dans son austère bureau, toujours dénué de touches personnelles, cela ne lui avait pas pris moins de temps que Chi. Il pensait fébrilement avoir trouvé ce qu'il cherchait depuis des mois et convint donc d'un rendez-vous avec le Professeur pour mettre en commun ces nouvelles données avec celles dont le savant disposait déjà.

Lorsqu'ils furent ensemble, Chi expliqua qu'il n'avait pas pu tout saisir de ces notes.

— Ne vous inquiétez pas Chi. Les modèles exposés par votre fille me paraissent très convaincants. Nous avons de la chance que votre fille soit si intelligente, car elle a visiblement dû s'adapter à une évolution considérable de nos connaissances en mathématiques. Dieu merci, elle n'a pas perdu le langage technique de notre époque, grâce auquel nous pouvons comprendre ce qu'elle nous écrit. En fait, elle distingue deux phases majeures dans la mise au point du translaser : son équipement intrinsèque d'un côté et la source d'énergie à utiliser de l'autre. Le premier volet permet au translaser de fonctionner, le second lui fournit l'énergie dont il a besoin, car vous vous rappelez sans doute, que cette machine est une grosse consommatrice d'énergie, n'est-ce pas ?

— En effet, cela ne m'a pas échappé, confirma Chi.

Mathias reprit :

— Elle a réussi à combiner tous les facteurs de la machine en un ensemble cohérent qui décrit leurs interactions. Tous les appareils que nous avons à manipuler pour parvenir à transporter un objet, doivent être paramétrés en fonction de la masse de l'objet d'une part et de la distance du voyage d'autre part. Ainsi, que ce soit pour le tube laser ou le canon à électrons tant dans sa longueur que dans sa puissance, nous savons maintenant quels réglages exacts leur apporter. Nous n'avons même plus besoin des filtres en plomb ni de la batterie de microprocesseurs pour calibrer les surions. Je pense que l'on peut affirmer que votre fille nous a fourni la clé ultime du développement du translaser ! La grande trouvaille de Fao figure dans la deuxième partie. C'est l'exploitation de l'énergie solaire. Les condensateurs photovoltaïques qu'elle décrit n'existent pas actuellement car le principe actif qu'elle mentionne, n'a pas encore été découvert. Elle part de votre invention des surions pour faire dériver le phosphore en un isotope, c'est ce que permettent les surions lorsqu'ils sont bombardés sur le phosphore. Cet isotope est ensuite encapsulé dans des contenants lambda, qui vont constituer des condensateurs d'une puissance énorme.

— C'est pourquoi le *transit temporis* a besoin de plusieurs heures de préparation avant de pouvoir effectuer son transfert en quelques secondes, releva Chi.

— Exactement. Mais ce point constitue tout de même une assez notable différence avec notre translaser. Le temps d'accumulation en énergie est plus court que pour le *transit temporis*, qui ne dispose pas, lui, de ces condensateurs. Regardez… Elle en parle ici, fit Mathias en pointant son index sur un paragraphe du carnet.

— Effectivement, j'avais repéré cette précision. Pensez-vous que ces condensateurs soient un moyen de stocker de l'énergie électrique ?

— En théorie oui, mais en pratique, Fao nous explique que le dérivé du phosphore a le défaut de se décharger dès qu'on cesse l'apport de lumière, cela produit une chaleur si forte qu'il nous faut alors mettre à la terre la puissance emmagasinée, faute de dégrader irrémédiablement les condensateurs. Pour compenser ce phénomène, il nous faudrait des masses énormes d'hydrogène à la température absolue du zéro degré Kelvin, ce qui est économiquement très pénalisant. Mais surtout, il faudrait pouvoir doter le phosphore d'un additif qui n'existe pas sur terre. Il nous faut donc pour l'instant oublier cette possibilité. Quoiqu'il en soit, rien de tout cela ne serait possible sans vos surions, vous allez devenir le savant le plus célèbre du monde Chi !

— Je comprends mieux à présent la remarque de Fao à ce sujet, répondit Chi ravi.

Plus célèbre qu'Einstein ? Est-ce vraiment possible ?

— Cette découverte est capitale car non seulement elle rend le translaser autonome mais de surcroît nous pouvons l'utiliser de n'importe quel endroit de la terre, y compris sur l'eau.

— Oui mais seulement de jour, précisa le Professeur.

— En effet, sauf à se rabattre sur l'énergie électrique traditionnelle ce qui pose là encore la question du coût… Que diriez-vous de faire part de tout cela à notre Présidente ?

— Volontiers !

Ils se rendirent dans le bureau de Katia van Oberhaus qu'ils trouvèrent plongée dans une étude approfondie de rapports confidentiels.

Elle était enceinte de quelques semaines, mais l'on n'y voyait rien. C'est après le départ de Marc et de Fao qu'elle avait pris sa décision. Cette coïncidence ne devait pourtant tromper personne. Il y avait certes une très grande complicité entre Marc et elle, et comment aurait-il pu en être autrement, avec tout ce qu'ils avaient eu à affronter, mais le temps pour eux les avait doucement menés dans le jardin de l'amitié, les préservant de la forêt touffue de la passion.

Quelle était la si belle expression que Marc avait employée à ce sujet ? Je ne m'en souviens plus mais c'était pourtant magnifique, surtout après la leçon de catch qu'il avait infligée à ce guignol de la Moulière...

C'est lors d'un break, dans une de ses îles de prédilection, quelques jours après le départ des grands voyageurs, qu'elle avait pris conscience que c'était maintenant ou jamais pour elle, d'assurer sa descendance. Son choix du géniteur s'était assez naturellement porté sur Gurt Vindle avec qui elle avait des relations fantasques depuis fort longtemps et dans lesquelles aucune faille de confiance n'avait jamais pu se glisser. Elle s'était cependant posée plusieurs jours la question de savoir si elle recourrait à un accouplement physique traditionnel et de circonstance ou si elle passerait par la case paillasse et éprouvettes. Sa fantaisie bien assumée des jeux érotiques dans lesquels il y avait tout sauf une pénétration, lui trottait toujours en tête. Mais, songeant au fruit qui allait en résulter, elle s'était sagement rangée en faveur de la solution la plus simple, par respect cérémonial, écartant l'intervention des biologistes et de leurs frigos aseptisés. Bien entendu, elle n'avait pas omis d'élaborer un scénario très adapté, troquant la provocante tenue de cuir pour celle plus sage de la nurse avec tablier et coiffe. Le sémillant Gurt n'avait pas moufté sur le choix des accessoires, bien trop content qu'il était, de pouvoir enfin posséder cette déflagrante Katia, qui lui avait toujours refusé l'accès à la source la plus délicieuse de sa féminité. Il avait été convenu entre eux, que la paternité de l'enfant ne serait pas officiellement déclarée mais qu'en revanche, le petit de leurs œuvres, serait informé en temps utile et verrait son père régulièrement, mais discrètement.

Relevant la tête et voyant ses hôtes, elle se leva et alla les saluer. Elle était vêtue comme souvent, d'une manière des plus simples mais qui la hissait au sommet de l'élégance. Pantalon écru évasé en bas et serré à la taille sur un chemisier assorti. Si l'on ne voyait pas encore le renflement maternel de son ventre, un observateur la connaissant ne pouvait manquer de noter l'augmentation du volume de ses seins, qui pointaient comme des obus sous le tissu clair. Son visage était lumineux, peut-être plus encore qu'à l'accoutumée et ses cheveux blancs, un peu plus longs que d'ordinaire. Qu'on s'appelle Katia van Oberhaus ou Marie-Chantal, le déclenchement d'une gestation produit toujours des changements chez les femmes.

Ses visiteurs lui rendirent son salut. Mathias avait réussi l'exploit de laisser définitivement de côté le « Madame la Présidente » pour un moins solennel Katia, ce qu'elle lui avait expressément demandé, pour ne pas dire « exigé ».

Elle les fit asseoir devant son bureau, rejoignit son fauteuil et Mathias et Chi lui expliquèrent le magistral contenu du carnet de Fao.

— J'en conclus que le dénouement est proche, fit Katia.

— En effet. L'équipement dont nous disposons déjà, ne requiert pas une grande transformation, on devrait pouvoir aboutir dans quelques semaines, poursuivit Mathias. Il nous faut essentiellement concevoir un logiciel de pilotage de l'ensemble, de manière à ce que la corrélation des paramètres que Fao a mise au point, puisse s'effectuer automatiquement.

— Dès que nous aurons obtenus les premiers résultats concluants, je ferai une annonce au conseil d'administration et donc le classement de cette affaire passera au top 6, mais attention, tout ce qui touche au *transit temporis* et au voyage de Marc et de Fao, reste sous la plus haute confidentialité. Mathias, vous devenez chef de ce projet.

Yes !

— Quand à vous cher Professeur, la mention de votre notoriété par votre fille, trouve désormais ses fondements dès maintenant. Il faut vous attendre à être hautement sollicité dans les sphères scientifiques et dans les médias. Mais rassurez-vous, nous disposons de toutes les compétences et ressources nécessaires dans le domaine de la communication, pour que cela ne vous soit pas trop déplaisant.

— Je vous remercie de votre concours Madame van Oberhaus car non seulement, grâce à vos moyens, le translaser va trouver un débouché, mais en plus, je sais que je peux compter sur vous pour m'aider à affronter les meutes de tous poils qui vont me guetter dorénavant et auxquels je n'ai pas été habitué.

Le patron de la R&D était comblé. Il attendait ce moment depuis des années et faute d'avancées marquantes dans les données du Professeur jusqu'ici, il avait dû rester confiné dans une gestion des affaires courantes qui ne l'enthousiasmaient guère. Le classement top 6 signifiait dans la Globexum Corporation, que l'on sortait des projets confidentiels, classés de 1 à 5. À partir de ce nouveau seuil, on disposait d'un budget très large, le top 10 correspondant aux affaires courantes à budgets très serrés, en raison de leur exposition directe à la concurrence. Ce système de classement des affaires avait été inventé conjointement par Katia et Mathias. Il constituait l'ordre le plus élevé dans l'organisation de la Globexum, toutes les autres procédures en découlaient. Très peu d'entreprises avaient pu s'en inspirer, car il fallait disposer d'une palette d'affaires tellement étendue, que pour la plupart des sociétés, ce système ne se justifiait pas. Comme à son habitude, la Présidente avait jugé et décidé en un clin d'œil, il n'y avait rien à redire, pas même une question à poser, tout était impeccablement ficelé. La désignation de Mathias comme chef de projet, par exemple, indiquait que Mathias Kroble allait devoir travailler avec d'autres directions de la Globexum et que celles-ci auraient à lui rapporter non en tant que Directeur de la

R&D, mais en tant que Chef de projet.

Mathias et Chi saluèrent Katia et sortirent pour se rendre dans le vaste sous-sol de l'immeuble, transformé en centre de développement du translaser. Il était doté de tout le matériel nécessaire, depuis le microscope à balayage jusqu'à l'accélérateur de particules. Le centre était actuellement vide, Mathias allait devoir relancer les recrutements en physiciens et en informaticiens pour le faire fonctionner. Il se dirigea vers un bureau où il trouva un dossier contenant toutes les descriptions de postes et même les coordonnées d'un bon nombre de spécialistes ayant déjà travaillé dans la place, du temps où Fao s'échinait vainement à poursuivre le projet de son père. Mathias ouvrit sa messagerie informatique et lança les appels à un recrutement direct. Emporté dans sa fougue, il ne se rendit pas compte de l'erreur qu'il commettait en procédant ainsi directement, ce que le DRH ne manquerait pas de lui reprocher plus tard. Quand il eut achevé cette opération, Chi intervint :

— Comment comptez-vous organiser le travail ?

— Il faut d'abord que nous acquérions la certitude que le translaser fonctionne avec les nouvelles données de Fao. Ensuite, il faudra passer par la construction d'une batterie de condensateurs que nous installerons sur le toit de l'immeuble. Quand ces deux éléments seront maîtrisés, il faudra passer à la phase industrielle qui nécessitera l'acquisition d'un site extérieur. Bien entendu, le marketing sera associé dès maintenant à ce plan.

Il décrocha un téléphone, composa un numéro interne et demanda Angela, qu'il obtint aussitôt. Ils convinrent d'un rendez-vous immédiat et Mathias prit congé de Chi qui venait de s'absorber à nouveau dans le carnet de Fao. Grâce à l'éclairage apporté par Mathias, les notes de sa fille lui paraissaient maintenant bien plus parlantes.

Angela Konoba, la trentaine, était la Directrice du Marketing de la Globexum. D'origine noire américaine, elle venait de Los Angeles. Elle était particulièrement petite et un rien boulote, dotée d'un postérieur impressionnant. Elle bénéficiait aussi d'une coquetterie à l'œil qui la rendait délibérément craquante. Mais attention, Angela était pleine de principes, héritage d'une éducation un peu trop presbytérienne. Toujours en jeans, mariée à un pianiste classique, elle cultivait un goût marqué pour la cuisine, française en particulier. Mais ce qui la caractérisait le mieux était sa douceur et son caractère enjoué et maternel. Le cœur sur la main et le sourire aux lèvres, c'était Angela.

La direction du marketing de la Globexum s'occupait de toute la stratégie de positionnement vis-à-vis du marché, intégrant des analyses de prix, de la communication externe, des dépôts de brevets. Elle intervenait aussi dans les partenariats, jusqu'au sponsoring.

Après avoir écouté Mathias expliquant tout ce qu'il pouvait sur le translaser, Angela était stupéfaite car, jusque-là, le projet étant passé du top 5 au top 1, elle n'avait entendu parler de rien. Elle posa beaucoup de questions à Mathias pour se convaincre de ce qu'elle entendait. À la fin de l'exposé qui avait duré près d'une heure, elle retrouva ses réflexes professionnels.

— Que va-t-on pouvoir transporter avec le translaser ?

— Au niveau des volumes, c'est une pure question de capacité en condensateurs photovoltaïques et de surface de la plateforme de réception. L'investissement est donc relativement faible et on peut imaginer que le contenu d'une semi-remorque ou d'un container ne serait pas insurmontable. Tout dépendra du prix de vente que tu vas proposer à la Globexum, chère Angela.

— Cette étude va dépasser tout ce dont nous disposons en

barèmes de référence. Dans quel état doit se trouver ce que nous voudrons transporter, liquide ? Solide ? Gazeux ?

— Peu importe dès lors que la matière sera placée dans un contenant, comme c'est le cas dans les autres modes de transport.

— Des animaux vivants ? Des personnes ?

— Je pense que oui mais tu auras sûrement à nous dire ce qu'il pourrait en être au plan éthique. Car il y a une décomposition atomique totale avant reconstruction qui ne dure certes que quelques secondes, mais qui signifie un arrêt de la vie avant renaissance ou résurrection…

— Mais Mathias, c'est complètement dingue ce truc !, réagit Angela, que le mot résurrection, en rapport étroit avec son éducation, avait fait bondir.

— Je ne peux pas te dire le contraire.

— Et tu dis que nous allons passer en top 6, ce qui veut dire que n'importe qui pourra avoir accès à ce que tu viens de m'expliquer ?

— Comment veux-tu déposer des brevets si nous enfermons ce projet dans un top confidentiel ?

— Évidemment. Donc, pour nous résumer, on pourra bientôt tout transporter à la vitesse de la lumière, c'est bien ça ?

— C'est bien ça !, renvoya Mathias avec contentement.

— Alors je me lance et te tiens en courant. Salut Mathias !

— À bientôt Angela.

Le lendemain, Mathias consulta sa messagerie et constata avec satisfaction que la plupart des personnes ciblées dans son recrutement étaient disponibles à brève échéance.

C'était maintenant au tour de la Direction des ressources humaines d'être mise en orbite. Son directeur s'appelait Martin Ruttern, c'était un hollandais de Rotterdam âgé de 45 ans. C'était surtout un colosse de 1 m 95, tout en muscles. Ses tenues vestimentaires étaient assez détendues, cela correspondait bien à son caractère débonnaire, mais il était aussi très à cheval sur le protocole. Il était marié à un mannequin handicapé suite à un accident de circulation – elle était à pied quand un camion l'avait happée, lui broyant les deux jambes –. Cela faisait une dizaine d'années que cet épouvantable accident avait eu lieu et la vie avait repris presque tous ses droits pour elle et pour lui. Les orthèses dont elle était équipée étaient prodigieuses, elles lui permettaient de se mouvoir sans autre équipement de soutien. Aussi curieux que cela puisse paraître, elle exerçait toujours son métier de mannequin, car dans son malheur s'était glissée une petite chance : sa spécialité n'était pas le corps entier mais seulement le visage et les mains.

Évidemment, Martin Ruttern fut un peu froissé par l'anticipation dont avait fait preuve Mathias en s'adressant directement à des candidats, mais Mathias expliqua que c'étaient toutes des personnes ayant déjà travaillé pour lui à la Globexum et qui étaient donc déjà passées par les fourches caudines de la DRH et qu'ensuite, il avait pris soin de ne prendre aucun engagement auprès de ces candidats. Le DRH apprécia moyennement ces explications. Il repéra les fichiers des candidats sur le serveur et la liste des profils établie par Mathias.

> — C'est bon Mathias, je prends en charge ton affaire, mais pour l'amour du ciel, respecte les procédures la prochaine fois et ne t'adresse pas en direct à des candidats avant que nous ayons pu dire ouf. Tu ne sais pas ce qu'ils ont fait entretemps, peut-être ont-ils conclu des accords avec des concurrents ou commis je ne sais

quelle boulette…

— C'est vrai Martin, j'y songerai, OK, c'est promis.

Et ils se quittèrent là-dessus.

Il a raison Martin, il faut que je modère mon enthousiasme.

Ce fut ensuite vers les achats et le matériel que s'orienta Mathias. Mais comme nous étions dans une société de transport, ces deux domaines étaient regroupés dans une Direction logistique, dirigée par Peter Ranjsen, le beau gosse de la maison. C'était fou le nombre de femmes de la Globexum qui voulaient intégrer la Direction logistique, d'autant que Peter était célibataire. Paradoxalement, il était taciturne et réservé au point qu'on aurait pu le croire timide mais ce n'était pas le cas. Peter n'aimait pas parler sans réfléchir ou pour ne rien dire, c'était tout. Cela ne l'empêchait pas d'être particulièrement brillant, mais pas auprès du beau sexe.

Mathias exposa le projet du translaser en prenant toutes les précautions pour passer sous silence l'existence de Marc, de Fao et surtout du *transit temporis*. Naturellement, Peter fut estomaqué, mais il n'interrompit pas Mathias. Il lui posa quelques questions pour avoir une vue un peu plus globale : d'où vient ce projet, qui est le Professeur Chi Xao Tan, existe-t-il des projets concurrents, etc.

— À terme, nous aurons besoin d'un site industriel dont la taille va dépendre de ce que l'étude en cours au marketing va nous donner ; pour l'instant, il me faut juste de quoi fabriquer les condensateurs photovoltaïques, dont les plans sont en cours d'élaboration dans ma direction. Tu trouveras un avant-projet disponible sur le serveur.

Peter consulta le serveur et trouva les dessins de l'avant-projet.

— Ok, Mathias, c'est suffisant pour lancer une consultation.

Deux semaines plus tard, une équipe quasi complète était en place dans le sous-sol du siège de la Globexum. C'était Chi qui pilotait les opérations et il décida un premier nouvel essai en adoptant les réglages préconisés par Fao. Au point de départ, il plaça une agrafeuse, une pomme et un verre d'eau. Le laser ne portait que sur une dizaine de mètres car à ce stade, c'était suffisant pour valider le procédé. Le point d'arrivée était une petite plateforme en fer cette fois, car Fao leur avait expliqué que la meilleure conductibilité du cuivre était une précaution superflue. La plateforme n'était surélevée que de quelques centimètres au-dessus du sol. Chi donna le top du départ. Les trois objets disparurent dans la seconde qui suivit, ce qui représentait déjà un gros progrès par rapport aux expériences antérieures, mais ne surprit pas Chi qui devina que c'était là un des effets de l'optimisation des réglages et de l'absence de filtres en plomb. Au même instant les objets apparurent tout aussi soudainement sur la plateforme.

Sur la recommandation de Mathias, deux opérateurs avaient filmé l'essai, l'un du point de départ vers le point d'arrivée, l'autre dans le sens inverse.

Avant d'inspecter les objets translasérisés, Chi se renseigna auprès d'un des ingénieurs, de la consommation électrique : 454 kW ! On était bien en-deçà de la puissance de 1,6 MW, utilisée autrefois dans le centre de Jiuguan[2]. C'était sans doute dû à l'utilisation rationalisée des microprocesseurs se dit Chi. En s'approchant de la plateforme de réception, Chi ressentit une profonde joie intérieure. Les premières observations lui prouvèrent que sa fille avait vu juste et laissait augurer un bon

---

[2] Centre de recherche à 1 100 km à l'ouest de Pékin, qui était relié à l'IMB et où Chi Xao Tan avait fait ses premiers essais.

résultat. Il s'empara des objets qui n'avaient pas même subi un échauffement, la pomme paraissait intacte, l'agrafeuse fonctionnait, le verre d'eau n'avait pas d'odeur particulière. Chi goûta la pomme et but de l'eau. Tout semblait normal. Il restait à savoir si une dégradation allait se produire dans le temps comme cela avait été le cas précédemment.

Chi contrôla la radioactivité des objets et constata qu'elle était totalement nulle.

Le lendemain, sous un puissant microscope, Chi se mit à chercher des signes de dégradation moléculaire. La pomme avait séché et bruni à l'endroit où elle avait été goûtée, mais c'était naturel. Les autres objets ne présentaient aucun signe de désagrégation.

Le surlendemain et les jours suivant confirmèrent le succès complet de l'expérience.

Mathias et Katia en furent informés : le translaser était au point ! Mathias remit à Katia la clé USB sur laquelle se trouvait le film de l'essai, l'enregistrement était saisissant. Il lui précisa qu'il était confiant sur la fabrication des condensateurs. En revanche, pour ce qui était des transports sur longues distances, il allait falloir utiliser des paraboles satellitaires car le laser ne se courbait toujours pas, Fao avait même confirmé qu'en 2512 il en était, ou plutôt, il en serait, toujours de même. Mathias suggéra à la Présidente, qu'en attendant que la Globexum dispose de ses propres satellites ou que le programme Galileo[3] soit enfin opérationnel, on pourrait emprunter ceux du GPS américain.

> — Bonne idée Mathias. Je dois faire ma communication cet après-midi au conseil, j'en profiterai pour examiner ce point avec eux.

----

[3] Programme spatial européen destiné à concurrencer le GPS

Dans la grande salle de réunion sans fenêtre mais avec deux portes, Katia van Oberhaus allait de nouveau affronter son Conseil d'Administration. Ils étaient quinze et elle les avait classés en : trois « ennemis », huit « amis » (dont elle-même) et quatre « variables ». Deux des trois « ennemis » étaient deux chinois cacochymes qui représentaient l'actionnaire d'une société de transport concurrente, la CCS[4], dirigée par le redoutable Lao Diazong, nouveau milliardaire chinois aux méthodes brutales. Le troisième « ennemi » était une néerlandaise qui avait eu un parcours proche de celui de Katia, s'était retrouvée en politique comme haut fonctionnaire au ministère de l'économie et qui vouait une jalousie haineuse envers la PDG de la Globexum. Il faut dire qu'elle était nettement moins attirante, mais c'était volontaire, avec l'apparence « grande intellectuelle » qu'elle voulait se donner : vêtements ternes et sans formes, cheveux fillasses, absence de maquillage pour faire encore plus authentique et rigoureuse. Les quatre « variables » étaient des financiers dont trois étrangers, un Suédois, un Canadien et un Américain, et qui roulaient pour eux avant tout. L'un d'eux était un économiste très controversé, son manque de rigueur et son entêtement en faisaient quelqu'un de peu fiable, mais qui bénéficiait encore d'une aura médiatique inexplicable. C'était une sorte de caméléon : quand il s'apercevait qu'un de ses bouquins d'économie devenait une casserole, il se muait en un prolixe démographe, un spécialiste de la famille ou un expert en sociologie religieuse. Cela fonctionnait à merveille, au vu de ses tirages en libraire. Les autres, les « amis », étaient des cadres dirigeants d'entreprises du pétrole, du nucléaire, de l'automobile et de services publics. Tout ce petit monde avait un âge voisin de la soixantaine, sauf le représentant des actionnaires salariés de la Globexum qui n'avait que 37 ans et

---

[4] China Containers Shipping

les deux chinois, qui avaient dépassé 80 ans. La langue officielle parlée dans ces réunions était naturellement l'anglais.

Lorsque Katia entra, chacun se leva à son passage pour la saluer. Une assistante efficace avait déposé l'ordre du jour devant chacun d'eux et Katia commença par l'habituel panorama de l'état des affaires, et surtout des finances, de la Globexum. Arriva alors le point sur le translaser.

— Ce mot ne vous dit sans doute rien…

Elle jeta un œil en direction des deux chinois dont elle se souvenait qu'ils auraient dû être au courant, mais ils ne lui donnèrent aucun signe de dénégation, confirmant ainsi leur état valétudinaire mental.

— … cela désigne un nouveau moyen de transport par laser…

Quatorze paires d'yeux s'ouvrirent en grand d'un coup et fixèrent Katia avec des éclairs de stupeur tangible.

— Nous avons découvert en effet la possibilité de transporter à la vitesse de la lumière toutes sortes d'objets. Ce prodige n'est possible qu'au moyen très complexe, vous devez vous en douter, d'un accélérateur de particules couplé à un canon laser. Après plusieurs années de recherche secrètes, je suis en mesure de vous annoncer que le procédé fonctionne et qu'il offre une perspective d'exploitation proche. L'enveloppe Soleau[5] est naturellement déjà déposée dans le système de Madrid[6], aussi cette découverte peut-elle maintenant être révélée et vous en avez la primeur. Parallèlement à cette invention, une autre découverte, celle des condensateurs

---

[5] Procédure qui permet d'attester de l'antériorité d'une invention.

[6] Organisation internationale de gestion des brevets.

photovoltaïques, devrait nous permettre d'être autonomes dans le fonctionnement du translaser, qui par ailleurs est assez énergivore. Mais ces condensateurs doivent encore faire l'objet de tests en laboratoire.

— Madame van Oberhaus…

C'était le PDG de la Compagnie Hollandaise d'Électricité qui demandait la parole.

— … qu'entendez-vous par condensateurs photovoltaïques ?

— C'est un équipement qui permet d'accumuler une très grande puissance électrique à partir de l'énergie solaire et qui fonctionne avec un dérivé du phosphore.

— Cela signifie-t-il une possibilité de stockage ?

— Hélas non, une fois accumulée, l'énergie doit être consommée ou mise à la terre.

La marteau de l'angoisse fut ainsi écarté de l'enclume institutionnelle de l'énergie électrique hollandaise et le PDG aux abois put reprendre une respiration normale.

— Pourrions-nous assister à un essai ? Votre annonce est tellement déconcertante, que je pense que nous serions tous très rassurés de voir cela de nos propres yeux…

— Je vais faire mieux que cela. Mesdames et Messieurs, l'expérience dont je viens de vous parler a été filmée, je vous propose de visionner ce film.

Face à Katia van Oberhaus, à l'autre bout de la table, un écran se déroula depuis le plafond. Katia inséra sa clé USB dans l'ordinateur situé à proximité et le film put démarrer après quelques clics judicieusement distillés par les mains effilées de Madame la Présidente. Toute l'assemblée fut captivée par ce qu'elle découvrait, les images prenaient la place des mots de

Katia.

— C'est positivement renversant, fit un administrateur anglais.

— Qui est la personne de type asiatique que l'on voit sur ce film ?, demanda l'un des deux administrateurs chinois.

— C'est le Professeur Chi Xao Tan, un de vos compatriotes, mais aussi l'un des plus brillants savants au monde, répondit Katia sans ambages.

Fallait-il ou non que Chi fut présent sur le film de démonstration ? La question avait été posée avant l'enregistrement et c'est Chi lui-même qui y avait répondu affirmativement. La réponse de Katia ne semblait pas avoir ému celui qui avait posé la question, pas plus que son collègue. Ils ignoraient vraiment tout de l'histoire du Professeur et de ses démêlés avec le PCC, mais Katia était bien certaine que cette lacune allait être rapidement comblée. Pour l'instant, elle devait aborder la question des satellites.

— Comme vous le savez peut-être, une des propriétés du laser est d'être rectiligne. Autrement dit, pour aller d'un point A à un point B de la surface du globe, nous serons obligés d'avoir recours à des satellites-relais. Intrinsèquement, ces satellites ne sont pas très sophistiqués, ce sont des miroirs dotés d'un système d'orientation pour atteindre l'endroit désiré. Dans un premier temps, nous pouvons solliciter l'utilisation du système GPS américain, mais par la suite il nous faudra disposer de notre propre équipement ou bien nous en remettre à l'interminable programme européen Galileo que vous connaissez. Aussi je vous pose la question, devons-nous développer notre propre programme ? L'investissement prévisible à ce stade serait de deux milliards d'euros.

Après un débat assez court, le conseil convint de surseoir à une décision mais de lancer malgré tout l'étude du projet. Katia s'attendait à cette non-décision. Elle savait qu'il fallait attendre de pouvoir comparer le coût de ce qu'elle venait d'annoncer avec celui que les Américains proposeraient, pour la mise à disposition de leur GPS.

Quelques temps plus tard, Chi était de nouveau au pilotage pour la fabrication des condensateurs. Suivant les dosages prescrits par Fao, quelques dizaines de kilogrammes de phosphore furent « enrichis » aux surions. La suite des opérations se déroula sur le toit de l'immeuble, le phosphore était inséré dans des pots en superalliage de nickel, ce métal avait été choisi en raison de ses propriétés amagnétiques. Ces pots furent ensuite placés en batterie et le tout câblé et relié à une parabole de taille relativement modeste, destinée à capter les rayons solaires. Les commandes du système étaient téléportées dans le sous-sol.

Une fois que tout fut en place, Chi procéda au premier essai. On ferma le circuit entre la parabole et les condensateurs et on observa la puissance qui s'accumulait. Conformément aux indications transcrites dans le carnet, on obtint une puissance disponible de près d'un mégawatt au bout de trente minutes d'exposition. Chi était totalement satisfait et décida de s'en tenir là. Il ouvrit le circuit ce qui eut pour effet d'interrompre l'accumulation photoélectrique. Il observa instantanément une montée en température de la batterie des condensateurs et déclencha la mise à la terre.

Par précaution, l'équipe de Mathias avait pris soin de déporter cette prise de terre dans une carrière désaffectée et le processus comportait une progressivité d'inertage, car un mégawatt dans le sol, en un seul coup, c'était beaucoup plus que la foudre. Sans précaution, cela aurait eu des conséquences fâcheuses. Malgré ces mesures préventives, il se produisit tout de même non pas une explosion, mais un échauffement puissant allant jusqu'à faire fondre quelques kilos de roche au point d'impact. Ce phénomène n'ayant pas échappé aux techniciens en alerte, il fut alors décidé pour le futur montage du système, de renforcer la sécurité de cette séquence, au moyen d'une multiplication des points d'impact, afin d'obtenir une diffusion de la puissance à mettre à la terre.

Forte de ces succès, la direction logistique lança la construction d'un site de production de translaser et de batteries de condensateurs photovoltaïques, proche de New-Dehli en Inde. Ce choix avait été motivé, en concertation avec Katia, en raison naturellement des faibles coûts de production d'une part mais aussi de l'expérience des Indiens dans les hautes technologies et en particulier dans celles touchant le secteur spatial. Katia gardait ainsi en réserve, la possibilité de construire des satellites de relayage du laser, au cas où les Américains se montreraient rétifs.

Pour l'heure, Mathias avait rendez-vous avec Angela Konoba du marketing, elle devait lui présenter les premiers résultats de son étude.

— Hello Mathias ! Angela se leva et vint faire la bise à Mathias qui dut se pencher pour lui atteindre les joues.

Le bisoutage n'était pas fréquent à la Globexum comme dans beaucoup d'entreprises du Nord de l'Europe du reste, mais avec Angela, c'était un passage obligé et même les plus anciens de la maison avaient vite adopté cette familiarité.

— Salut Angela. Alors raconte-moi tout !

— Bon on va sérier. Côté prix de revient, les indications complémentaires que tu m'as fournies, nous placent dans des investissements relativement modestes par rapport à des bateaux ou des avions. La consommation énergétique sera proche de zéro et la masse salariale réduite à un technicien par plateforme de départ. On a jamais pu disposer d'un système de transport à si faible coût de revient. Côté prix de vente en revanche, c'est le jackpot, un camion qui roule à la vitesse de 300 000 km/s, ce n'est pas souvent qu'on a eu ça sous la main ! Donc si l'on se réfère aux barèmes, je pense qu'on peut leur appliquer un facteur dix dans un premier temps, car nous commencerons avec peu d'équipements et le but n'est pas de saturer ce mode de transport le lendemain de son lancement. Au fur et à mesure des sorties de chaîne des translasers, on pourrait réduire ce facteur, de manière à augmenter notre marché, mais je n'imagine pas que l'on descende en-dessous d'un facteur trois ou quatre.

— L'ajustement des prix en fonction du volume de notre offre est une judicieuse idée Angela.

— Je ne mérite pas ce compliment Mathias, c'est juste la base dans mon métier. Côté implantation des translasers, il me paraît incontournable de doter nos grandes plateformes logistiques actuelles, avec des équipements de grande capacité. Je pense qu'il faudrait aussi prévoir des machines plus légères implantables à la demande, puisque nous sommes autonomes en énergie. Cela permettrait par exemple des transports de médicaments, d'équipements électroniques ou de pièces de rechanges diverses mais pas trop volumineuses, voire de nourriture, dans des pays mal desservis actuellement. Ce serait aussi un moyen de démocratiser l'invention, en adaptant naturellement nos prix de vente aux économies de ces pays. C'est d'ailleurs un axe important de la politique de notre Présidente.

— Je te suis !

— En revanche pour le transport d'animaux vivants ou de

personnes, je vais te décevoir, la question est prématurée. C'est une telle révolution qu'il faut que les esprits s'y fassent un certain temps avant que l'on puisse en parler. Et d'ailleurs, je te propose de trouver un moyen intégré dans le procédé pour interdire physiquement un tel usage.

— Tu ne me déçois pas du tout Angela. En fait, cette question me hante depuis le début et je ne te parle pas du Professeur Chi Xao Tan pour qui c'est impensable. Mais je ne vois pas le moyen de brider efficacement le translaser. On pourrait intégrer un détecteur de battements cardiaques, mais la moindre souris dans une cargaison bloquerait le système.

— Mais précisément, une moindre souris n'a rien à faire dans une cargaison de translaser, fit Angela en souriant. Aux affréteurs et autres chargeurs d'être vigilants et au prix où ce transport se fera, ils pourront se payer une décontamination préalable. L'image que l'on doit associer au translaser n'est pas compatible avec les déchets, les détritus, les objets sales, etc. Tu ne crois pas ?

— Tu as raison, cet aspect d'image de marque m'avait échappé, une telle technologie à ce prix c'est la Rolls du transport et ça ne souffre pas les à-peu-près. Nous allons donc coupler le translaser avec un détecteur cardiaque dont la configuration ne sera connue que de quelques personnes et qui ne figurera pas sur les plans.

— Ben voilà !, s'exclama-t-elle.

Quelques jours après, lors d'une réunion de projet, Mathias fit un exposé à Katia, en présence de tous les directeurs intervenants. Il termina par ces mots :

— Pour nous résumer, dans trois mois, nous serons en

mesure d'entrer en production, dans quatre mois nous sortons les premiers translasers grande capacité avec leurs batteries de condensateurs et dans six mois nous sommes opérationnels pour les premiers transports, si Katia peut nous confirmer son accord avec le DoD[7] pour l'utilisation de leurs satellites.

— J'attends une réponse de John Rockwell, notre directeur pour les États-Unis, d'un moment à l'autre. J'ai bon espoir mais cela ne va pas être gratuit.

— On estime à 1 ou 2 % le fret qui passerait en translaser d'ici trois à cinq ans, c'est peu en volume mais c'est un gros cash. Le dossier de presse est pratiquement bouclé, des conférences s'organisent avec le Professeur Chi Xao Tan et Katia, j'ai constitué une équipe de communicants spécialistes du sujet et nous dévoilerons les aspects commerciaux un peu avant la mise en place des translasers dans nos centres logistiques, déclara Angela Konoba.

— En ce qui concerne la DRH et en accord avec Mathias, nous récupérons une partie du personnel du labo du sous-sol pour bâtir les formations du personnel à New-Dehli, précisa Martin Ruttern.

Le directeur financier présenta les perspectives de croissance de la Globexum pour les cinq années à venir, et tout le monde afficha un sourire en forme de banane non normalisée, c'est-à-dire largement courbée.

À la fin de la réunion, ce furent petits fours et prestigieuses bouteilles. Katia se rapprocha de Mathias :

— Vous souvenez-vous Mathias de ce jour de 2009, où

---

[7] Department of Defense – Ministère américain de la défense

vous m'avez raconté une invraisemblable histoire de microprocesseurs bêta ?

— Bien sûr que je m'en souviens, répondit Mathias.

— Vous m'appeliez encore Madame à l'époque, fit Katia amusée.

— Je me suis corrigé, Katia.

— Oui et j'en suis heureuse. Sans votre vigilance d'alors, nous serions passés à côté du translaser, le Professeur Chi Xao Tan serait peut-être perdu…

— Mais Marc ne serait pas parti dans le futur, il serait toujours là, lança Mathias un léger sourire un rien perfide au coin des lèvres qui ne trompa pas Katia.

— Oh mais décidément vous avez beaucoup changé ces derniers temps Mathias, je ne vous aurais pas cru capable de plaisanter ainsi. Mais c'est très bien, continuez !

Et comme elle ne pouvait pas en rester sur une pique sans gagner la partie, elle lança à son tour :

— Et vos relations avec Angela sont-elles toujours aussi amicales ?, lui glissa-t-elle insidieusement.

— Katia, vous n'y pensez pas !

— Ça m'étonnerait que votre voix douce et votre aspect sportif la laisse longtemps indifférente, vous savez !

Mathias était maintenant pris d'un rougissement d'écolier, c'était elle qui gagnait la partie.

— J'adore travailler avec vous Mathias, vous êtes charmant. Mais redevenons un peu sérieux. Je voulais souligner l'excellence de votre travail et cela se verra dès la fin de ce mois sur votre bulletin de paie.

— Merci Katia. Cela me permettra sans doute d'améliorer ma collection de voitures anciennes…

— Comment ? Vous collectionnez des voitures et je ne le savais pas ? Quel genre de voitures ?

— Les anglaises des années 1950 à 1980. Pourquoi ?

Malgré les conseils de Marc, Katia n'avait pas pu se résoudre à se défaire de toute la collection de vieilles anglaises que son père lui avait léguée. Elle avait conservé quelques modèles parmi ceux qu'elle trouvait les plus prestigieux et les avait même fait restaurer impeccablement.

— Que faites-vous le prochain week-end, Mathias ?

— Ma foi, comme d'habitude, les mains dans le cambouis.

— Alors gardez vos mains propres et venez chez moi samedi matin vers onze heures, vous aurez une belle surprise et je vous invite même à déjeuner. Bien entendu Madame Kroble fait partie des convives !

— Je veux bien venir mais Madame Kroble ne pourra pas m'accompagner vu que nous sommes en divorce !

— Diable ! Alors profitez-en, je vous garantis que cela vous plaira !

— Eh bien j'accepte avec plaisir !

— Ainsi donc, vous êtes quasiment célibataire en somme…

— Hélas…

— Et cela fait-il longtemps ?

— Deux ans !

— Deux ans ? Mais c'est considérable. Je ne sais pas comment vous faites pour y parvenir mais en tout cas cela ne se voit pas sur vos performances. Je vous admire.

— Oh, il n'y a pas de quoi ! Mon travail me passionne et je ne mélange pas mon job avec ma vie privée. C'est non seulement profitable pour la Globexum mais aussi très salutaire pour moi.

— À samedi donc et maintenant pardonnez-moi, il faut que je m'occupe d'un peu tout le monde !

Elle se dirigea vers d'autres participants, mais songeait déjà à une petite mise en scène un peu débridée, pour samedi avec Mathias. Insatiable et gourmande, telle était Katia van Oberhaus. Mathias allait soit au-devant de graves ennuis soit vers de délicieux moments, selon sa capacité à comprendre les femmes, à s'adapter à l'exigence de la dévoreuse Katia et à entretenir un match sans que ni l'un ni l'autre ne s'y perde. Tout un programme !

2 – *Chine, le retour*

Naturellement, dès la fin de la réunion du conseil d'administration, les deux hommes de Lao Diazong informèrent leur mandant dans une cocasse conversation téléphonique :

— Comment ça vous n'étiez au courant de rien ? tança Lao Diazong.

— Mais non Monsieur ! Non seulement nous ignorions tout de ce translaser mais a fortiori du Professeur Chi Xao Tan, répondit l'un des deux administrateurs.

— Cela fait plus de six ans que le PCC recherche ce Professeur, que les services secrets chinois et français sont sur les dents, que Benson et son ROUGH[8] s'amusent avec et vous, vous n'êtes pas au courant ?

Piqué, l'administrateur répliqua :

— Dans la mesure où ni vous-même, ni le PCC et encore moins ce Mr Benson, que nous connaissons pourtant, n'ont daigné nous mettre dans la confidence, comment voulez-vous que nous en ayons été informés ? Je précise que jusqu'à cette dernière réunion, le projet était classé secret par la Globexum et j'ajoute que parmi les douze autres administrateurs, nous n'avons pas eu le sentiment qu'un seul était déjà au courant, au vu de leur surprise en apprenant cette découverte. Je déplore autant que vous cet état de fait, mais il est parfaitement logique, hélas.

— Soit ! Et au fond, cela ne change rien à la donne. Chi Xao Tan est Chinois, cette invention devait bénéficier à

---

[8] « Rules of the Organisation for United Gentlemen of Humanity », association écologiste anglaise

une entreprise chinoise ! Je prends l'affaire en mains et je vous garantis que les choses ne vont pas en rester là car je compte des amis non seulement dans notre gouvernement mais aussi dans ce club discret que vous fréquentez à Amsterdam ! conclut furieusement le magnat du transport chinois faisant clairement allusion à une triade.

Lao Diazong était un enfant des classes moyennes chinoises, si tant est que l'on puisse employer cette expression dans ce pays. Il avait pu faire des études supérieures en commerce, était allé quelques années dans une grande école américaine et en était revenu imbibé des méthodes modernes de développement des affaires. Porté par l'évolution politique d'ouverture au capitalisme en Chine depuis les années 1990, il avait pu gravir un à un les échelons de l'enrichissement personnel via sa société, la CCS, compagnie de transport initialement dédiée au transit maritime mais qui avait déjà effectué plusieurs reconversions dans tous les modes de transport. Forte de plus de 30 000 salariés, la CCS était le premier transporteur chinois. Lao Diazong était lui, devenu un Tycoon man[9] en Chine et ailleurs. Mais son ascension ne s'était pas faite sur un lit de roses, il avait été plusieurs fois soupçonné d'assassinats, mais avait toujours bénéficié de non lieux, faute de preuve. Les victimes étaient des concurrents potentiels dont il ne supportait pas l'ombre. L'absence de preuve découlait d'une technique imparable : le recours aux triades, la mafia chinoise, qu'il avait eu l'occasion d'approcher dès ses études aux USA. Lao Diazong était un sanguin mais pas un primaire. Pour lui, la vengeance était un plat d'autant plus délicieux, qu'il était froid et assorti de souffrances longtemps réfléchies et sadiquement distillées. Marié, un enfant, un garçon naturellement, sa femme,

---

[9] Homme d'affaire très puisant

issue d'une famille d'intellectuels, se consacrait à un art particulier : la sculpture en fils de fer, avec un certain esthétisme et un joli succès. Pas de maitresse faute de temps et d'envie, il était voué jour et nuit à la réussite de ce qu'il appelait lui-même, l'œuvre de la Chine, mais que de mauvaises langues qualifiaient d'abus de position dominante. De ce portrait, on aurait pu déduire que Lao Diazong était un homme sec et froid, mais au contraire, il était rond, et même rondouillard et d'un caractère affable. Sans doute fallait-il voir là, un des secrets de sa réussite, la main de fer dans un gant de velours en quelque sorte. Car il trompait fort bien son monde, capable de se montrer dans une écoute bienveillante par exemple sur des questions sociales, mais qui ne remettaient pas en cause ses projets, et tout aussitôt d'être dans la plus grande férocité et prêt à en découdre physiquement sur des sujets mettant sa suprématie en cause, même s'ils pouvaient paraître accessoires, comme la normalisation sur les containeurs ou la charge utile des camions. Les femmes disaient de lui qu'il était épouvantable de suffisance, les hommes ne disaient rien, ils le craignaient.

Il décrocha son téléphone pour appeler un de ses nombreux contacts au PCC. Cette fois, il choisit le bras droit du ministre de l'industrie et des transports. Il lui fit un résumé de la situation, espérant obtenir l'engouement de son interlocuteur pour un rapatriement du Professeur en Chine et voilà ce qu'il s'entendit répondre :

— Nous n'avions plus aucune nouvelle de Monsieur Chi Xao Tan et je vous avoue que nous avons quelque peu baissé les bras. Comprenez bien Monsieur Diazong que nos dernières informations laissaient clairement entendre que cette invention ne fonctionnait pas, pour en avoir plusieurs fois parlé avec Madame Wuing, de notre centre de recherche de Jiuguan. C'est d'ailleurs la raison pour laquelle, nous n'avons plus protégé ce secret depuis plusieurs années déjà et c'est pourquoi vous en avez entendu parler par des Anglais. Ce que vous m'apprenez en revanche est consternant pour notre stratégie et nous ne pouvons évidemment pas laisser les choses ainsi. Je vais donc en référer dans ce sens à notre ministre et nous vous tiendrons informé.

Quelle bande d'incompétents ! Avoir la poule aux œufs d'or sous la main et la laisser filer chez les concurrents !

Mais pour cette fois, le PCC ne fit pas de faute. Non seulement le ministre fut informé, mais le Président en personne également. La position de principe adoptée fut sans nuance : la Chine devait récupérer le translaser. Mais comme, d'une part, les principes diplomatiques désormais reconnus et même revendiqués par la Chine ne lui permettaient pas ou plus de recourir à des méthodes qui contrevenaient au droit international et que, d'autre part, le zèle et la motivation de Lao Diazong étaient connus de toute la classe politique du pays, on convint sans même que la question ne fut posée, que ce rapatriement serait confié à l'homme d'affaires, pourvu que cela ne fisse pas trop de vagues.

Lao Diazong, qui fut aussitôt informé, n'en demandait pas tant. Mais, conformément à sa pratique, il décida de réfléchir à un plan avant de lancer ses forces dans la bataille. Son raisonnement était sans faille. Le Professeur était au centre de la réussite du translaser, c'était donc lui qu'il fallait récupérer. Mais ce raisonnement n'avait que l'apparence d'une solution, car un enlèvement physique, pour ce qui était de limiter les vagues, aurait plutôt viré au déclenchement d'un tsunami. Lao Diazong réalisa qu'au fond, il fallait non pas récupérer le Professeur, mais juste son invention. Bien sûr, la CCS n'aurait pas le monopole du translaser, mais du moins, elle pourrait se positionner en concurrent qui compte. Cette idée ne ravit pourtant pas Lao Diazong, car depuis qu'il était entré en affaires, il était vite devenu le numéro un chinois reconnu et indéboulonnable, mais il était toujours numéro deux mondial et là se trouvait le plus grand motif de son insatisfaction. Il faisait naturellement partie de ces personnages qui réussissent à force de luttes et qui sont portés par un désir de « toujours plus », qu'on appelle la mégalomanie mais qu'il nommait lui, l'ambition. Cependant, il fallait bien se ranger à l'évidence, si la Globexum commençait à en faire de la publicité, c'est que le translaser était passé au moins en phase préindustrielle, dès lors, avec ou sans Professeur, la Globexum était en mesure d'assurer l'avenir du translaser pour elle-même. Conclusion, le pragmatique magnat du transport chinois décida de récupérer l'invention mais pas le Professeur et se fit une raison.

Il prit contact avec la Triade 14K et demanda à parler au 489. Ce code désignait la tête du dragon, le chef. Ce fut au XVIIème siècle que ces sociétés secrètes virent le jour, fondées par des moines. Leur but était à l'époque, de combattre la dynastie Mandchoue au profit de celle des Ming. Ils furent à cette occasion, les inventeurs du kung-fu par exemple. À cette époque, cette organisation comportait un système d'entraide et d'assurance d'une efficacité réelle. Beaucoup plus tard, en lutte contre le communisme, elles avaient bénéficié de l'appui des européens, mais quand elles furent interdites par les communistes en 1949, elles sont devenues des syndicats du crime organisé. Leur économie fondée sur le trafic de drogue et la prostitution était loin d'être négligeable, au point que lors du rattachement de Hong-Kong à la Chine, le gouvernement chinois s'était empressé de les traiter avec bienveillance. La triade 14K était peut-être la plus importante (on lui prêtait plusieurs millions de membres mais les chiffres étaient invérifiables). Elle se trouvait en rivalité avec la Sun Yee On qui comptait entre 25 000 et 50 000 membres selon les sources.

Toutes deux étaient présentes en UE[10].

Lao Diazong expliqua l'affaire et leur conversation se termina ainsi :

— Maître, je sollicite votre intervention à Amsterdam afin de récupérer les formules qui permettront à la Chine de développer le translaser. Naturellement, notre gouvernement est informé et me soutient dans cette démarche.

— Monsieur Diazong. Je connais votre dévouement à notre pays, nous avons eu plusieurs fois à œuvrer pour vous et cela s'est toujours bien passé. Aussi je peux consentir à votre demande, d'autant que votre objectif rejoint le nôtre. En échange, je vous demande de faciliter certains transports délicats que nous avons à opérer notamment en direction de l'occident.

— D'accord. Je mettrai un spécialiste à votre disposition pour convenir de la manière de camoufler votre précieuse marchandise.

La chose était entendue, les affaires étaient les affaires et il allait y avoir du grabuge à Amsterdam.

Pendant ce temps, le corps diplomatique chinois se retrouvait en émoi devant ce qu'il convenait d'appeler un sérieux bec. Erreur sur toute la ligne, du point de départ, le pataquès inutile avec les services français, au point d'arrivée, l'abandon de la traque de Chi Xao Tan alors que sa découverte se révélait proprement fabuleuse. Dans la carrière, on ne peut pas passer sous silence un tel ratage, c'est Chang Kiang, l'attaché militaire de l'ambassade chinoise à Paris qui fut recontacté. On devait bien sûr quelques excuses aux Français

---

[10] THIERRY SANJUAN, *Atlas de la Chine*, Éditions Autrement, 2007

mais on aurait bien aimé savoir aussi ce qu'il s'était passé entre les services du quai d'Orsay et le Professeur.

C'est donc Monsieur Lebel, toujours Secrétaire d'État au Quai qui reçut le message suivant de Chang Kiang :

« Affaire Chi Xao Tan

Monsieur le Secrétaire d'État,

Nous avons eu, en référence à l'affaire citée en objet, à nous entretenir à plusieurs reprises, sur la possibilité pour notre gouvernement de retrouver le Professeur Chi Xao Tan, clandestinement émigré en France. C'est par une bévue qui nous incombe que vos services ont été mêlés à cette affaire et nous vous sommes redevables de vous avoir injustement soupçonné d'y être impliqué. Pour l'heure et connaissant maintenant le développement en cours du translaser dans la Globexum Corporation, nous souhaiterions savoir plus précisément comment le Professeur a réussi à parvenir à Amsterdam, malgré tous les moyens que vous avez diligentés et pourquoi vous n'avez pas pu obtenir son retour en France, tout ceci dans le but de pouvoir clore ce dossier.

Dans cette attente, nous vous prions d'agréer, Monsieur le Secrétaire d'État, notre très respectueuse considération. »

À la lecture de ce message, Monsieur Lebel fut embarrassé. Francis de la Moulière avait agi à la légère car non seulement une victime restait à déplorer en la personne de Chantal Fernandez qui, au cours du cambriolage de la Globexum par des barbouzes de son service, avait été tuée, mais de surcroît, la suite des évènements avait été un fiasco complet. L'officier s'était fait étendre par le garde du corps de la présidente de la Globexum, sorti de nulle part et non identifié, qui avait mis fin au rapt de Katia van Oberhaus en déjouant le chantage indigne commis sur elle. Francis de la Moulière, qui avait été promu sous-secrétaire d'État juste avant ce flop de première, traînait désormais une de ces panoplies de casseroles qui faisaient beaucoup trop de bruit pour un seul homme, fut-il Lieutenant-colonel au Quai d'Orsay. Depuis cette calamiteuse opération, il semblait avoir vieilli de dix ans. Le premier de la classe avait mangé son chapeau et même son épouse dévouée en était inquiète : il ne se rendait plus à ses rencontres équestres où il faisait le beau avec tant de superbe, il se négligeait, se laissait aller, prenait du ventre, ne mettait plus le même soin à sa toilette. Ses collègues, à commencer par le plus proche d'entre eux, Jérôme Mardanian, avec qui il avait monté l'opération d'assaut de la Globexum, ne voyaient plus en lui que l'ombre de ce qu'il avait été. Il avait compris qu'en plus de la honte de l'échec, il n'aurait pas même droit à une revanche, car au Quai, on ne repassait pas deux fois les plats. Pourtant, il avait fait ce qu'il devait faire pour ce qui était de l'investigation du siège d'Amsterdam, car pour la séquestration de Katia, il fallait bien reconnaître qu'il avait perdu tout sens commun. Les barbouzes n'avaient raison d'agir que lorsqu'ils gagnaient et que leurs exploits demeuraient inconnus de tous, y compris parfois de leur hiérarchie. Or là, la tache était trop graisseuse pour passer inaperçue. Mais Francis de la Moulière se trompait fort, il ne se doutait pas qu'il allait un jour pouvoir faire oublier ce douloureux moment de sa carrière.

En attendant, voici donc la réponse que le Secrétaire d'État Français envoya à son collègue, avec copie à Francis de la Moulière :

« Affaire Chi Xao Tan

Monsieur l'Attaché Militaire de Chine en France,

Je fais suite à vos interrogations et suis en mesure de vous préciser ceci : c'est avec le concours d'un inconnu qui a trompé notre vigilance à Genève et dont nous n'avons aucune trace, que le Professeur a pu gagner la Hollande Nous avons par la suite tenté une opération de récupération dont je vous passe les détails mais qui a échoué. Vous connaissez la suite.

Si nous regrettons de n'avoir pu vous donner satisfaction, malgré tous les efforts déployés, nous sommes en revanche heureux d'être parvenus à établir que nous n'avions commis aucune ingérence dans vos affaires et nous nous félicitons que nos relations privilégiées soient rétablies.

Restant, Monsieur l'Attaché Militaire de Chine en France, à votre écoute, je vous prie de recevoir l'expression de mon chaleureux dévouement. »

Cette réponse apportait la preuve que le subterfuge imaginé par Katia et Marc Leterrier avait fonctionné au-delà de toute espérance puisque les interventions de Marc n'avaient pas révélé son identité et surtout, que l'existence de Fao demeurait totalement inconnue des Français et des Chinois. Leur évasion temporelle continuait donc de passer inaperçue, ce qui était un gage de préservation du *transit temporis* au Vatican.

Pendant que ces ronds de jambes diplomatiques allaient bon train, l'intervention de Lao Diazong auprès de la Tête du dragon commençait à prendre corps à Amsterdam. Une fine équipe avait été mise dans la confidence par l'entremise d'un des lieutenants chinois de la triade.

Parler d'une fine équipe était un euphémisme pas doux du tout. En fait c'était un trio de gros bras complété par un scientifique malingre qui répondait au gentil surnom de Zui et qui était le seul des quatre à avoir le type asiatique, les trois autres étaient d'origine méditerranéenne ou européenne. Ils étaient tous les quatre des « 49 », en clair : des soldats de la triade.

Dans le « civil », ils avaient pignon sur rue. Ils dirigeaient des sociétés commerciales régulièrement répertoriées et payaient même des impôts. Zui, le chétif scientifique, était lui, sans emploi déclaré car il continuait à étudier la physique, la chimie et la biologie avec une prédilection pour la physique des particules. Auditeur libre mais assidu de la Vrije University, il était une sorte de thésard perpétuel, ayant à ce titre accès aux équipements du laboratoire de l'université. Il fréquentait aussi beaucoup les bibliothèques, pas tant pour y consulter des ouvrages didactiques que pour avoir accès aux journaux d'actualité scientifique. Comme dans toute société d'entraide, les plus riches donnaient et les plus pauvres recevaient, car Zui n'ayant pas de revenus propres, ne pouvait vivre que par les subsides de ses grands frères.

Voilà pour la façade !

Lorsqu'ils n'étaient pas occupés à œuvrer pour l'accroissement du PIB de la Hollande ou pour l'amélioration des connaissances de leurs concitoyens, ils étaient proxénètes, trafiquants de drogue, de contrefaçons ou d'armes et faisaient aussi dans l'évasion fiscale. Pour mettre au point leurs coups, ils se réunissaient dans un local discret auquel on accédait via une arrière-cour qui donnait sur une rue pleine de restaurants typiques et pas seulement asiatiques. Le local était un appartement plutôt spacieux mais d'un standing quelconque tant à l'intérieur qu'à l'extérieur, il fallait privilégier la discrétion avant tout. La triade possédait plusieurs locaux de ce type dans toutes les grandes villes, mais les équipes n'y étaient pas affectées plus de quelques mois pour ne pas éveiller l'attention. C'était aussi dans ce genre d'endroit qu'étaient réglés les différents entre les membres de la triade et que les opérations mafieuses étaient montées. Ainsi, lorsqu'un membre avait eu un comportement qui sortait de la doctrine, comme par exemple un refus de coopérer ou au contraire un zèle excessif ou encore une trahison, il était jugé dans des règles parfaitement préétablies et, si sa défense n'avait pas convaincu ses censeurs, il faisait l'objet d'une condamnation qui pouvait aller d'une sanction financière jusqu'à la peine de mort en passant par une mutilation. Un des membres de l'équipe par exemple, ne disposait plus que de huit doigts de pied pour avoir tenté d'escroquer un autre membre, en le doublant dans la revente d'une œuvre d'art volée. Comme il n'était plus en mesure de rembourser toute la somme dérobée, ses juges avaient estimé que deux doigts de contrition feraient bonne mesure ! Il y avait quelques années, dans ce même local, on avait requis la peine de mort contre un soldat. Les raisons qui motivaient cette condamnation, découlaient d'une affaire qui avait très mal tourné puisqu'un policier avait été tué et qu'un soldat s'était rendu coupable d'avoir donné le collègue meurtrier à la police, lequel avait écopé de vingt ans de prison. Il faut dire que l'infortuné soldat avait commis une double faute, puisque c'était à cause de son imprudence que son collègue avait été obligé de tirer sur le policier. Les peines de mort se réglaient en général par une balle dans la nuque suivie d'une crémation en bonne et due forme. Le frêle physicien Zui quant à lui, s'était à plusieurs reprises retrouvé désigné comme exécutant de basses œuvres, amputations et autres lacérations au cutter. C'était sa manière de payer son écot à la société puisqu'il n'avait pas de ressources, mais c'était aussi un moyen d'assouvir son penchant sadique et il s'y employait avec une ardeur d'enfant gâté, prenant le temps de faire souffrir ses victimes. À force de gagner ainsi leurs galons, certains faisaient grandir la surface de leurs tatouages comme un signe de revendication de leur appartenance et de leur dévouement. Les femmes ne faisaient pas partie de ces brigades, mais elles étaient tout de même utilisées et pas seulement pour leurs spécialités sexuelles. On les trouvait souvent en charge de la logistique et de l'intendance, car même dans les triades, la femme restait fondamentalement vouée aux corvées de ménage et de cuisine, c'est hélas une constante universelle. Certaines toutefois, se trouvaient à des grades de haute responsabilité, mais il fallait des circonstances et des compétences particulièrement exceptionnelles pour que la triade accepte la gent féminine en son sein ; généralement c'était aussi la fille d'un haut dignitaire à qui l'on ne pouvait rien refuser.

Un soir, le quatuor se réunit pour répéter sa partition d'un enlèvement du Professeur Chi Xao Tan. La bande des quatre connaissait le lieu de travail de Chi, ils avaient pour mission de récupérer les secrets de l'invention du translaser mais ne devaient pas « abimer » le Professeur, dont on savait maintenant, via ses conférences et le tapage médiatique qui se mettait en place, qu'il était trop en vue et qu'une atteinte à sa personne aurait fait courir le risque d'une enquête de trop grande ampleur. C'est Zui qui fut naturellement chargé de récolter et vérifier autant que possible, les précieuses informations. Les trois autres, dont pas un ne faisait moins de cent kilos, sans matières grasses, devaient s'occuper de la contrainte du corps et de sa protection contre les ennemis de l'extérieur, c'est-à-dire les amis de Chi. La victime serait tout d'abord chloroformée, puis transportée dans le local et interviewée par le minus au bistouri et à la matraque. Car on avait bien décidé de ne pas l'abimer, mais on pourrait quand même disposer de quelques moyens de pression purement psychologiques, quitte à écorcher un peu la consigne.

Dans un premier temps, il fallait guetter le moment où Chi serait dehors dans un endroit propice et plus exactement, sans trop de monde et surtout sans police. Toute la réflexion des criminels se focalisa sur ce point. Ils savaient comment faire. Ils utiliseraient une voiture, puissante pour parer à toute chasse éventuelle et seraient sans arme pour palier un dérapage toujours possible, car il valait mieux échouer dans l'enlèvement qui aurait toujours pu être remis à, plus tard, que de tuer le Professeur. Mais où et quand, demeuraient les questions qui les taraudaient.

C'est le nouvel an chinois qui se déroulait dans deux jours, qui fournirait l'occasion du rapt. Ils parièrent sur le fait que Chi

Xao Tan ne résisterait pas à sortir pour l'évènement. Seulement, pour ce qui était du calme environnant, on ne se trouvait pas dans une situation idéale. L'un d'eux émit l'hypothèse que personne d'autre que lui dans la Globexum, ne serait intéressé par cette manifestation très particulière et que par conséquent, il serait le seul à sortir et à entrer de l'immeuble où il résidait. Cette spéculation leur permit donc de fonder un plan.

Costauds et en plus pas idiots les lascars, car ils ne s'étaient pas trompés sur les circonstances dans lesquelles le Professeur allait se rendre à cette fête typiquement chinoise. Le surlendemain, un homme faisait le guet non loin de l'immeuble. Quand il vit le Professeur sortir, il prévint les autres, qui arrivèrent doucement dans une grosse berline. Comme c'était le soir, de nombreuses places de parking étaient disponibles près de l'immeuble et ils purent se ranger à proximité, sans éveiller l'attention. Là, ils attendirent le retour de Chi.

Vers 22h30, Chi revint, seul. Les environs étaient quasi déserts, l'opération allait se dérouler en douceur. Deux hommes bien habillés mais sans ostentation, sortirent du véhicule et firent mine de se diriger en sens inverse de Chi, allant ainsi à sa rencontre. Le troisième restait au volant, prêt à partir. Quand les deux piétons mal intentionnés furent à sa hauteur, Chi était loin de penser au danger qui le guettait. À peine l'avaient-ils dépassé, que l'un d'eux se retourna et le ceintura pendant que l'autre lui appliquait un mouchoir imbibé de chloroforme. Chi s'agita un instant mais en vain et puis, il s'évanouit. Les deux hommes l'empoignèrent chacun par un bras, le soulevèrent sans peine du sol et l'emmenèrent ainsi jusqu'à la voiture située tout près. Ils l'installèrent à l'arrière, entre eux, et la voiture démarra tranquillement.

Le lendemain, dans le laboratoire du sous-sol de la

Globexum, Chi Xao Tan se faisait attendre. À 9h30, Mathias fut prévenu de son absence et se dirigea vers son appartement. Il sonna vainement et se décida à aller chercher le gardien, pour qu'il ouvre la porte, craignant qu'il ne soit arrivé quelque chose à Chi, mais n'imaginant pas une seconde qu'il avait été enlevé. Il revint avec le gardien, qui ouvrit la porte et s'aperçut non seulement de l'absence du Professeur mais remarqua également que le lit n'était pas défait. Il parcourut la pièce principale du regard, à la recherche d'un indice explicatif. Il tomba sur une feuille de papier sur la table : « 20h00, je vais assister à la fête du nouvel an chinois ».

— Bon sang !, s'écria Mathias, il lui est arrivé quelque chose, ça ne fait pas de doute !

Il sortit et alla aussitôt prévenir Katia van Oberhaus. Quand il la trouva dans son bureau, il la salua rapidement et déballa aussitôt son inquiétante découverte. Ensemble, ils téléphonèrent aux hôpitaux de la ville où ils apprirent que personne répondant au nom de Chi Xao Tan ou ayant un physique asiatique d'un homme de 64 ans, n'avait été admis depuis hier soir. Ils se rendirent enfin à l'évidence. Katia s'en voulait.

— J'aurais dû prévoir cette possibilité. Il était évident que ce risque existait et j'aurais dû lui fournir une protection !

— Mais Katia, vous ne pouviez pas deviner une chose pareille et c'est parce que cet évènement s'est produit que vous vous en voulez, or vous n'y êtes pour rien.

— Chi lui-même se doutait de ce risque, puisqu'il a pris la peine de laisser un message alors qu'il vit seul. Non Mathias, j'ai commis une faute. Il faut tout faire pour retrouver Chi. Et d'abord, prévenir la police.

— Attendez une petite minute s'il vous plaît, avant de

déclencher une telle avalanche. Réfléchissons. Qui peut avoir intérêt à enlever Chi ?

— Peut-être une crapule quelconque qui cherche une rançon,…

— Nous n'avons aucune demande de rançon…

— C'est vrai. On peut donc penser à un concurrent qui veut récupérer le translaser et dans ce cas, je penserais en priorité à … Lao Diazong !

— Nous pensons bien la même chose Katia. Et si c'est Lao Diazong qui a déclenché ce rapt, comment croyez-vous qu'il a pu agir ici à Amsterdam alors qu'il réside en Chine ?

— Les triades ?

— Bien sûr les triades !

Mathias appela Chu Dua, son assistante, d'origine chinoise, et la pria de venir de toute urgence dans le bureau de Katia. En quelques minutes, Chu Dua était avec eux, fort inquiète au ton employé par Mathias. On la mit au courant de l'évènement et Mathias lui demanda si elle connaissait des triades à Amsterdam :

— Eh bien on a la Sun Yee On et sa rivale, la 14K largement prédominante à Amsterdam.

— Bien. Comment peut-on les rencontrer ?

— Ça, je l'ignore totalement. Ce sont des sociétés secrètes qui recrutent par cooptation, leurs membres sont loin de tous se connaître entre eux, y compris au sein d'une même ville comme Amsterdam. Leurs organisations sont diffuses et changeantes, elles disposent de nombreux endroits disséminés dans tout le pays. Elles ne sont pas répertoriées dans les annuaires ou sur internet, et n'ont encore moins, de compte Facebook ou Twitter.

— Redoutable organisation en effet et cela ne nous avance malheureusement pas, fit Mathias. Je pense Katia, que vous pouvez appeler la police en effet.

Puis, accompagné de Chu Dua, il sortit du bureau présidentiel pour aller informer l'équipe du labo du désastre.

Dans le local de la triade, Chi Xao Tan s'était réveillé après une nuit tranquille, sans aucun mal nulle part, sauf qu'il fut pris de vomissements en raison du chloroforme. Il se trouvait en présence de Zui.

— Bonjour Professeur. Je suis Zui, un de vos admirateurs éclairés.

— Où suis-je ? Que m'est-il arrivé ?

— Vous êtes chez des amis qui souhaitent s'entretenir avec vous de votre invention. Que souhaitez-vous pour votre petit déjeuner ?

— Je ne veux pas déjeuner, je veux rentrer chez moi !

— C'est impossible, la porte de cette pièce est verrouillée et des amis à moi, très costauds, veillent de l'autre côté.

— Pour qui travaillez-vous ?

— Vous le saurez en temps utile. Pour l'instant, nous voulons des renseignements.

— Vous n'en aurez pas !

— J'aime la difficulté et je suis patient. Mais au cas où vous pensez que vous avez encore une alternative, je vous informe que j'adore me servir de ceci.

Et il lui montra un cutter et une matraque en caoutchouc. L'effet produit sur Chi fut glacial.

— Vous perdez votre temps. Mon invention est au point

maintenant, mes vrais amis n'ont plus besoin de moi, s'il m'arrive quelque chose, tant pis pour moi. Je me fais vieux et je suis prêt à vous résister jusqu'à la mort.

— Oh-la-la, les grands mots, tout de suite, Mais Monsieur Chi Xao Tan, la mort n'est rien à côté de la souffrance qui la précède et dont je suis un bon spécialiste, savez-vous ?

Chi accusa le coup, il pâlit.

Il faut que je trouve une ressource pour résister !

— Je vois que vous m'avez bien compris. Je désire seulement connaître les formules qui permettent de faire fonctionner cette si étonnante invention du translaser. Comme vous le notiez vous-même à l'instant, étant donné que la Globexum est désormais autonome, vos confidences ne lui enlèveront rien, alors que votre silence au contraire priverait vos amis de votre agréable présence, définitivement. Convenez que ce serait un très mauvais calcul.

Zui se montrait particulièrement retors mais Chi, se rappelant alors certains moments douloureux de sa vie, les innocents déjà morts pour son invention, Swa Lee et sa mère, Madame Carla, reprit force et décida d'affronter le nabot ridicule qui lui lançait un défi.

Effroyable monstre ! Tu n'auras rien, j'en fais le serment !

— C'est vous au contraire qui faites une grosse erreur de jugement. Mon invention fait l'objet de plusieurs brevets dûment déposés au sein des instances internationales et pour une durée de 25 ans. Si une autre organisation que la Globexum se mettait à développer un translaser concurrent avant la fin de ce délai, elle serait immédiatement poursuivie.

— Je ne sais pas de qui vous voulez parler, je n'ai pas accès à la source qui veut utiliser votre invention, mais je suis à peu près certain que cet aspect de la question a déjà été envisagé et qu'un contournement sera mis au point. Donc, je persiste.

— Combien gagnerez-vous en cas de succès ?

— Beaucoup d'argent. Soyez tranquille. En attendant, sachez que je ne quitterai cette pièce qu'avec vos informations et que si vous êtes coopératif, non seulement vous n'aurez aucun mal, mais de plus nous vous rendrons la liberté à l'endroit exact où nous vous l'avons prise. Que choisissez-vous ?

— Je ne dirai rien.

— Donc vous me forcez à utiliser des moyens plus convaincants.

Il se saisit de la matraque et en asséna un coup vigoureux sur la tête de Chi. Ce genre d'ustensile a la redoutable propriété de ne laisser aucune trace, mais d'ébranler fortement la personne qui en reçoit un coup, déclenchant presqu'aussitôt une céphalée violente et très douloureuse. Chi fut sonné et une horrible souffrance s'empara aussitôt de lui.

Pendant ce temps, alertée par Katia van Oberhaus, la police avait mobilisé ses cerveaux pour deviner où pourrait se trouver le Professeur. Elle avait accès à toutes les adresses dont disposaient les deux triades présentes en Hollande, mais d'une part elle ignorait si le Professeur s'y trouvait toujours et d'autre part il y avait plusieurs centaines de lieux à inspecter, cela aurait pris un temps beaucoup trop important.

Eberhard Willdig, commissaire principal de la police d'Amsterdam, était en charge de l'enquête. Cinquantenaire vigoureux, bourru et autoritaire, il avait un parcours atypique. Après des études de droit, il se retrouva à la tête d'une entreprise familiale de forages de tunnels, suite au décès prématuré de son père. Il s'acquitta de sa responsabilité avec brio, durant une dizaine d'années à travers l'Europe, jusqu'au jour où un terrible accident survint sur un chantier italien. Les voussoirs fournis étaient de mauvaise qualité et le tunnel s'effondra, causant la mort de trois de ses ouvriers. Il fut accusé de négligences, n'ayant pas été assez vigilant sur les matériaux fournis à bas prix. Sa société fut liquidée, il échappa de peu à une condamnation pénale personnelle. Sur ce fiasco, il trouva l'opportunité de s'engager dans la police comme inspecteur adjoint. Son courage reconnu de tous et sa profonde intelligence des situations, lui permirent d'atteindre le grade convoité de commissaire principal, il y avait quelques années. De toutes ces péripéties, Eberhard Willdig s'était forgé une âme bien trempée qui transparaissait clairement dans son vocabulaire.

Pour la circonstance et après avoir entendu Katia et Mathias qui leur avaient fait part de leurs soupçons, il avait convoqué les deux administrateurs chinois, à titre de témoins, et cherchait à en savoir un peu plus. Très vite il s'aperçut qu'il avait à faire à deux vieillards proches de la sénilité et en tout cas, dont les cellules grises avaient déjà pris leur retraite.

— Qu'avez-vous gambergé après le dernier conseil d'administration de la Globexum, lorsque vous avez appris l'existence du translaser ?

— Nous avons naturellement informé celui que nous représentons.

— Ah ! Ne commencez pas à employer des circonlocutions byzantines avec moi ! Il s'appelle Lao Diazong et non pas « celui que nous représentons ». Compris ?

Un peu bousculés les deux mandataires conservèrent néanmoins leur sang-froid, personne ne savait dans la police qu'ils étaient membres de la 14K et pas comme simples soldats. Ils avaient le code de 432 et le titre de chargé des affaires extérieures. Le commissaire poursuivit :

— Et que vous a répondu votre boss quand vous lui avez transmis cette information de la plus grande importance ? Je suppose qu'il ne devait pas être aux anges…

— Bien sûr, il était en colère que nous n'ayons pas été informés plus tôt mais nous lui avons expliqué pourquoi, et il en a convenu.

— Bien. Mais après ?

— Après ?

— Oui après, a-t-il ajouté quelque chose sur ce qu'il comptait faire par exemple ?

— Nous n'en savons rien, il ne nous a rien dit !

— Il n'aurait pas parlé par hasard de faire remonter l'affaire en haut lieu ?

Les deux suspects se souvenaient parfaitement de la suite de la conversation, mais il n'était pas question d'amorcer des confidences sur un tel sujet. Ils s'en tinrent donc à leur version réduite.

— Et deux tickets de première pour le purgatoire ! Je vous place en garde à vue pour 72 heures, ça vous apprendra à me prendre pour une bille. Vous avez le droit de faire appel à un avocat.

Les Chinois furent stupéfaits et voulurent protester de leur innocence.

— Vous avez juste oublié un détail, les frères. Lorsque la police est saisie d'une affaire où la vie d'un homme est en jeu, elle a accès à tous les enregistrements des conversations téléphoniques qui ont précédé, pour toute personne susceptible d'être impliquée. Or précisément, nous savons que votre patron a décidé d'en référer à votre gouvernement et surtout « dans ce club discret que vous fréquentez à Amsterdam. ». Maintenant vous vous mettez à table ou on vous met au pain sec et à l'eau ! La participation à une triade, il s'agit probablement de la 14K, n'est pas encore répréhensible dans ce pays mais celle à un enlèvement, si ! Et vu la dimension de l'enlevé, ça vous promet des grandes vacances mais pas au soleil. Je vous écoute !

Les deux placés en garde à vue se concertèrent brièvement du regard.

— Nous souhaitons que vous appeliez notre avocat.

Une heure plus tard, un respectable avocat d'Amsterdam se présenta et sollicita un entretien avec ses clients. Trente minutes après, le commissaire fut appelé et l'avocat s'exprima en premier.

— Mes clients sont disposés à coopérer avec vous, à condition qu'ils puissent bénéficier de votre protection face aux éventuelles répercussions qui pourraient suivre et leur être très désagréables.

— Ma question est fort simple Maître, je désire juste savoir où est le Professeur que la 14K a enlevé.

Lun des deux Chinois prit la parole :

— Si notre organisation apprend que nous vous avons informé, nous risquons la mort. Que comptez-vous faire pour empêcher cela ?

— Nous avons l'habitude de ce genre d'embrouille, vous ne serez pas inquiétés.

— Bien !

La précieuse adresse tomba mais ils n'en savaient pas plus sur l'opération. Aussitôt le commissaire passa ses ordres :

— Helmutt, tu vas prendre la fourgonnette de planque, celle qui est maquillée en véhicule de livraison et tu vas faire mine de livrer un colis à cette adresse. Daneck t'accompagnera et simulera un cri près de l'appartement, ça te fournira un prétexte pour avoir les jetons et appeler la Police. Gerhart, tu prends dix hommes en civil et tu te mets en planque près de la même adresse, de manière éparpillée pour ne pas éveiller l'attention. Dès qu'Helmutt te prévient et te dit ce qu'il en est, tu attends cinq minutes pour rendre vraisemblable notre arrivée depuis le commissariat et tu te présentes pour avoir des précisions, après tu agis selon les informations qu'Helmutt t'aura données.

— C'est dangereux pour le Professeur, qui risque d'être pris en otage !, observa Gerhart.

— Dans ce cas, tu te replies, et tu attends les renforts. Si le Professeur est pris en otage, on tient une garantie qu'ils ne lui feront rien si nous n'intervenons pas. On causera c'est tout. Et on les persuadera de se montrer gentils !

L'opération fut lancée. Helmutt se présenta avec son colis factice. Un malabar lui entre-ouvrit la porte, il annonça sa livraison.

— Il n'y a pas de nom mais c'est cette adresse !

— Attendez, je vais voir.

Le ravisseur se rapprocha de la porte fermée et murmura quelques mots. Puis revint.

— Il y a erreur nous n'avons rien commandé !

À ce moment un cri strident se fit entendre. Helmutt demanda au baraqué s'il avait entendu le cri :

— Non ça venait de l'extérieur !

— Ah non je vous assure c'était dans l'immeuble, c'était terrible, il se passe sûrement quelque chose chez vous !

— Non il ne se passe rien. Foutez le camp !

— Quoi ? Je vais prévenir la police !

Et il détala à fond de train vers la rue. Il ne vit pas que pendant ce temps, les deux bandits qui tenaient la garde, le suivirent, non pas pour le rattraper mais parce qu'ils avaient senti le cramé. L'appartement fut déserté, seul le Professeur et Zui étaient restés à l'intérieur. Le petit scientifique n'ayant pas eu tous les éléments de ce qui venait de se passer, ignorait qu'il était ainsi abandonné par ses acolytes.

Helmutt prit contact avec Gerhart, comme convenu.

— J'en ai vu deux. Je n'ai pas vu d'armes. Il y a aussi du monde derrière la porte intérieure à gauche. Cinq minutes plus tard, Gerhart se présenta. Il sonna mais personne ne répondit.

— Police ! Ouvrez !

Au bout des trois sommations réglementaires, la porte fut forcée et comme elle n'était pas particulièrement résistante, elle s'ouvrit facilement. Gerhart fut surpris de ne voir personne et se dirigea vers la porte intérieure à gauche. Elle était fermée. Entendant la clenche actionnée, Zui crut que c'étaient ses gardes.

— Que voulez-vous ?

Gerhard devina le pataquès et fit :

— Juste vous filer un coup de main persuasif !

— Ah ouais, pourquoi pas !

Et il ouvrit la porte.

Même chez les pros, la bêtise peut être une dangereuse amie !

Le Professeur fut récupéré à peu près en bon état. Le coup de matraque avait été suivi de quelques coups de cutter sur les bras mais très superficiellement. Il fut expédié malgré tout à l'hôpital pour examen et repos. Zui fut respectueusement prié de suivre Gerhart au commissariat. Il était attendu par Eberhard Willdig, déjà informé de tout ce qui venait de se produire et qui le confia au brigadier Hansch, au caractère simple et rustre mais brave homme au fond, avec mission de le préparer à un entretien officiel.

— Alors mon p'tit gars, raconte tout à Papa Hansch !

— J'exige un avoc…

Il n'eut pas le temps de finir sa phrase qu'il se prit un grand coup de matraque sur sa vilaine tronche.

— Tu-tu-tut ! Mon téléphone est indisponible, faut comprendre, j'ai perdu mon chargeur et pas un de mes collègues ne dispose du même modèle. Alors, tu vas d'abord me confier toutes ces vilaines choses qu'on raconte sur toi !

Zui prit peur. Il se mit à blêmir, à trembler, à bredouiller. Il craignait les baffes, mais il redoutait aussi les mesures de rétorsion qui l'attendaient s'il parlait de travers.

— J'ai été entraîné malgré moi.

Un deuxième coup de matraque s'abattit sur l'infortuné gangster. Son crâne le faisait affreusement souffrir.

— Ben oui, on t'a forcé à découper les bras du Professeur Chi Xao Tan, toi tu ne voulais pas, mais ils t'ont obligé les deux autres là. Comment s'appelaient-ils déjà ?

— Je ne connais pas leurs noms, je sais juste qu'il y en a un qui m'avait promis une femme, une grande et belle femme…

— Une grande femme ? Pour un p'tit bout comme toi ? Était-ce bien raisonnable ? Enfin ! Alors tu vois, je vais t'expliquer quelque chose. Si on ne peut pas diviser la sanction par trois, tu vas en prendre trois fois plus. Kidnapping en bande organisée, avec violence, ça va aller chercher loin tu sais. Non. Dans ton intérêt, je trouve que tu n'es pas assez loquace. Oui, c'est ça, tu devrais loquacer davantage. Enfin tu verras ça avec le commissaire. Mais sois prudent quand même, c'est un dur le commissaire, il a fait de la taule dans le temps et il me reproche toujours d'être trop gentil avec mes invités.

Zui était tétanisé. L'idée de se trouver face à un homme plus brutal que le sergent l'épouvantait, c'était insoutenable. Hansch alla chercher le commissaire qui arriva dans la minute suivante, une chope de bière dans une main, un poing américain dans l'autre. Zui était blanc, la bouche ouverte et déformée par la terreur.

— J'espère que vous me l'avez un peu plus secoué que d'habitude fit Eberhard Willdig à l'attention de Hansch, un clin d'œil dans le coin.

Hansch se retourna pour masquer un fou rire. C'était un numéro qu'ils avaient mis au point, tous les deux, depuis de longues années et qui produisait toujours un effet saisissant. Les malfrats les plus durs se mettaient à bavarder comme jamais, trop heureux d'échapper aux coups en échange de confidences confondantes. Et cela se terminait toujours par :

— Comme vous avez été coopératif, j'intercéderai favorablement lors de votre procès, mais sous condition de ne pas jaqueter à outrance sur l'amabilité de notre accueil.

Cela ne fonctionnait pas à tous les coups et le commissaire avait déjà eu des remontrances de sa hiérarchie, mais à chaque fois il répondait :

— Je sais bien que j'ai mauvaise réputation, Monsieur le Ministre, mais si les voyous qui passent par chez moi étaient convaincus du contraire, je n'aurais aucun client à fournir à votre collègue de la Justice.

Malheureusement, Zui était sincère quand il disait ne pas connaître les noms de ses coéquipiers, ni même celui de son commanditaire. La triade excellait dans la discrétion et dans l'art de faire exécuter ses œuvres par des pauvres types qui écopaient de tout sans pouvoir se défendre. La justice n'était pas dupe de ces travers et les peines étaient plutôt allégées. Les malfrats qui en ressortaient ainsi, sans n'avoir vendu personne étaient vite réintégrés. C'était un système parfaitement amoral mais qui favorisait au moins la réinsertion professionnelle, résultat que le système légal parvenait rarement à atteindre. La seule chose dont la police était sûre, grâce aux écoutes des enregistrements téléphoniques, c'était l'implication de Lao Diazong, mais celui-ci n'en était pas à son coup d'essai. Il ne sortait jamais de Chine et ne risquait rien. Le mandat d'amener transmis à Interpol avait de grandes chances de rester lettre morte. Les deux actionnaires Chinois quant à eux furent remis en liberté. Le bobard monté par Eberhard Willdig pour les protéger avait fonctionné à plein, tout le monde était convaincu que la découverte de la planque où avait été retenu le Professeur, était due au hasard d'une erreur de livraison. Les trois costauds de la bande s'étaient faits oublier mais peut-être que les doigts de pieds d'au moins deux d'entre eux, n'étaient pas à l'abri d'une séparation brutale, pour cause de fuite désinvolte et compromettante pour Zui.

Mathias retrouva Katia dans son bureau, s'apprêtant à recevoir Chi, de retour chez lui. Ils s'embrassèrent amicalement et se tutoyèrent. C'est qu'entretemps, Mathias avait découvert les jolies berlines anglaises dans le garage de la Présidente et ce qui risquait d'arriver, s'était effectivement produit. Nul ne sut si ce résultat était le fruit d'une demande explicite ou au contraire l'aboutissement d'une offre généreuse, toujours est-il que le talentueux collaborateur de Katia, lui avait fourni un argument de plus à l'actif de ses compétences. Quand les lois de l'offre et de la demande trouvent un terrain de libre échange, il en surgit toujours un fructueux partage de biens ou même parfois de corps, comme en l'occurrence.

Chi entra dans le bureau, accompagné de Chu Dua, il commença le récit de son infortune :

— Vous savez, cette situation m'a rappelé les tristes années de mon enfance où nous vivions sous une dictature sanglante et en pleine guerre civile. Mes parents ont bien failli en mourir et moi je ne dois mon salut qu'à mes études, dans lesquelles je me suis plongé totalement. Mon tortionnaire était aussi détraqué que l'étaient les chefs des défenseurs du peuple de l'époque. C'était effrayant. Malgré cela, je n'ai pas lâché un mot de ma découverte. Chaque fois qu'une douleur m'atteignait, je recourais au souvenir de Swa Lee, cette prostituée de Pékin dont je vous ai parlée, et je réussissais à surmonter ma peur pour le respect de sa mémoire. Cela peut vous paraître étrange ou puéril, mais c'est ce qui m'a permis de tenir, au moins jusqu'à ce que la police arrive.

— Vous êtes non seulement un savant génial mais en plus un homme admirable de courage !, répondit Katia, avec toute la compassion que lui inspiraient les émouvantes confidences du Professeur et elle ajouta : je souhaite vous octroyer un garde du corps, cela me paraît indispensable dorénavant…

— Oh non Madame, ce n'est pas nécessaire, il suffit que je

prenne quelques précautions élémentaires à l'avenir et voilà tout, l'interrompit Chi.

— Professeur, votre vie a bien plus d'importance que vous ne le pensez. Même si elle est très loin, votre fille ne mérite pas de vous perdre alors qu'elle vient de vous retrouver et de gagner un « papa » et puis vous êtes un exemple pour tant de gens de par le monde et je ne pense pas qu'à la communauté scientifique, mais à tous ces jeunes qui vont vouloir vous suivre ou vous imiter…

— Ce que tu viens de dire Katia, est frappé au coin du bon sens et j'y souscris à 100 %, fit Mathias.

Chi fixa Katia et Mathias alternativement, avec un étonnement marqué dans le regard. Il n'était décidément pas encore habitué à sa notoriété, mais les recoupements qui s'imposaient peu à peu, lui montraient tout de même qu'il ne pouvait plus se comporter comme quand il était seul dans son labo de l'IMB ou dans son refuge chez son ami acuponcteur. Les conférences qui avaient débuté, les interviews pour des journaux importants, le courrier qu'il recevait et qui devenait si volumineux qu'Angela avait dû renforcer son secrétariat, tout cela ne pouvait pas être sans conséquence sur son mode de vie et il en prit soudain conscience. Après un bref moment de silence, il accepta finalement l'offre de Katia.

La petite réunion terminée, chacun retourna à ses affaires, mais dans l'ascenseur, Chu Dua ne résista pas :

— Vous vous tutoyez avec Katia, s'étonna-t-elle.

— Oui nous avons sympathisé le soir de la dernière réunion de projet, répondit Mathias, énigmatique, passant sous silence le surprenant week-end récemment passé dans les bras de Katia.

— Et moi, alors ? Je n'ai pas le droit de sympathiser avec vous ?, fit Chu Dua qui restait sur sa faim.

Mathias trouva cette idée lumineuse, elle allait permettre ainsi de détourner l'attention de sa relation avec Katia, car dès lors qu'un singulier tutoiement devenait pluriel, les questions ne se poseraient plus aussi directement.

— Tu as parfaitement raison Chu et d'ailleurs j'y songeais moi-même. Et toi ? T'y feras-tu ?

— Sans problème, je peux même te dire que tu faisais un peu exception à mon habitude générale. Il n'y a guère que le Professeur et Katia que j'aurais du mal à tutoyer.

— C'est bien naturel. Je te laisse, je dois aller informer l'équipe de Chi de la reprise des affaires.

Katia quant à elle, était résolue à bannir ce gang de son conseil d'administration. Elle appela Gurt Vindle pour qu'il fasse pression sur la Chine afin d'obtenir la démission des deux administrateurs Chinois, seul moyen pour elle de les évincer. En tant qu'Attaché d'ambassade Allemande à Amsterdam, il ne put pas agir directement, mais le bonhomme avait le bras long et réussit à convaincre son homologue Néerlandais d'opérer cette mission. Le gouvernement Chinois accueillit favorablement la demande néerlandaise, soucieux de sauver les apparences à moindre frais. Concomitamment, Katia négocia le rachat des parts de Lao Diazong qui n'en put mais, car le gredin savait qu'il était grillé en Hollande et même à l'international. Il avait joué son va-tout et l'avait perdu.

J'aurai ma revanche Madame van Oberhaus, je vous le garantis ! À travers moi, c'est la Chine toute entière qui est insultée et vous n'imaginez les ressources que nous pouvons mobiliser pour atteindre notre but : devenir la plus grande entreprise mondiale du transport !

3 – Diable de centrale nucléaire

Pendant que les affaires reprenaient, pour employer le mot de Mathias, et qu'une camaraderie franche ou plus coquine se propageait à Amsterdam, des évènements très inquiétants allaient se produire à l'autre bout du monde.

Avila Beach, Californie

C'est dans cette bourgade de 1 600 âmes, située au bord de l'océan Pacifique, que la société Diablo Electric Corporation (DEC) avait décidé d'installer la centrale nucléaire de Diablo Canyon. Avila Beach était située approximativement à mi-distance entre Los Angeles et San Francisco. Ses deux réacteurs à eau pressurisée avaient été construits sous la maîtrise d'œuvre de Westinghouse et produisaient chacun, une puissance de 1 100 mégawatts. La construction avait débuté à la fin des années soixante et avait duré plus longtemps qu'ailleurs, en raison des difficultés à justifier de leur tenue à des séismes élevés ; cette partie enchanteresse du monde était aussi placée sous la terrible menace de la faille de San Andréas. Ils étaient finalement entrés en exploitation dans le milieu des années quatre-vingts. La centrale employait 1 500 salariés et servait en électricité plus de trois millions de personnes en Californie.

Avec son grand bâtiment principal qui camouflait mal deux surélévations bombées en forme de dômes de palais oriental, elle était plutôt jolie cette centrale. Coincée entre l'océan et un relief montagneux aux pentes douces, elle n'avait rien d'un site industriel et ressemblait plutôt, quand on y arrivait par bateau, à une gigantesque ferme agricole mais, ici comme ailleurs, ce n'était pas sur des questions esthétiques que les écologistes locaux menaient leur campagne de dénigrement habituel.

— Par ici, Mesdames, Messieurs, par ici !

C'était David Sprinker qui faisait signe aux arrivants qui descendaient d'un car, de venir le rejoindre. Le groupe était composé d'étudiants de l'UCLA[11] qui venaient faire une studieuse visite de la centrale. Cela se produisait deux fois par an. David, adjoint du DRH de la DEC, était âgé de 24 ans. Chevelu façon tignasse, une barbe clairsemée et mal taillée et des baskets fluo éclatantes, c'était en réalité une tête scientifique de grande capacité, qui faisait ses premières armes à ce poste mais qui n'en resterait pas longtemps là, un brillant avenir l'attendait. Il était lui-même issu de la prestigieuse UCLA ; sorti parmi les tous premiers de sa promotion. Il n'avait pas la grosse tête pour autant, c'était au contraire un joyeux drille qui ne manquait pas une occasion de tourner en dérision tout ce qui passait à sa portée. Il cultivait cet humour juif si particulier par son autodérision, mais pas celui newyorkais et un peu intellectuel de Woody Allen, plutôt un humour judéo-traditionnel.

Le groupe arriva et entra dans le bâtiment qu'on appelait « électrique », car c'était là qu'on trouvait notamment la salle des commandes. Après un passage par des vestiaires, garçons et filles séparés, où les étudiants revêtirent une combinaison blanche, ils se retrouvèrent tous dans une grande salle de réunion où un écran de projection allait leur servir de relais, pour la raison que tout ne se visitait pas dans une centrale nucléaire. David commença son cours, car plus qu'une visite, cette réunion était destinée avant tout à l'éducation des étudiants. La combinaison blanche qu'ils avaient enfilée était purement symbolique, ils ne risquaient évidemment rien, mais les organisateurs avaient jugé plus pédagogique de les placer ainsi en conditions réelles.

— Vous savez tous que nos centrales fonctionnent à

---

[11] Université de Californie à Los Angeles

l'uranium, mais vous ignorez sans doute pourquoi. Eh bien tout d'abord, c'est un élément naturel relativement abondant sur terre, qui existe à l'état radioactif et qui produit une énergie un million de fois supérieure aux matériaux fossiles. Mais attention, avec cinq millions de tonnes disponibles en surface, pour une consommation annuelle actuelle de cinquante mille tonnes, dans un siècle, il n'y en aura plus. Bon, il en reste 32 millions de tonnes en-dessous, mais celles-là coûteront beaucoup plus cher à extraire car pour naturelle qu'elle soit, la radioactivité reste dangereuse. En conséquence, vous passerez le mot à vos futurs enfants : ne gaspillez pas les bougies, ça pourra toujours servir !

Tel un guide de musée un peu cabot, c'était ainsi que David captait la sympathie de ses visiteurs et avec ce genre d'entrée en matière, il obtenait une ambiance à la fois détendue et attentive.

— Ce sont les Américains qui ont mis au point le premier réacteur nucléaire en 1942, non pas pour fabriquer de l'électricité mais pour obtenir un sous-produit indispensable pour la bombe atomique : le 239U. Eh oui, à cette époque c'était la guerre ! Quel est l'autre nom de cet isotope de l'uranium ?... Le plutonium, un bon point pour la demoiselle aux cheveux courts et aux jolies lunettes bleues.

Tous les regards se tournèrent vers la jeune fille qui ne rougit même pas. David poursuivit :

— Les Français ont continué en 1948 et les russes en 1954. Il existe 104 réacteurs aux USA et environ 500 dans le monde. Les nôtres fonctionnent tous sous eau pressurisée. Et pourquoi donc, je vous prie ?... Eh oui, je n'ai pas que des questions faciles… Parce que l'eau sous pression, 150 bars quand même, ne bout pas, même à

300°C, ce qui est très pratique pour faire cuire les pâtes sans que l'eau ne déborde !

Des rires fusèrent aussitôt dans l'assemblée.

— Voici un croquis qui va vous permettre de comprendre le fonctionnement de ce système. Tout est une affaire de cœur… Comment ? Entre vous aussi ? Je vois qu'on va se comprendre alors !

Le redoublement des rires fut amplifié par ce subtil jeu de mots, David maîtrisait parfaitement son affaire.

— Le 235U, à ne pas confondre avec le plutonium déjà évoqué, est assemblé sous forme d'une botte de crayons. Mais comme des crayons de quatre mètres de long ne sont pas faciles à tenir entre les doigts, on les glisse dans des gaines en métal. On plonge ensuite le tout dans un circuit primaire qui contient l'eau chaude pressurisée. Une des particularités de l'uranium est de contenir un grand nombre de neutrons et de protons. Or plus ces éléments sont nombreux, plus leurs liaisons sont faibles et du coup, ils éclatent facilement sous l'effet de la chaleur, c'est la fission. C'est ce qui dégage une grande énergie sous forme de chaleur. La chaleur ainsi produite est transmise à un réseau secondaire distinct, dont le fluide est de l'eau normale. En s'échauffant, cette eau va produire de la vapeur qui va alimenter des turbines que l'on connecte sur des alternateurs. À la sortie des turbines, on arrive dans un circuit tertiaire, celui du refroidissement. Notez bien que les volumes d'eau sont conséquents, de l'ordre de 100 000 m^3/h, c'est deux fois plus que le débit de la Salinas River qui coule derrière cette montagne, mais avec les truites en moins. Avez-vous des questions avant de partir en visite ?

— Pourquoi ne voit-on pas des tours de refroidissement

dans cette centrale ?, fit un garçon du groupe.

— Parce que nous profitons de l'océan pour refroidir notre eau chaude. Les tours de refroidissement sont réservées aux centrales qui utilisent l'eau d'une rivière ou d'un fleuve, pour éviter un trop fort accroissement de température de cette eau.

— Quelle différence y a-t-il entre la fission et la fusion ?

— La fission nucléaire consiste à diviser un noyau lourd en deux nucléides, plus légers, ce qui émet des neutrons et une grande énergie. Les neutrons émis vont servir pour une partie, à répéter le phénomène, ce qui produit la réaction en chaîne et pour une autre partie à fabriquer des sous-produits. La fusion nucléaire c'est un peu le contraire, car c'est l'assemblage de deux noyaux atomiques légers qui forment un noyau plus lourd ce qui dégage trois à quatre fois plus d'énergie. C'est typiquement ce qui se passe dans le soleil. Il ne faut toutefois pas confondre la fusion nucléaire avec la fusion d'un cœur de réacteur. Cette dernière se produit lors d'une perte de refroidissement et elle aboutit à faire fondre les matériaux de fission, qui deviennent alors susceptibles de percer le confinement. C'est Tchernobyl ou Fukushima, de triste mémoire comme vous le savez tous.

— Quelle est la part des robots et de l'homme dans la conduite des opérations ?

— Les robots font tout ou presque et l'homme les surveille. Il y a une parfaite redondance. La salle des commandes, qui se trouve dans le bâtiment où nous sommes et que nous verrons tout à l'heure, est capable de fonctionner en « repli », c'est-à-dire en l'absence des hommes. Et d'ailleurs, savez-vous qu'il a existé des réacteurs nucléaires naturels sur terre, avant même l'apparition de l'homme ? Oh, j'en vois qui me regardent bizarrement. Non ce n'est pas de la science-fiction : avant la présence de l'homme sur terre, il y a eu des centrales nucléaires naturelles. C'est en particulier le cas au Gabon, il y a deux milliards d'années. Ils étaient de faible puissance, bien sûr. La forte concentration en uranium et d'autres conditions favorables ont permis ce phénomène qui a duré plusieurs centaines de milliers d'années. L'intérêt actuel de ce site est d'ailleurs de fournir des éléments de connaissance en faveur de l'enfouissement des déchets. Bien entendu, la possibilité d'un tel phénomène de nos jours est impossible en raison de l'affaiblissement de la radioactivité de l'uranium avec le temps. Il y a deux milliards d'années, le taux de l'isotope 235U dans le minerai d'uranium était encore de 4 %, alors qu'aujourd'hui, il est à 0,72 % c'est pourquoi on l'enrichit pour nos réacteurs.

— C'est quoi le MOX ?

— C'est un mélange d'oxydes, essentiellement de l'uranium appauvri et 7 % de plutonium. Son intérêt c'est l'utilisation du plutonium militaire rendu disponible par nos progrès dans le désarmement. C'est une voie privilégiée par les Français.

— Comment arrête-t-on un réacteur en urgence ?

— Voilà une question à laquelle je m'attendais plus tôt, car quand je démarre une voiture, j'aime bien savoir qu'elle a aussi des freins ! Eh bien, c'est assez difficile. Je vous ai dit que l'absence d'eau interrompait la fission, mais en même temps, il faut continuer à refroidir car la température très élevée dure plusieurs jours après l'arrêt, il y a donc risque de fusion. On remonte donc les crayons pour les isoler de l'eau et, paradoxalement, on augmente la température de l'eau, ce qui permet de ramener la puissance du réacteur de 100 à 50 %. Ensuite on les plonge dans une piscine dont l'eau est chargée de bore, qui agit comme un étouffoir sur la radioactivité. Que ce soit le cœur, la piscine ou le bâtiment des combustibles, tout est en zone contrôlée, sans aucune présence humaine… Pas d'autres questions ? … Bien. On va se diriger vers la salle des commandes, mais comme vous êtes une cinquantaine, qu'ils ne sont que trois et qu'ils ont besoin d'une grande concentration, il ne faudra pas faire de bruit. Ensuite, nous irons en salle des machines où nous pourrons étudier le circuit secondaire, la turbine, les pompes et les auxiliaires. C'est parti !

Très sagement, ils entrèrent dans la salle des commandes. Enfin, très sagement est un bien grand mot, car il ne manquait pas quelques garçons malicieux pour tenter de vérifier que la combinaison des filles était bien mise, qu'elles ne portaient pas d'autres vêtements en-dessous et tout ça avec la complicité rieuse des jeunes filles bien entourées. Mais une fois dans la salle, le silence se fit et la discipline reprit le dessus, d'autant que le spectacle était captivant pour tous ces novices. Au milieu, une table sur laquelle trônaient les classeurs de procédures, autour quelques écrans d'ordinateurs et un énorme panneau synoptique lumineux qui représentait le schéma en fonctionnement du réacteur, avec tous ses circuits jusqu'aux alternateurs. Il comportait des systèmes d'enregistrements graphiques des températures, des pressions, des volumes, des consommations, des vitesses, etc.

Sur les trois employés, présents ce jour-là, Emma avait les yeux rivés sur le synoptique, qu'elle parcourait en permanence en prenant des notes, John était occupé par un écran, et Charles avait entrepris de recharger en papier des enregistreurs.

David se livra à quelques explications à voix basse. Mais il fut interrompu par Emma :

— John, cela fait dix minutes que la puissance générée est un peu faiblarde, tu vois quelque chose de ton côté ?

John pianota pour se connecter à un autre écran, puis :

— Oui, l'activité neutronique est à la traîne, je baisse la température de 10°C pour voir !, répondit-il.

Et comme dix minutes plus tard il ne se produisait pas de changement :

— J'enfonce les crayons de 5 cm et j'augmente d'autant les réflecteurs de neutrons ! reprit John.

L'effet positif se produisit et la puissance remonta à son nominal.

— Je te confirme que tout est redevenu normal, John, les autres paramètres n'ont pas bougé, mais je le note dans le cahier de passage des consignes pour l'équipe du soir.

— Déjà hier nous avons eu ce souci, c'est comme si le combustible était moins concentré que d'habitude, renchérit Charles qui avait suivi la manœuvre.

— Oui sauf que c'est impossible étant donné le contrôle qualité qu'il subit avant d'entrer dans le cœur, donc à surveiller, conclut John.

David fit sortir son petit monde et s'adressa à eux une fois la porte close.

— Vous venez d'avoir un aperçu de la vie d'une salle de commande. On croit qu'il n'y a rien à faire mais il faut sans cesse regarder ce qui se passe, il y a toujours des poussières de problèmes qui se présentent et si l'on ne fait rien, cela peut dégénérer. Dans le cas présent on était en divergence négative, c'est-à-dire que le réacteur a eu une faiblesse en sens inverse du danger, mais il faut quand même intervenir.

— Que ce serait-il passé s'il n'y avait pas eu d'intervention ?

— Oh juste une baisse de production, donc du cash en moins, ce n'est pas dangereux, mais c'est sérieux pour la DEC et donc pour notre prime annuelle !, fit David avec un clin d'œil en direction de l'étudiant qui avait posé la question.

— Quelle est l'incidence environnementale des rejets d'eau chaude dans l'océan ?, demanda la jeune fille aux cheveux courts et aux jolies lunettes bleues.

— À la sortie de l'effluent, l'eau est à 10°C de plus que cent mètres plus loin. Avec le courant, cela fait un jacuzzi qui n'est sans doute pas propice à la faune et à la flore locales mais c'est sur une surface si réduite, qu'on le considère comme non significatif… Vos lunettes sont vraiment très jolies, Mademoiselle…

— Ma parole, tu as un ticket avec le guide, Clara, lui murmura un voisin à l'oreille.

— Moi ? Pas du tout, mais mes lunettes oui ! répondit Clara, qui s'en amusait.

La visite se poursuivit et dans l'après-midi, le groupe reprit le car en direction de Los Angeles, la tête remplie de données scientifiques, d'images d'un gigantisme époustouflant et de frissons aussi, lors des témoignages sur les accidents qui s'étaient produits. La densité des informations fournies par David Sprinker et sa qualité pédagogique pour maintenir l'attention des étudiants, en avait épuisé plus d'un ; l'activité neuronique dans le cœur du car, était au repos complet.

***

Une vieille Dodge noire immatriculée dans le Nevada voisin, s'éloigna lentement de la Centrale. Les quatre personnes qui étaient à son bord ne se parlaient pas et l'on aurait vainement cherché à leur trouver des points communs. Jeunes et plus âgés, blancs et de couleur, avec et sans chapeau, en short et en pantalon… Un policier qui aurait contrôlé cet équipage, se serait posé beaucoup de questions.

***

Au changement d'équipes, le cahier de consignes fut non seulement examiné par les arrivants, mais également par Roberto, l'ingénieur de production.

Quelque chose le tourmentait. Il ne pouvait pas y avoir d'évènement inexplicable dans un réacteur. Tous les paramètres, et absolument tous, étaient tracés, corrélés, bornés… Il en vint à la même remarque que Charles et pourtant il savait comme l'avait dit John, qu'il était impossible que le combustible soit dégradé. Une perte de rendement, car c'était de cela dont il s'agissait, ne pouvait pas provenir de là.

Une fuite électrique aux alternateurs aurait-elle pu avoir lieu ?

Il ne voyait pas comment et surtout, cela n'aurait pas expliqué pourquoi le fait d'enfoncer les crayons avait bien corrigé le problème. Car non seulement on ne connaissait pas la cause de ce qui était survenu, mais de plus, on l'avait bel et bien corrigé. C'était un cas d'école, sauf que nous n'étions pas dans un laboratoire mais dans une importante société de production d'électricité.

À la fin de sa journée de travail, il restait sur cette question inquiétante quand il rentra chez lui. Demain, il réunirait une équipe plus large avec les ingénieurs de conception et d'industrialisation, c'étaient des spécialistes qui avaient peu ou prou la même formation que lui, mais un parcours différent et donc, qui étaient susceptibles de voir cet aléa sous un angle qui ne lui était pas venu à l'esprit ; du moins c'était ce qu'il espérait, comme pour combattre une sourde inquiétude qui le minait.

Roberto Alison, 35 ans, arriva chez lui, toujours préoccupé. D'habitude le doux martellement du V8 de son Oldsmobile hors d'âge, le détendait. Le bruit était si feutré qu'il pouvait écouter ses musiques préférées : boogie-woogie, bossa nova, country « bluegrass », jazz manouche… Parmi ses tourments isotopiques, son rêve obsessionnel d'un rendement record et ses tracas de lubrification des turbines, cette voiture était si anachronique, qu'elle lui permettait d'atteindre un grand bien-être, durant la petite demi-heure de son trajet. Il se sentait alors comme un sprinter qui reprend un souffle normal après l'effort.

Mais ce soir, il n'avait pas allumé la radio et ressassait cette divergence négative inexpliquée. Fort d'une douzaine d'années d'expérience, c'était la première fois qu'il se trouvait face à une énigme de cette ampleur. Ce mot, 'énigme', était un défi pour tout esprit scientifique et particulièrement pour un ingénieur. Mais Roberto travaillait dans le domaine qu'il qualifiait de plus dangereux au monde et il n'était pas blasé par l'habitude. Sa conscience veillait toujours sur sa science. Dans la culture américaine, l'impact de l'accident de *Three Mile Island*, bien avant Tchernobyl, avait profondément marqué les esprits. Roberto était né un an après cet accident, parmi les tous premiers à être classé en 'critique'. Durant toute son éducation universitaire, cette catastrophe avait été maintes fois évoquée et il faisait partie de cette génération hantée par le risque majeur qui résidait dans l'industrie nucléaire. Pour autant, il ne partageait pas les craintes des anti-nucléaires. Roberto Alison incarnait cette idée de confiance dans l'homme dès lors que le principe du *right man in the right place* était respecté. Son inquiétude de ce soir était de savoir s'il était toujours le *right man...* Il n'est pas d'esprit raisonnable qui ne soit jamais touché par le doute, mais malheureusement, cette interpellation ne porte pas en elle-même, la formule magique pour résoudre tous les problèmes.

Sa femme, Maria, était déjà rentrée. Elle était institutrice au village voisin. Ils étaient mariés depuis une dizaine d'années et habitaient une villa confortable comme tous les cadres qui travaillaient à la DEC. Ils étaient heureux et fiers de leurs deux enfants qui s'épanouissaient dans la douceur d'un paisible cocon familial. Roberto avait des origines hispaniques et sa jeunesse n'avait pas été aussi simple qu'il l'aurait souhaité. Ses parents étaient de modestes commerçants et ses études avaient été difficiles à cause du manque d'argent chronique. Il avait dû s'endetter pour longtemps, pour parvenir à son diplôme d'ingénieur. Aujourd'hui c'était un grand gaillard de 1,90 m, large d'épaules, passionné par son travail mais d'un tempérament calme et peu rieur. Maria au contraire était toute menue mais vive comme deux. Elle l'accueillit et lui demanda comme à l'accoutumée, comment s'était passée sa journée. Roberto tenta de lui répondre en éludant ce qui le tracassait. Évidemment, il n'y parvint pas, cela dura une demi-phrase.

— Une journée ordinaire... Rien de spécial... Sauf un petit rien de dérangement dans la production... Je vais appeler Gill et Jack, et David aussi, pour convenir d'une réunion demain.

— Vas-y, je te sers un bloody mary pendant ce temps.

— Avec un doigt de Worcester sauce s'il te plait, Maria, précisa-t-il.

— Évidemment mon Roberto !, répondit sa femme, bien

amusée par cette précision qu'il lui faisait systématiquement, comme un rituel rassurant…

— Allo David ? C'est Roberto. Il était content ton groupe d'aujourd'hui ?

— …

— Tant mieux. Mais je ne t'appelle pas pour ça. Peux-tu me rejoindre à mon bureau demain à 9h00, tu te doutes pourquoi je suppose ?

— …

— Tu as mis le doigt dessus !... OK, je te remercie.

Il raccrocha et appela Gill…

— - … divergence négative inexpliquée…

Et il termina par Jack. Tout le monde serait dans son bureau à 9h00 demain matin, il pouvait siroter son bloody mary tranquillement. Il se cala dans son fauteuil et Bozo vint le rejoindre. L'animal se campa sur ses genoux et étira ses longues pattes antérieures autour de son cou, dans l'attente de se faire épouiller. Mais ce soir Roberto n'était pas vraiment disponible pour une séance de toilettage avec son atèle. Il le reposa sur son tapis et alluma sa chaîne d'informations habituelle. Il tomba sur l'annonce de la visite du Professeur Chi Xao Tan à l'UCLA prochainement. Il était déjà au courant de l'invention du translaser et en connaissait le principe dans les grandes lignes. S'adressant alors à Maria :

— C'est quand même ahurissant cette invention et en plus ils sont autonomes, zéro pollution, zéro consommation, zéro risque, c'est vraiment le truc le plus fantastique qu'on ait inventé depuis très longtemps, j'ai bien envie d'aller à L.A. pour voir ce Professeur… Il n'a pourtant l'air de rien ce bonhomme…

— Zéro risque, ce n'est pas encore prouvé, rétorqua Maria, je ne connais rien qui soit à zéro risque…, réagit-elle avec une prudence instinctive.

— Arrête tu me fais flipper avec le problème qu'on a à Diablo…

— C'est quoi une divergence négative ?, demanda Maria qui avait entendu les conversations téléphoniques de son mari.

— C'est quand le réacteur s'éteint tout seul, c'est zéro danger mais c'est aussi zéro production et là ça me gêne un peu, vois-tu. Et puis, un phénomène inexpliqué dans une centrale, on n'aime pas ça.

— Mais ne t'inquiète pas, avec ton équipe de choc tu vas trouver la solution, David va te balayer ça d'un revers de main.

— C'est vrai que David est très fort. À son âge je ne possédais pas la moitié de ce qu'il sait et puis, il est d'une vivacité d'esprit… ce n'est pas comme moi… Tiens, l'autre jour, j'étais avec lui et Jonathan, le coursier. Je ne sais plus à quel propos, je dis à Jonathan : « il ne faut pas vendre la peau de l'ours avant de l'avoir tué » et lui, regarde David et lui fait : « Comme dirait David, il ne faut pas vendre la peau de l'ours, il faut la louer » et David qui lui répond : « Non Jonathan, il ne faut pas tuer l'ours avant d'avoir vendu sa peau ! »

Maria éclata de rire.

— Il est époustouflant d'esprit ce jeune homme !

— Hum, ça sent bon, qu'as-tu fait ?

— Barbecue ribs !

— Les enfants vont encore monter en vrille !

La soirée se passa gaiement en ce soir de septembre encore ensoleillé et Roberto finit par surmonter son appréhension, en s'amusant avec le dernier de sa famille, Julio, neuf ans, blond comme sa mère, mais qui aurait sans doute la stature de son père, car il était déjà bien carré des épaules. Le jeu qu'ils avaient inventé était l'inversion des rôles : Roberto imitait son fils, qui lui répondait en imitant son père et la fille faisait alors de même avec sa mère et quand les rôles étaient bien intégrés, au bout de quelques minutes, les « parents » devaient parler entre eux et les « enfants » aussi. Il ne fallait pas longtemps pour déclencher des fous rires à n'en plus finir.

Le matin, Roberto prit son café, dans lequel il trempa des parts d'un quatre-quarts complètement sec mais qui se ramollissait dans la tasse et redevenait délicieux comme au premier jour de l'ouverture du paquet. Après un bisou aux marmots et à Maria, il prit sa vieille Oldsmobile pour effectuer le trajet vers Diablo Canyon. Son moral était au beau fixe, la nuit avait été moins agitée qu'il ne l'avait pressenti. Il ne se doutait pas de l'inimaginable évènement qui allait bientôt éclater.

À 9h00 passées de quelques minutes, les quatre ingénieurs étaient réunis dans son bureau et avaient déjà pris connaissance de l'évènement d'hier, qui de surcroît, s'était reproduit cette nuit. C'est Roberto qui prit la parole le premier :

— Nous sommes sur une consommation de combustible de 25 % supérieure à la normale, c'est-à-dire que le rendement du réacteur est fortement pénalisé. Le deuxième réacteur est à l'arrêt, on le redémarre la semaine prochaine, on peut espérer qu'on aura un répit pour comprendre ce qui se passe.

David intervint :

— Si nous avons une perte de puissance aux alternateurs,

c'est que nous avons une baisse de régime des turbines à vapeur, soit par manque d'eau, soit par manque de chaleur de la vapeur. Que nous disent les données du circuit secondaire ?

— Naturellement, nous avons bien une corrélation, c'est un manque de chaleur.

— Si nous avons un manque de chaleur dans le circuit secondaire, en avons-nous un également dans le circuit primaire ?

— Eh oui !

— Alors en toute logique, c'est bien un problème de combustible qui se comporte comme s'il était altéré.

— Oui, on aboutit toujours là, quel que soit le raisonnement que l'on applique, confirma Gill.

Jack Bleston, l'ingénieur d'industrialisation, annonça qu'il allait procéder à une extraction du bilan réactif pour voir ce que donnaient les sous-produits de fission et s'il y avait un déséquilibre par rapport aux résultats antérieurs. Cela prit une heure, au bout de laquelle il revint avec le visage fermé.

— C'est à n'y rien comprendre. Les trois principaux isotopes sous-produits par la fission sont dans des proportions normales mais tous sont en quantités trop faibles quand on les compare à la masse de combustible en fission au même moment ! J'ai regardé aussi l'analyse de l'eau du circuit primaire et il n'y a rien de suspect là-dedans. On n'a pas non plus d'empoisonnement au xénon, les réflecteurs de neutrons sont bien en place, le cadmium, le gadolinium et le bore sont aussi dans des concentrations normales… Je n'y comprends rien !

À ce moment, le téléphone sonna dans le bureau de Roberto.

Le problème s'était reproduit encore plus intensément. Tout le monde se rendit dans la salle des commandes. La puissance avait chuté de plus d'un quart et l'enfoncement des crayons ne produisait aucun effet. Jack observa les graphiques :

— C'est la réaction en chaine qui s'arrête. On pourrait augmenter la température pour forcer la puissance à chuter puis faire redémarrer le réacteur comme si on était en phase initiale, qu'en penses-tu Roberto ?

— Oui je vois ce que tu veux faire, reprit Roberto, tu veux provoquer un arrêt suivi d'un redémarrage, une sorte de reset.

— Exactement, cela devrait provoquer quelque chose en forme de remontée de puissance.

Les techniciens exécutèrent le plan de Jack et au bout de quelques heures, le réacteur sembla effectivement redémarrer. Il remonta jusqu'au niveau où il était avant que l'on débute l'expérience mais n'alla pas plus loin.

— Ça n'a pas marché ! dit Roberto.

— Il faut attendre un peu, rectifia Gill.

Mais une heure plus tard, non seulement cela ne s'était pas amélioré mais de plus, la puissance produite s'était encore affaiblie, rien n'avait changé la tendance négative. David prit la parole.

— Je ne vois qu'une solution : arrêter le réacteur et sortir les crayons pour les examiner.

— Mais ça va prendre un mois pour refroidir !

— On peut quand même faire des analyses spectrales de base pendant ce temps. Le deuxième réacteur va bientôt redémarrer, la baisse de production ne sera pas trop grave. Roberto, c'est à toi de jouer !

— Je dois en référer au Directeur !

Il quitta la salle de commande et se dirigea vers le bureau directorial. Le Directeur était un bonhomme un peu âgé, un peu rond, un peu lent, un peu triste aussi, mais tendre comme une mère poule. Il devait son poste à sa longue expérience dans l'industrie nucléaire, mais on racontait que sa femme était une grande amie du Président de la DEC, car en Californie comme ailleurs, les gens racontent n'importe quoi. Il fallait avouer cependant que l'épouse du Directeur, de 15 ans sa cadette, était une femme qui exhalait une appétence sexuelle débordante, avec ses robes froufroutantes, ses regards mi-clos et ses lèvres d'un rouge mouillé permanent, mais de là à imaginer des choses… avec le Président… C'est vrai que de son côté, c'était un sacré coureur de jupons, le Président, mais tout de même… avec la femme du Directeur… Ce n'est pas parce qu'ils avaient eu à affronter une panne de voiture en pleine nuit, qu'il fallait tout de suite en déduire on ne sait quoi. Ils n'étaient que tous les deux dans la voiture en revenant d'une soirée dansante, car le Directeur, souffrant, n'avait pas pu les accompagner. Le fait est aussi, qu'ils allaient souvent cueillir des herbes aromatiques dans les collines environnantes, sans le Directeur à cause de sa goutte, mais ce n'était pas une raison pour y voir autre chose qu'une coïncidence de goûts communs pour un hobby. De même, quand on les voyait tous les deux au restaurant, il ne fallait pas se goberger. En réalité, allergique aux fruits de mer, le Directeur n'avait pas pu se joindre à eux, tout simplement. Le Directeur âgé, rond, lent et triste était d'une santé délicate mais il ne voulait pas que sa femme en souffre ; c'est pourquoi il lui accordait généreusement de prendre quelques menus plaisirs, avec un Président qui au fond, se dévouait pour elle et pour lui. Il en était profondément convaincu.

Une fois dans le bureau, Roberto expliqua tout ce qui venait de se produire et sollicita l'arrêt du réacteur pour étudier le problème qui se situait vraisemblablement dans le combustible.

— L'arrêt non programmé d'un réacteur est extrêmement grave, cela impacterait notre résultat et en ce moment, ce serait catastrophique, répondit le Directeur.

— Bien sûr Monsieur, mais de toutes les façons, c'est bien ce qui est en train de se produire, en arrêtant maintenant nous gagnons quelques jours pour commencer nos analyses.

— Écoutez ! Dans un premier temps, je préférerais que l'on examine les crayons qu'on s'apprête à engager dans le réacteur II. Ce sera plus facile.

— Entendu Monsieur.

Roberto revint dans son bureau et prit son téléphone pour lancer les analyses sur le combustible prêt à être engagé dans le deuxième réacteur. Le Chef du labo lui répondit.

— Nous disposons déjà de toutes les analyses sur ce combustible, il est naturellement dans les normes. Que recherchez-vous de plus, au juste ?

— Eh bien quelque chose qui pourrait expliquer que la fission s'arrête d'elle-même…

— J'ai du mal à comprendre comment une fission qui a bien démarré peut s'arrêter d'elle-même ! Nous avons assez de souci en général pour contrôler que la chaine ne s'emballe pas au contraire…

— Je sais que c'est incroyable, mais c'est bien ce qui se passe dans le réacteur I.

— À part un essai en réacteur de labo, je ne vois pas quoi faire d'autre, mais vous n'aurez pas de résultats avant demain matin.

— D'accord, lancez cet essai.

Le laboratoire de la centrale disposait d'un petit réacteur

d'essai. C'était un réacteur d'irradiation qui permettait la production de neutrons libres, mais ne produisait pas d'énergie et fonctionnait donc dans des conditions beaucoup plus simples de température et de pression.

Le lendemain matin, Roberto ouvrit sa messagerie et lut le rapport du Chef de labo, qui lui apprit que l'essai de production neutronique s'était révélé normal, rigoureusement normal, bêtement normal, sauf que pendant ce temps, la puissance du réacteur I avait chuté de 50 % de son nominal. Il décida de faire son rapport au Directeur.

— Alors nous n'avons pas le choix, arrêtez le réacteur I, j'informe notre Président à Los Angeles, attendez-vous à voir débarquer des grosses têtes d'ici peu.

Là c'est sûr, les ennuis vont commencer !

En effet, quelques jours plus tard, une délégation d'experts issus du gotha mondial, composée d'un chercheur français du CNRS, mais d'origine américaine, et de deux chercheurs américains, arriva à Avila Beach. Elle avait pris possession d'un grand bureau vacant, situé non loin de la salle des commandes, et équipé de tous les moyens informatiques nécessaires. Ce jour-là, était précisément celui du redémarrage du réacteur II. Les trois chercheurs se rendirent dans la salle des commandes pour assister à l'évènement, Roberto, David, Gill, Jack et le Directeur les accompagnaient. Ils n'en menaient pas large, craignant une découverte qui aurait ruiné leur réputation. Ils redoutaient par-dessus tout, d'être passés à côté d'une évidence. Dans le réacteur II, l'eau du circuit primaire était déjà pressurisée et sa température venait d'atteindre le seuil de déclenchement de la fission. Les crayons furent introduits. Chacun retenait son souffle. La température du cœur s'éleva, la fission avait débuté. Les pompes du circuit secondaire se mirent en marche pour commencer à capter la chaleur qui allait bientôt produire de la vapeur. Une heure plus tard, on était à 80 % du nominal de production électrique et cela continuait à monter. Tous les employés de la centrale affichaient un beau sourire, sauf David et les chercheurs, car ils n'oubliaient pas le problème pour lequel ils étaient là.

Est-il possible que la défaillance soit due au réacteur I et non au combustible ?

En fin de journée, tout était correct, le réacteur II était à 100 % de rendement. David fit part de son questionnement à Roberto.

— Je préfèrerais cela à un problème de combustible, mais il faut en parler à Jack, c'est lui qui s'occupe des moyens industriels.

Jack fut mis à contribution et il annonça qu'il allait procéder à une inspection du cœur du réacteur I. Les crayons étaient maintenant dans la piscine depuis une semaine et dans quelques jours, on pourrait les passer au réacteur d'irradiation pour voir s'ils continuaient de fonctionner ou non.

Ce fut le lendemain seulement, que le problème du réacteur I se reproduisit dans le réacteur II. C'était la consternation générale. Les chercheurs étaient à l'œuvre, ils collectaient toutes les données dont ils pouvaient disposer et procédaient à tous les calculs qu'ils imaginaient pour arriver à trouver quelque chose. Maintenant que le problème se généralisait, ils décidèrent de travailler séparément, les Américains prirent en charge le premier réacteur et le Français s'occupa du deuxième. Le but était de procéder aux mêmes calculs et de se retrouver à la fin pour comparer les résultats. David se chargea de la coordination entre les deux groupes de travail.

Les jours passèrent. Le réacteur II avait lui aussi été arrêté. Par bonheur, ces arrêts ne constituaient pas des incidents de sûreté, les autorités ne furent donc pas contactées.

Les chercheurs constatèrent que leurs résultats étaient

comparables, les réacteurs avaient été ralentis par une baisse d'activité neutronique inexplicable. Roberto, Gill et Jack étaient un peu rassérénés de constater que les calculs de ces sommités n'avaient pas remis en cause leur propre travail, mais ils étaient aussi déprimés de ne voir aucune issue se dessiner.

Les barres de combustibles du premier réacteur étaient maintenant manipulables pour un essai dans le petit réacteur du labo de la centrale. Le Chef de labo lança l'opération et arriva quelques heures plus tard dans le bureau de Roberto. Il était livide :

— L'activité neutronique est nulle !

— Nulle ?

— C'est comme si j'avais mis de chewing-gum dans la marmite !

Mis immédiatement au courant, le Directeur décida de programmer la fermeture du site. Chacun fut contraint de rentrer chez lui, en chômage technique, sauf une équipe de maintenance qui allait assurer la conservation des éléments radioactifs dans la salle des combustibles, dans les réacteurs et dans la piscine.

La vie allait devenir très difficile pour près de 1 500 personnes, les allocations chômage ne dépassant pas 45 % du salaire antérieur et pour une durée de sept mois maximum. Pas de quoi faire la nouba pour profiter du temps libre. Quant à retrouver du travail, il ne fallait pas non plus se bercer d'illusions : la Californie était l'État champion toutes catégories, du taux de chômage aux USA. Le cours de la DEC partit en chute libre, le Président fut appelé à d'autres fonctions dans un autre État et la femme du Directeur se résigna à une vie bien rangée auprès de son vieux et triste mari !

Roberto se retrouva chez lui le soir, en compagnie de Maria :

— Si nous ne trouvons pas rapidement la solution, je vais devoir chercher un autre job, mais comme je ne sais rien faire d'autre, ce sera en direction d'une autre centrale et ça Maria, c'est une catastrophe, car cela nous obligera à déménager.

Maria comprenait tout ce que cela pourrait remettre en cause, la perte de son propre emploi, la déstabilisation des enfants, l'abandon de cette maison qui leur était si chère. Elle voulut néanmoins redonner du courage à son mari.

— Nous n'en sommes pas encore là, mon Roberto ! La DEC est une société solide, vous disposez sûrement de quelques mois pour trouver le palliatif et redémarrer.

— Je n'y crois pas Maria ! Il se passe quelque chose qui nous dépasse, ce n'est pas un détail qui nous a échappé et qu'on pourrait éliminer en un clin d'œil, je ne sais pas ce que c'est mais vu les pointures qui se sont penchées dessus et qui n'ont rien trouvé, je suis pessimiste.

4 – *La découverte de l'inertium*

Ce fut naturellement sous haute protection contre les radiations que des échantillons de « combustible-chewing-gum » parvinrent au CERN pour la France et au Lawrence Livermore National Laboratory pour les États-Unis. Le LLNL était situé au nord-est de San Francisco. C'était une gentille petite ville de 80 000 habitants délicatement posée dans un milieu verdoyant, entourée de vallons et davantage connue pour son vin que pour ses paillasses de labo. Le laboratoire de Livermore était le bras armé scientifique de l'UCLA, l'un des quatre ou cinq laboratoires les plus performants au monde dans le domaine nucléaire.

Les précautions prises étaient en fait inutiles car ce combustible maintenant refroidi, se révéla sans aucun potentiel radioactif, ce qui était précisément la source du problème rencontré à Diablo Canyon. Mais la paranoïa ambiante sur le nucléaire était telle, qu'on faisait comme si c'était dangereux, aucune autorité politique n'osant dire le contraire et aucune autorité scientifique n'osant s'aventurer sans couverture politique. Charlie Stenson, responsable du pôle analyse matières reçut les échantillons avec la mission hautement stratégique de découvrir la raison physico-chimique de cette perte de radioactivité dans une matière censée péter le feu.

Stenson était souvent coiffé d'un bob. C'était le seul moyen qu'il avait trouvé pour contenir son ébouriffante tignasse. Il était encore bien jeune, à peine 30 ans, mais déjà gros, obèse même, avec ses 164 kg de plis, de replis et de surplis. Cela n'atteignait toutefois pas son moral, il était même rond de caractère. Jamais un mot plus haut que l'autre, toujours prêt à lancer une plaisanterie et s'accommodant de tout, à table en particulier.

Le premier essai qu'il lança par spectrométrie visait la teneur en 235U et il ne fut pas surpris de constater qu'il n'y en avait pas. En réalité il n'y en avait plus, s'il en croyait la fiche signalétique qui accompagnait l'échantillon et qui fournissait sa composition chimique telle qu'elle était avant son insertion dans l'un des réacteurs de Diablo Canyon. Qu'à cela ne tienne, il se lança méthodiquement dans 117 essais complémentaires pour connaître la teneur de la totalité de 118 éléments de la table de Mendeleïev, c'est-à-dire l'intégralité des atomes existants sur terre, que ce soit à l'état naturel ou artificiel. L'équipement et le personnel de son laboratoire étaient tellement abondants qu'il y parvint en quelques heures.

Quand il synthétisa tous ses résultats, Charlie devint dubitatif en s'apercevant que le compte n'y était pas. En effet, en additionnant les teneurs de tous les éléments présents dans l'échantillon, il lui manquait environ 4 % de la masse analysée. Il savait que cela correspondait à la teneur initiale en 235U mais il se demandait par quoi cet élément avait bien pu être remplacé. La nature a horreur du vide et Charlie ne pouvait pas croire qu'un tout ne soit composé que de 96 % de matière, question de pure décence intellectuelle !

Il confia un échantillon à Patty, sa très sympathique collègue des microscopes qu'il surnommait Skinny[12], avec espièglerie, en raison des 60 kg qu'il lui rendait. Patty et lui étaient des camarades de longue date, depuis le collège en fait.

La jeune femme, informée de la bizarrerie rencontrée, décida de ne pas y aller par quatre chemins. Elle lança une batterie de recherche d'identification par image, au moyen d'un microscope électronique à transmission, un engin d'une puissance phénoménale, capable de compter des protons. On avait autrefois surnommé le LLNL, « MNO » pour

---

[12] Maigrelette

« Microprocesseur Number One » car il avait souvent été en tête des plus puissants microprocesseurs au monde. C'est notamment pour le microscope de Patty qu'on avait besoin d'une telle puissance d'analyse.

L'essai débuta et il y en avait pour plusieurs heures. La mission était d'obtenir le nombre d'atomes présents dans l'échantillon, avec un classement par numéro atomique, c'est-à-dire selon le nombre de protons de l'atome, ceux-ci variant de un pour l'hélium à 118 pour l'ununoctium, et il n'y avait ni trous ni doublons possible ; chaque élément chimique se caractérise par son nombre de protons, et puis c'est tout !

La nuit passa et le lendemain Patty se rendit aux nouvelles. Elle décrocha le listing sorti de la machine et le parcourut. Quand elle arriva en bas de la page, elle se frotta les yeux pour lire et relire et finit par s'écrouler dans son fauteuil. Elle appela Charlie au téléphone.

— Ne me demande pas pourquoi et vient immédiatement, et n'oublie pas tes lunettes !

Dans les cinq minutes qui suivirent, Charlie fit la même lecture que Patty et s'exclama :

— 119 ! Nous avons un élément à 119 protons ! C'est inouï ! C'est dingue !

— Quand je pense qu'il n'y avait que des mathématiciens pour échafauder un truc pareil !, fit Patty.

— Et attend, ce n'est pas tout, as-tu vu la masse atomique ?

— C'est celle de l'uranium ! C'est une histoire de fous !

— Apparemment c'est le 235U qui s'est transformé en machin à 119 pattes !

— Ce qui veut dire qu'il a capté 27 protons supplémentaires, calcula Patty mentalement.

— Exact, mais pourquoi n'en a-t-il pas pris davantage ?

— Ah ça, fait la jeune femme, j'ai ma petite idée. Tu sais que dans un atome, plus on a de protons, plus leur masse est faible. Les mathématiciens qui ont gambergé un truc dans le genre de ce que nous avons sous les yeux, ont estimé qu'au-delà de 119, la masse des protons devenaient tellement faible qu'elle se rapprochait trop de celle des électrons et que partant, l'atome perdait sa stabilité, autrement dit il ne durait pas et revenait au niveau inférieur.

— Bravo Patty, on ne devrait jamais cesser de faire des maths ! Mais si l'on peut constater ce résultat, on n'a pas le plus petit bout du commencement de la réponse à : comment cela peut-il se produire ?

— Je ne sais pas. Nous avons un $119^{\text{ème}}$ élément à la table de Mendeleïev et de plus, il paraît relativement stable. Comment allons-nous l'appeler ?

— En tant que première découvreuse, tu as un droit de proposition Patty, mais il faudra qu'il soit homologué par nos académies et on n'a pas fini d'en parler.

Toute émoustillée, Patty réfléchit quelques secondes, puis :

— Compte tenu de la transformation de 235U en une bête pâte à modeler inoffensive, je propose « Inertium » avec « It » comme symbole !

— Ok, c'est bien trouvé et j'espère qu'il sera homologué, ma Skinny ! Mais maintenant il te revient de faire un rapport de tout ça et de le communiquer à nos autorités scientifiques de tutelle, mais uniquement celles avec qui nous sommes en direct, après ce sera à eux de prendre le relais vers la presse et les autorités scientifiques nationales. N'oublie pas l'UCLA !

— Et nos collègues du CERN ?

— Oui bien sûr, eux-aussi !

Elle se mit au travail : historique de l'échantillon, description du matériel d'analyse, mode opératoire et résultats, le tout en quelques pages seulement car les destinataires étaient tous des professionnels, dans un premier temps tout du moins, capables de comprendre un communiqué scientifique restreint.

Charlie rejoignit son bureau en songeant le plus intensément qu'il pouvait à l'origine de cette transformation. Il lui manquait exactement tout, pour comprendre ce qui s'était passé dans la cuve du réacteur de la DEC, car il était persuadé que c'était là que ça s'était passé, mais comment ? Par quelle loi physique ? Avec quel déclencheur ? Pourquoi maintenant et pas avant ?...

Il en était là lorsque les retours au rapport de Patty commencèrent à arriver. Les premiers à réagir furent les chercheurs du CERN, par un mail à Patty :

« Nous venons de faire la même découverte avec une journée de décalage par rapport à vous : félicitations de la part de toute l'équipe de Genève ! Nous trouvons très judicieux le nom donné à ce 119ème élément. ».

Le directeur scientifique de l'UCLA qui reçut le rapport, décida d'en parler au Professeur Chi Xao Tan qui se trouvait en ce moment dans les locaux de l'université, pour y faire une conférence.

— Quand ils vont savoir, au LLNL, que vous êtes là, ils vont sûrement vous demander de leur prêter main forte, Professeur.

— Mais pourquoi pas ? Mon vol de retour pour Amsterdam est après demain, si vous pensez que l'on peut faire un saut à Livermore d'ici-là je vous suis, répondit Chi Xao Tan.

— Nous avons un hélicoptère à notre disposition, il ne nous faudra guère plus d'une heure pour nous y rendre. Votre conférence va commencer, que diriez-vous de partir demain vers 9h00 ?

— C'est entendu !

— Alors je les préviens de votre arrivée, ils vont être réconfortés.

La conférence commença, les auditeurs comptant parmi les scientifiques les plus chevronnés de la planète, n'allaient pas être déçus :

« C'est seulement après la découverte des surions, que je me suis aperçu que la variation d'énergie provenait d'un phénomène quantique dû à un changement de l'orientation spinale, lui-même provoqué par la célérité des nucléides... ».

Une heure trente plus tard, les mains de la petite centaine de participants se mirent à claquer frénétiquement et produisirent un tonnerre à faire vibrer tout l'amphi. Ceux qui avaient compris le sens de ce discours de très haute tenue scientifique ne tarissaient pas de qualificatifs élogieux et ceux qui n'avaient pas compris, faisaient exactement la même chose. À la décharge des moins réceptifs, il faut souligner que cette docte assistance se composait d'enseignants-chercheurs d'horizons très divers ; la physique des particules n'était pas la tasse de thé d'un botaniste ou d'un sismologue.

Le lendemain, Chi se retrouva dans le pôle analyse matière du LLNL, accueilli par Charlie Stenson qui commença par lui faire le tour du propriétaire, avant de l'inviter à s'asseoir dans son bureau. Chi prit connaissance attentivement de l'histoire de l'Inertium. Il réfléchit. La chose la plus étrange qui obsédait ses pensées était la stabilité de l'Inertium. Cela n'aurait pas dû être le cas, même les éléments à 118 ou 117 protons n'étaient pas stables et pour les raisons que Patty avait fort justement décrites. Il ne connaissait qu'une seule possibilité pour que cela se produise : une effrayante intervention de surions !

— Pouvons-nous tester les valeurs d'énergie des électrons de l'Inertium ?

— Bien sûr, fit Charlie.

On procéda à l'analyse et le résultat parvint à Charlie.

— La valeur énergétique est un peu supérieure à la valeur normale d'un électronvolt. Que cela signifie-t-il ?

— Cela pourrait signifier qu'il y a eu une action de surions sur le 235U, répondit Chi, non sans la plus grande inquiétude.

Charlie connaissait la découverte des surions par le Professeur Chi Xao Tan mais ignorait tout de leur processus de fabrication et de leurs caractéristiques.

— Les crayons de combustible contenaient donc des surions qui ont échappé aux analyses initiales…

Chi ne répondit pas, il ne savait pas comment ces surions auraient pu entrer en contact avec le 235U mais il savait que cela ne pouvait pas être accidentel. C'était si grave, qu'il fallait avant toute chose, valider l'hypothèse. Pour y parvenir, il n'existait qu'un seul moyen : reproduire le phénomène en laboratoire. Chi n'avait malheureusement pas tout le temps nécessaire.

— Disposez-vous d'un canon à électrons ?

— Naturellement ! répondit Charlie.

— Alors avec votre permission, je vous propose de rester parmi vous, le temps nécessaire à la reproduction du phénomène en laboratoire.

— Avec joie, mais ne deviez-vous pas repartir demain ?

— Mon départ est repoussé, pouvez-vous charger quelqu'un de faire le nécessaire, voici mon billet, décida Chi.

— De combien de jours voulez-vous retarder votre départ ?

— Je pense que quatre jours devraient suffire.

Charlie récupéra le billet, le confia à une assistante qui attrapa aussitôt son téléphone pour reporter le voyage selon les instructions fournies. Chi la chargea aussi de prévenir la Globexum.

Aussitôt un protocole fut tracé et Chi se mit au travail. Il réalisa tout d'abord des surions au moyen du canon à électrons puis les projeta par bombardement sur une infime quantité de 235U. La quantité fut réduite au minimum pour que l'impact radioactif reste acceptable, l'opération ne pouvant pas être réalisée en espace confiné.

Le résultat fut négatif, aucune transformation ne se réalisa.

— Notre protocole est incomplet, nous ne sommes pas assez proches de la situation réelle, il faut que nous parvenions à mettre en contact les surions et le 235U en situation d'activité neutronique, il faut que cela se passe dans un réacteur.

Il fallait attendre le lendemain pour que l'essai puisse avoir lieu.

* * *

Pendant ce temps, dans la centrale du Tricastin à Pierrelatte, en France, on assistait à la conversation suivante entre deux opérateurs d'une salle de commandes :

— Nous avons une baisse de puissance en sortie d'alternateur !

— Encore ? Nous avons déjà eu ce problème hier et nous avons dû rajouter du combustible pour revenir au nominal, je recommence mais ce n'est pas normal.

Au bout d'une heure, le nominal de puissance n'était pas atteint, on avait même une nouvelle baisse…

Une semaine plus tard, la centrale du Tricastin allait être à l'arrêt, quelques jours avant l'arrêt des deux réacteurs de Rostov, au sud-est de la Russie et de ceux de Daya Bay, les deux premiers réacteurs historiques en Chine.

***

Parmi tous les véhicules qui circulaient à ce moment, près de ces centrales, personne n'aurait pu être en mesure de remarquer une quelconque bizarrerie. Et pourtant, même si leurs automobiles n'étaient pas rutilantes et si leurs occupants ressemblaient fort à des autochtones, il était curieux de trouver des voitures pleines de passagers qui ne se parlaient pas et dont les styles étaient si différents. Même leurs radios étaient muettes. Il est vrai que leurs postes n'étaient pas des modèles standards, ils étaient branchés sur les canaux des polices locales, qui fort heureusement, n'émettaient pas en continu.

***

Ces arrêts, pour inexpliqués qu'ils soient, n'étaient pas encore reliés entre eux, car ils se produisaient dans des pays différents et leur incidence sur les productions nationales étaient sans grands effets, en raison de leur compensation par d'autres centrales. En outre, ils ne mettaient aucun paramètre de sécurité en jeu, c'était plutôt le contraire.

À Livermore, on n'était pas avancé. L'essai en réacteur de

labo n'avait pas donné de résultat probant.

> — Je sais que vous êtes déçu, mais je vous avoue que personnellement, je serais plutôt rassuré de m'être trompé, confia Chi à Charlie.

> — Je ne vous comprends pas Professeur, s'étonna Charlie.

> — La présence de surions dans le combustible n'aurait rien d'accidentelle…

> — Vous voulez dire qu'elle serait intentionnelle ? fit Charlie qui avait sursauté sur son siège, mais c'est impossible ! Comment pourrait-on faire cela intentionnellement ?

> — Je l'ignore. Quelle était la température de votre réacteur durant l'essai ?

> — Environ cent degrés à la pression atmosphérique ambiante…

> — Peut-on se rapprocher des conditions réelles du réacteur de Diablo Canyon ?

> — On peut monter à 300°C mais on ne parviendra pas à 150 bars de pression.

Un nouvel essai fut réalisé à 300°C et le résultat fut sans appel : plus un seul atome de 235U, et tout plein d'Inertium ! Le jeune américain et le Professeur se regardèrent, angoissés. Entretemps, Charlie s'était fait donner quelques explications complémentaires par Chi, il savait maintenant la gravité de ce que représentait cette réussite.

> — Il ne nous reste plus qu'à découvrir comment des surions peuvent être introduits dans le combustible. Mais je préfère poser la question aux opérationnels de la DEC, il n'y a qu'eux qui peuvent savoir où une telle faille pourrait se trouver dans leur processus.

Charlie trouva le nom de Roberto Alison dans la documentation qu'on lui avait transmise avec les échantillons. Il l'appela au téléphone et lui expliqua la situation.

— Par quel moyen des surions pourraient être introduits dans le combustible ? Je n'en vois aucun. En revanche on pourrait en introduire dans le réacteur via l'eau du circuit primaire. Cette eau est filtrée, dessalée, purifiée, mais nous n'en faisons qu'une analyse sommaire.

— Pourrions-nous en avoir un échantillon ?

— Hélas, depuis le temps que les réacteurs sont à l'arrêt, elle a été intégralement décontaminée et rejetée à l'Océan, il ne nous est plus possible de faire un contrôle.

***

La Dodge du Nevada venait maintenant de quitter Palo Verde et semblait prendre la direction du Nord. Ses occupants n'étaient que deux, un homme et une femme, d'âges voisins, et leur conversation était soutenue mais calme. Le policier qui aurait pu contrôler ce véhicule lorsqu'il se trouvait dans le district de Diablo Canyon, aurait été encore plus étonné aujourd'hui, en constatant que ses passagers n'étaient pas les mêmes. La voiture avait sans doute été vendue entretemps.

***

Charlie et le Professeur se retrouvèrent à court et Chi envisageait de repartir pour Amsterdam, mais quelques instants plus tard, Charlie fut appelé par Roberto Alison :

— Je viens d'avoir mon homologue de Palo Verde en Arizona, c'est un copain de promotion. Il semble qu'ils connaissent le même problème. Je leur ai dit de vous envoyer un échantillon de leur eau du circuit primaire prélevé entre les opérations de filtration et son introduction dans le circuit.

— Fantastique, fit Charlie puis, se reprenant, je veux dire merci pour le relais…

Car l'idée de réacteurs à l'arrêt pour une raison aussi inquiétante n'avait rien d'enthousiasmant, c'était même particulièrement dramatique. En recevant la nouvelle de son camarade de Palo Verde, Roberto Alison avait perdu le seul espoir tangible qui lui restait de se recaser dans une centrale nucléaire, pas trop éloignée de la Californie. Ses seules ressources se réduisaient maintenant à un maigre chômage qui allait s'arrêter dans quelques mois et au petit salaire d'institutrice de Maria. Et il y avait encore les énormes emprunts de ses études et de sa maison à rembourser… Avec ou sans travail, la vente de la maison devenait inéluctable, même si la crise des subprimes n'était pas encore résorbée…

Quelque temps plus tard, l'échantillon d'eau parvint à Livermore et son analyse révéla la présence de surions, mais en faible quantité !

Charlie et Chi, qui avait encore repoussé son départ, cherchèrent à comprendre comment une faible quantité de surions pouvait parvenir à détruire tout le 235U du combustible. Chi émit alors l'hypothèse suivante qui allait s'avérer exacte un peu plus tard : l'activité neutronique du réacteur produit une multiplication progressive des surions, voilà pourquoi d'ailleurs, le phénomène de transformation ne se produisait pas brutalement, mais graduellement. Ainsi, une fois les surions produits, et ce n'était pas très compliqué si l'on connaissait la formule et que l'on disposait d'un canon à électrons, quelqu'un en jetait quelques grammes dans l'Océan ou dans la rivière à proximité du captage de l'eau du circuit primaire et le tour était joué.

— Charlie, nous ne sommes plus face à des accidents mais à des attentats !

L'information fut rapportée au Directeur du LLNL qui prit contact avec le FBI, car il était persuadé que c'étaient les États-Unis qui étaient visés. S'il avait été informé des évènements du Tricastin, de Rostov et de Daya Bay, il aurait sans doute aussi averti la CIA. Cela aurait peut-être évité un hiatus qui allait survenir un peu plus tard et compliquer sévèrement l'avancement de l'enquête.

Le directeur du bureau du FBI de San Francisco qui reçut l'appel, via une assistante qui fort heureusement n'avait pas fait le blocage protecteur habituel vers son boss, décida aussitôt d'envoyer un agent afin d'instruire le demande. L'affaire démarra sur les chapeaux de roues d'une Chevrolet, puisque le soir même, l'agent remit son rapport documenté au directeur. En fin limier, le directeur perçut tout de suite l'ampleur potentielle de l'attaque et envoya le rapport, la documentation et son petit message personnel à Robert C. Russerl, le grand patron à Washington DC.

Robert C. Russerl, dit le Sphinx, était un homme hors du commun et pourtant physiquement cela ne se voyait pas le moins du monde, il n'y avait pas plus ordinaire que cet américain-là, en apparence. Taille moyenne, peau légèrement hâlée, chevelure ondulée et impeccablement coupée, il n'avait ni le front haut, ni le menton fuyant, mais un visage aux traits réguliers et au regard apaisant. Il portait toujours des costumes fonctionnels, sans ostentation, mais bien coupés. Il cirait lui-même ses chaussures chaque semaine et ses cravates étaient variées car il avait le souci de ne pas paraître sans aucune fantaisie ; certains jours on le voyait même avec un nœud papillon, mais c'était le signe certain d'un évènement particulier ce jour-là, comme un anniversaire important ou un déjeuner avec de VIP des hautes sphères. Il ne fumait pas, sa corpulence était normale, on ne lui connaissait pas de vice, pas même un hobby et son langage était courtois sans être ampoulé. Il avait fait des études supérieures traditionnelles de droit et d'économie et possédait une certaine culture sans l'avoir développée dans des domaines particuliers, il était un généraliste appliqué. C'était dans sa manière de penser qu'il dépassait pas mal de têtes. Sa puissance de déduction alliée à un flair surhumain en faisait un champion. Il parlait peu mais réfléchissait à la vitesse de la lumière. Comme tous les grands patrons de services secrets, il était assez paranoïaque, c'était même ce qui faisait son carburant, mais cela ne lui ôtait rien. Il choisissait ses collaborateurs avec le plus grand soin même s'il ne faisait confiance à personne, sauf à Lisa Roestemberg, son assistante.

Comme souvent, les grands esprits pouvaient quand même faire de grandes boulettes, car faire confiance à la seule Lisa Roestemberg et pas à ses autres collaborateurs, allait ici, à l'exact opposé de ce qu'il aurait fallu faire.

Derrière son regard de biche, ses manières délicates et ses tenues recherchées, Lisa Roestemberg avait deux employeurs.

Fille d'ambassadeur américain à Pékin, orpheline de mère, elle avait vécu et fait toutes ses études en Chine et les relations de son père n'avaient pas manqué de s'intéresser à la jolie Lisa et même, pour autre chose que le badin. Depuis son arrivée aux USA en 1995, elle avait tout de suite été embauchée au FBI comme modeste employée dans le département des langues, en raison naturellement de sa parfaite connaissance du Chinois. Elle s'y était investie avec tant de zèle et d'efficacité qu'elle avait fini par sortir du lot et se faire remarque par Robert C. Russerl, qui n'était pas encore le patron du FBI mais était déjà un de ses directeurs.

Mais Lisa était en réalité un agent dormant et personne ne se doutait que les Chinois pouvaient investir leur confiance pendant près de vingt ans dans un agent à eux, sans rien lui demander d'opérationnel. Car Lisa n'avait encore pas trahi le moindre secret, c'était là toute sa force, elle s'était mise en réserve pour un grand coup. Depuis son débarquement sur la terre américaine, elle n'avait fait aucun voyage en Chine, se contentant d'échanger régulièrement des mails avec ses amies de jeunesse encore là-bas. Bien sûr tout cela avait été épluché par des spécialistes avant son affectation au poste d'assistante du directeur du FBI, mais tout le monde n'y avait vu que du feu. Les soi-disant amies de jeunesse, étaient en fait ses référents du PCC[13] et les messages échangés contenaient un redoutable code mis au point entre elle et eux, juste avant son départ ; les idéogrammes se prêtent particulièrement bien au langage codé. La motivation même de son choix pour ce double-jeu était impossible à imaginer pour n'importe qui. C'était une histoire effroyable et aussi secrète que ses agissements.

En 1994, elle avait 24 ans et se trouvait être fiancée à un jeune Chinois, prénommé Deng, à l'insu de tous. Son entourage connaissait sa relation mais n'avait pas idée de son enracinement. Il était étudiant, comme elle et ils se fréquentaient déjà depuis plusieurs années. Ils s'étaient découverts un puissant attachement réciproque, comme cela pouvait se produire chez des adolescents qui découvraient la vie, et s'étaient naturellement laissés emporter dans une relation amoureuse sans nuage. Ils avaient décidé de se fiancer lorsque Lisa s'était aperçue qu'elle était enceinte. Les projets allaient bon train, mais toujours en cachette de son père, lorsqu'un soir, elle se retrouva fortuitement seule dans la demeure familiale dans l'attente de Deng, son père venant d'être appelé d'urgence à l'ambassade. C'est alors qu'un ami

---

[13] Parti Communiste Chinois

de son père, sonna à la porte. C'était un attaché au Consulat des États-Unis à Hong-Kong, qu'elle avait déjà vu une fois ou deux. Il avait un souci de voiture et comme il ne connaissait que Mr Roestemberg dans les environs, il venait voir s'il n'aurait pas pu trouver quelque secours.

Joss Sullivan avait dix ans de plus que Lisa. C'était un solide américain originaire du Texas, région peu connue pour ses élevages d'ambassadeurs, mais il y a des exceptions en tout. Joss avait cependant eu une enfance perturbée par une agression sexuelle de son oncle. Il avait grandi comme il avait pu et avait réussi à faire de belles études, mais il avait gardé de son traumatisme une grave déviation, c'était un maniaque sexuel qui avait déjà violé plusieurs femmes, en toute impunité.

Lisa le fit naturellement entrer et lui expliqua qu'il allait falloir attendre le retour de son père. Elle ignorait naturellement que l'homme était une menace pour elle. Au moment d'entrer dans le salon, elle fut contrainte de se laisser approcher au passage de la porte et c'est là qu'il la saisit brutalement, la plaqua au sol et arracha ses vêtements. Elle se débattit, appela au secours, mais l'homme était trop fort pour elle, il finit par parvenir à son but. Il la pénétra sans ménagement, dans un état de surexcitation incontrôlable. Lisa ressentait de vives douleurs à chacun de ses mouvements, elle tenta de les apaiser en s'assouplissant à chacun de ses assauts, ce que son agresseur prit pour une montée du désir qui lui fit redoubler d'ardeur. Deng entra à ce moment et quand il vit et qu'il comprit ce qui se passait, il se rua sur l'agresseur, mais celui-ci sortit un couteau, le lui planta dans le ventre et s'enfuit. Lisa sous le double coup du viol qu'elle venait de subir et de l'agression de son fiancé, s'évanouit. Deng mourut d'une hémorragie interne dans les minutes qui suivirent.

Lorsque qu'elle se réveilla, elle savait que son bébé aussi était mort. Avant même le retour de son père, elle fuit cette maison qui ne représentait plus rien d'autre pour elle que le basculement de tout son univers dans la mort. Elle alla trouver refuge dans une congrégation religieuse qu'elle connaissait et là, elle fut prise en charge par des sœurs.

Pourquoi faut-il que je vive encore ? Quelle est la raison de cette punition ? Comment échapper à cette torture autrement que par la mort ? Pourquoi mon cœur continue-t-il de battre ? Pourquoi mon souffle refuse-t-il de cesser ?

Après une nuit sous sédatif, elle se retrouva entourée des sœurs aux petits soins pour elle. Elle demanda à rester seule avec la supérieure et lui raconta à nouveau toute l'histoire de la veille. Loin de s'apitoyer, la supérieure la raisonna avec fermeté :

— Cette terrible épreuve ne doit pas te détruire Lisa, mais au contraire te permettre de grandir. Tout d'abord, on va faire venir un médecin pour qu'il s'occupe de ta gestation interrompue.

Comme pour joindre l'exemple au vœu qui précédait, la religieuse avait trouvé une formule qui ne renvoyait pas trop de douleurs émotionnelles Elle poursuivit :

— Ensuite, je vais contacter ton père et lui dire ce qui est arrivé…

— Non… attendez… Mon père ne sait pas que j'étais enceinte ni que Deng était mon fiancé…

— Soit, nous ne dirons pas tout. Maintenant repose-toi et prie !

Lorsque l'affaire fut portée à la connaissance de Mr Roestemberg et qu'il saisit les autorités afin d'obtenir l'arrestation et le jugement de Joss Sullivan, il se trouva face à un dilemme qui ne le surprit pas : l'immunité diplomatique était maintenue par les États-Unis et le criminel restait protégé.

Pour la forme toutefois, on le rapatria dans un obscur bureau du DoS[14] à Washington.

Plusieurs semaines se passèrent et les sœurs prodiguèrent des soins extraordinaires à Lisa qui commença à redresser la tête. Son jeune âge et sa belle personnalité étaient de précieux atouts pour son rétablissement.

Un jour, dans ce petit monastère, elle reçut la visite d'une femme qui lui raconta l'engagement secret de Deng pour son pays. Dès ce moment, elle se jura de venger Deng et leur bébé contre les américains, à qui elle ne pardonnait pas le maintien de l'immunité diplomatique, et contre Joss Sullivan pour qui elle nourrissait un profond désir de vengeance. Apprenant l'appartenance de Deng aux services secrets chinois, elle décida de poursuivre son œuvre et offrit spontanément ses services.

C'est en 1996, deux ans plus tard, qu'on a retrouvé le corps de Joss Sullivan, dans une décharge de la banlieue de Washington, une lame plantée dans le ventre. Particularité peu courante, il était émasculé et le médecin légiste avait été formel, c'est avant sa mort que ce prélèvement avait eu lieu. Lorsque la police a eu connaissance des antécédents diplomatiques de la victime, l'inspecteur chargé de l'enquête avait songé un instant à l'affaire Roestemberg. Mais Lisa, qui avait pris soin d'être opportunément en vacances à Miami au moment du crime, après avoir été prévenue par un message codé d'une de ses amies chinoises, n'avait même pas été interrogée. La police n'avait pas pu savoir non plus que c'était une très aguichante chinoise qui s'était occupée de l'acte final de l'exécution, ni que c'était Lisa elle-même qui avait jeté à des chiens de rue, les pitoyables restes de l'organe de Joss Sullivan, après les avoir cérémonieusement coupés en tous petits

---

[14] Department of States, équivalent du ministère des affaires étrangères.

morceaux. La vengeance est un plat qui peut se manger froid, si l'on sait bien l'accommoder.

Près de vingt ans plus tard, elle était toujours redevable à ses « amies Chinoises » du service rendu en 1996, mais surtout, sa haine pour les américains n'avait pas faibli et Robert C. Russerl, bien qu'informé du crime dont elle avait été victime, était totalement ignorant de la rancœur qu'elle nourrissait. De l'éclat de ses jeunes années, Lisa Roestemberg n'avait gardé que ses yeux magnifiques, d'un bleu intense, capables de mettre mal à l'aise des personnes d'insuffisante complexion, tant son regard s'imposait par cette insondable profondeur des âmes supérieures, capables tout à la fois d'une impressionnante autorité et d'une immense détresse. Mais le reste avait succombé au ravage de ce terrible instant où sa vie s'était littéralement effondrée. Elle était un peu voutée, son visage était outrageusement ridé et les commissures de ses lèvres trop minces s'opposaient spontanément à tout sourire. Elle n'épargnait pourtant pas sa peine pour paraître plus avenante, soignant ses tenues ou sa coiffure, mais le cœur n'y était plus. Sa vie était vide de toute relation masculine, elle n'avait plus fait l'amour depuis ses 24 ans ! Elle vivait seule, soutenue par la haine contre les américains qui ne l'avait pas quittée et la fin scabreuse de son tourmenteur en 1996 n'avait pas modifié cette obsession de vengeance. Son for intérieur était tout rabougri par cette haine stérile, elle n'avait pas de projet, pas de rêves, pas d'espérance ; sans foi ni désir, sa vie errait entre les méandres de la tristesse et les petites pensées sordides, et pourtant on voyait toujours une flamme vive dans ses yeux. Lisa était déchirée de complexité.

Elle connaissait très bien la faille entre la CIA et la FBI, dont la rivalité avait lourdement pénalisé leur efficacité peu avant les attentats du 11 septembre 2001. Le FBI était compétent pour les risques intérieurs tandis que la CIA s'occupait des agissements terroristes internationaux, mais dès lors que les deux champs s'interpénétraient, les deux machines à espionner se mettaient en court-circuit. Cela avait été le cas en 2001. Les terroristes, étant sur le sol états-unien, dépendaient du FBI, selon eux, mais comme ils préparaient des attentats à l'étranger, croyait-on, la CIA pensait que c'était de son ressort et que le FBI n'avait rien à y voir. Il s'ensuivit un cafouillage dont on connaît le résultat, même si l'on ne peut pas jurer qu'une bonne entente entre les deux services, aurait pu l'éviter.

Pour parvenir à rééditer une telle embrouille, à même de nuire très gravement aux intérêts américains, elle se saisit de l'information qui venait d'arriver de San Francisco et informa les autorités chinoises d'un risque d'attentat dans leurs centrales nucléaires, sans savoir que cela venait précisément de se produire. L'effet ne se fit pas attendre, les Chinois informèrent la CIA, convaincus d'avoir affaire à un complot mondial. Robert C. Russerl de son côté, informa la même CIA de l'ouverture d'une enquête en raison des attentats qui venaient de se produire sur le sol américain.

Le croisement des deux sources d'informations provoqua l'ire de Max Dolbrey, le patron de la CIA, qui tomba à bras raccourci sur son homologue du FBI, au grand dam de ce dernier, et on pouvait le comprendre.

Max Dolbrey, hasardeux croisement d'humanoïde, de doberman et de baobab, dont on ignorait lequel prédominait, était réputé pour ses colères gigantesques. C'était un ancien militaire. Alors qu'il était déjà haut gradé dans les marines de l'US Navy, il s'était illustré dans des missions spéciales et brillamment réussies de sauvetage d'otages. Capable d'étrangler son ennemi d'une seule main, il avait aussi une capacité d'entrainement des hommes hors du commun. Il ne fumait pas ses cigares, il les mangeait, ses dents les raccourcissant davantage que l'incandescence de l'autre bout. Quand il était sur le point de se mettre en rage, les premiers signes visibles en étaient d'abord ses oreilles qui devenaient rouges vifs, suivi de ses pieds qui semblaient aussitôt pris d'une frénésie de danseur espagnol et le faisaient se trépigner avec une grande vigueur ; c'était seulement après ses prémices qu'on l'entendait éructer des jurons typiquement irlandais, car telles étaient ses origines, Mac s'étant un jour mué en Max. Quand il ne jurait pas, il employait tout de même un langage particulier où l'argot prédominait, car si la CIA bénéficiait d'une relative indépendance vis-à-vis du gouvernement américain, Max Dolbrey cultivait lui-même une certaine indépendance vis-à-vis du corpus culturel de son pays, normalement de rigueur à ce niveau de responsabilités.

En l'occurrence, la guerre des services était inévitable et même sans l'intervention de Lisa Roestemberg, elle aurait eu lieu. Le résultat en fut une fois de plus un blocage des informations de part et d'autre.

* * *

Pendant ce temps à Paris, la nouvelle parvint sur le bureau de Francis de la Moulière au Quai d'Orsay, sous le libellé suivant, signé du Directeur de la Centrale Nucléaire du Tricastin :

« La centrale du Tricastin à Pierrelatte, est en arrêt car elle vient de subir un aléa dont tout nous laisse penser qu'il s'agit d'un attentat. Des ions modifiés ont la propriété de neutraliser le potentiel radioactif de notre combustible, il s'agit d'une découverte chinoise qui semble avoir été détournée. L'AIEA[15] *est prévenue simultanément. »*

Francis de la Moulière était toujours sous-secrétaire d'État,

---

[15] Agence Internationale de l'Énergie Atomique, organe de l'ONU

mais il n'était plus le fringuant officier expert en équitation, depuis cette lamentable affaire du rapt de Katia van Oberhaus et depuis qu'il avait intégré le bureau de son prédécesseur, Roger Faucheux de triste mémoire. Comme les deux évènements avaient été quasi simultanés, on aurait même pu croire que c'était la pièce elle-même qui portait malchance à ses résidents. À la lecture du message qu'il avait sous les yeux, il fit immédiatement le rapprochement avec les surions, mais l'allusion à un détournement éveilla un doute dans son esprit. Il savait qu'il existait un centre d'essai à Jiuguan, en Chine, capable de fabriquer des surions, c'est même là qu'ils avaient été découverts ; de là à imaginer que le détournement venait des Chinois, il n'y avait qu'un pas, qu'il allait s'empresser de faire.

Son homologue, Chang Kiang, le distingué attaché militaire, vouait toujours son temps à la musique concrète ou sérielle d'Arnold Schönberg, d'Anton Webern, d'Olivier Messiaen et autres Maurice Martenot et ses ondes mystérieuses, lorsqu'il n'était pas à la besogne dans son ambassade de Chine en France.

Rendez-vous fut pris le jour même, Chang Kiang entra dans le bureau du sous-secrétaire d'État, qu'il n'avait pas revu depuis quelques mois. Il n'était évidemment pas au courant du fiasco qui avait marqué la dernière opération des services secrets français au sujet du Professeur Chi Xao Tan et se trouva surpris de voir Francis de la Moulière aussi changé mais, en bon asiatique, n'en montra aucun signe.

> — Bonjour Monsieur Kiang, fit Francis de la Moulière en l'invitant à s'asseoir. Nous venons de subir une atteinte sur une de nos centrales nucléaires. Nous en ignorons l'origine mais nous savons que la cause est un effet de surions qui neutralise la radioactivité du 235U. Or, en dehors de la Globexum qui a pu mettre au point le

translaser, je ne connais pas d'autre laboratoire que le vôtre, à Jiuguan, capable de fabriquer des surions. J'aimerais avoir l'assurance que la Chine n'est pour rien dans ce détournement.

Chang Kiang fut choqué par cette mise en demeure sans précaution mais comme il ignorait encore qu'un cas similaire s'était produit dans son pays, il était mal à l'aise.

— Monsieur de la Moulière, je ne comprends pas votre accusation. Avez-vous une preuve que nous serions pour quelque chose dans cet attentat ?

— Ce n'est pas une accusation car je n'en ai effectivement aucune preuve. En revanche on pourrait imaginer que suite à notre échec dans la récupération du Professeur Chi Xao Tan, certaines personnes de votre état-major en ont conçu de l'amertume au point de vouloir nous nuire…

Chang Kiang était pincé mais il fit face :

— Je suis bien persuadé que tel n'est pas le cas, mais d'un autre côté et avec toute la meilleure volonté du monde, comment puis-je vous apporter la preuve d'une chose qui n'existe pas ?

— Nous étions dans la même position quand vous nous avez accusés à tort d'avoir un agent qui avait organisé la fuite de Chi Xao Tan et pourtant nous n'avons pas hésité à entreprendre une aventure qui s'est hélas mal terminée.

— Je vois ! Vous nous rendez la monnaie de notre pièce en quelque sorte ! C'est peu cordial mais je ne peux pas aller contre. Je vais ouvrir une enquête. Cela vous convient-il ?

— Je fais confiance à votre diligence.

Ils se quittèrent là-dessus ; Francis de la Moulière n'était pas mécontent de son petit effet car après tout, c'était bien à cause de cette méprise initiale des Chinois que la honte de l'échec le plus cuisant s'était abattue sur lui. Il ne se doutait pas des multiples rebondissements que sa suspicion allait provoquer ni que, partant d'un désir mesquin de revanche, il allait se trouver le héros mondial de l'affaire des attentats dans les centrales.

De retour à son ambassade, Chang Kiang interrogea Monsieur Yang Tseu, vice-ambassadeur de Chine en France. Il l'informa de ce que venait de lui dire Francis de la Moulière et conclut par ces mots :

— J'ai trouvé Monsieur de la Moulière très changé, comme prématurément vieilli, et je me suis dit que leur échec pour nous aider l'avait peut-être durement affecté, ce qui expliquerait sa demande un peu téléguidée à mon avis.

— C'est bien possible, mais cela n'enlève rien à l'estime que je porte à Monsieur de la Moulière qui s'est toujours montré droit et dévoué avec nous. Quoiqu'il en soit, je vais me renseigner.

Quelques heures après, le vice-ambassadeur revint vers Chang Kiang :

— Il est quasi certain que nous n'y sommes pour rien, puisque je viens d'apprendre que notre centrale de Daya Bay vient d'être mise en arrêt pour une raison dont nous n'avons pas encore tous les contours, mais qui pourrait bien être analogue à celle du Tricastin.

Chang Kiang transmit cette information à Francis de la Moulière en espérant que les choses allaient en rester là et c'est ce qui se produisit, dans un premier temps…

Il n'avait pas fallu plus de quelques jours à l'AIEA pour collationner tous les cas d'attentats contre les centrales nucléaires qui venaient de se produire à travers le monde et informer les hautes instances de l'ONU, c'est-à-dire le Conseil de sécurité. Par ricochet, tous les services secrets des pays membres reçurent l'information suivante, émise dans plusieurs langues :

« Des centrales nucléaires des États-Unis, de France, de Russie et de Chine ont été la cible d'attentats au moyen d'un procédé physico-chimique très élaboré. On ne déplore aucune victime mais les centrales sont à l'arrêt. Toutes les informations que vous pourriez obtenir sur cette affaire sont à transmettre au secrétariat permanent de l'AIEA à Vienne. »

Le message était complété par l'adresse postale, le téléphone et le mail de l'AIEA et une annexe qui reprenait, sans le citer, le rapport établi par l'agent spécial du FBI de San Francisco et fournissait succinctement toutes les explications pour comprendre les surions, leur effet sur le 235U et le moyen de leur introduction dans les réacteurs.

Francis de la Moulière qui reçut ce message juste après le mail de Chang Kiang, en déduisit tout d'abord que son homologue Chinois ne lui avait pas menti et qu'il s'agissait d'une affaire de très grande envergure. Il fit venir Jérôme Mardanian, son bon camarade, qui entretemps avait été promu et se trouvait dans le bureau que Francis occupait avant qu'il ne soit lui-même nommé sous-secrétaire d'État. Il lui fit l'historique de l'affaire mais passa sous silence ses soupçons infondés envers les Chinois.

— Je te mets sur l'affaire. Ton point de départ sera la centrale du Tricastin car pour nous c'est de là que tout est parti. Veux-tu prendre Mickael avec toi ?

— Volontiers, il est d'un bon niveau scientifique et il faut qu'il fasse ses armes.

Ce n'était pas que du haut de ses 25 ans que Mickael Guiton était connu au Quai. Entré il y avait un an, après des études scientifiques interrompues, il était devenu la coqueluche de toutes les femmes du service. C'étaient aussi des femmes auxquelles il devait d'ailleurs la fin prématurée de son éducation scolaire. Il avait eu à faire face à plusieurs reprises à des parents attentifs, des petits amis un peu jaloux et des directeurs d'établissement soucieux de maintenir la bonne réputation de leur institution. Mickael était grand, bien bâti, avec des muscles fins mais bien dessinés. Ses gestes étaient légers et adroits, sa mâchoire un peu carrée. Un sourire vainqueur lui tenait lieu de passeport dans toutes ses rencontres féminines. De dos c'était un V, de profil également, de face on ne voyait que ses yeux tendres. Les femmes jeunes lui souriaient très aimablement, les moins jeunes aussi et contrairement à la plupart des Apollons qui gardent la tête froide en présence de femmes soupirantes, le jeune homme était très gourmand.

Le lendemain, Jérôme et Mickael se mirent en route pour Pierrelatte. Ils avaient décidé de se loger dans un petit hôtel confortable de Saint-Paul-Trois-Châteaux, tout près de la centrale. C'était une délicieuse et très calme petite ville. Ils commencèrent leur enquête par les voies les plus ardues pour eux, l'explication scientifique du phénomène, qui aboutissaient à la neutralisation de la radioactivité de l'uranium. Des experts du CERN étaient venus prêter main forte aux ingénieurs de la centrale. Pour Jérôme, tout commença par la table de Mendeleïev, dont il n'avait jamais pensé qu'elle lui causerait tant de souci un jour.

Chaos mondial

5 - *Le pétrole du Lateguay*

Pores, Lateguay, Amérique du sud

Lorsqu'en 2003, le très populaire président Benito Camaros avait été déposé par un coup d'état « démocratique » – tous les coups d'état se font au nom du peuple –, il en était résulté son absence du pouvoir pendant quelques jours seulement, au grand dam de leurs savants préparateurs. À l'issue de cette vacance, il fut remis en place, dans le palais présidentiel de Pores, capitale du Lateguay, grâce au soutien de forces populaires issues de la classe sociale la plus basse du pays et d'une partie de l'armée.

Benito Camaros était quelqu'un de peu ordinaire. Né d'une famille de paysans pauvres sans être miséreux, il n'avait pas pu faire d'études. Non seulement ses parents n'avaient pas de quoi les lui payer mais en outre, le travail à la ferme nécessitait les bras de tout le monde, y compris des enfants dès leur plus jeune âge. Malgré ces dures conditions, le jeune Benito avait grandi dans une atmosphère très affectueuse et plutôt joyeuse. Avec ses nombreux frères et sœurs, les jeux ne manquaient pas car son père avait toujours veillé à ce que le travail confié à ses enfants ne soit ni trop dur, ni trop long dans la journée. La tribu Camaros avait donc pu s'épanouir harmonieusement, malgré pourtant quelques moments douloureux, lors du décès d'une pneumonie à l'âge de neuf ans, de la cadette de Benito, et de celui d'un nouveau-né de quelques mois pour une raison obscure, mais naturelle sans aucun doute. Très tôt, Benito était devenu un militant politique engagé dans le socialisme et il fallait bien reconnaître que la proximité géographique et historique de Cuba n'y avait pas été pour rien. Doté d'une très grande intelligence et d'une merveilleuse capacité oratoire, il avait franchi toutes les étapes des responsabilités politiques de son pays, élections municipales tout d'abord, puis régionales et enfin nationales, dans une truculence festive et parfois même avec une certaine agitation : quand ses opposants montraient la même vigueur que lui, les coups de poing partaient vite. Sa constitution physique en effet, était en rapport avec ses belles qualités : grande et forte.

Arrivé au sommet du pouvoir, il ne lui avait pas échappé que le coup d'état était assez prévisible. Dans un pays où l'économie et les médias étaient aux mains de forces privées, y compris la CPL[16], il était dangereux d'être un président de gauche. La conduite d'une véritable politique socialiste, consistait à contraindre les propriétaires terriens à restituer leur terre au peuple, contre une indemnisation non négociable, et à licencier le staff de l'énorme société de pétrole du pays. Très certainement, ce limogeage collectif était motivé par l'excessive probité de ces dirigeants et leur trop grand scrupule à piquer dans la caisse. On vous a dit corruption ? Pensez-vous !

L'alliance des hommes d'affaires de la CPL, des gros propriétaires et des médias aux mains de sociétés privées, était soutenue par les États-Unis, agacés de voir un de leurs fournisseurs de pétrole aux mains de la gauche. Cette coalition avait suffi pour créer un semblant de révolte contre le pouvoir. Mais c'était sans compter sur la maturité du peuple lateguayen, à la conscience politique élevée, et sur la loyauté de quelques militaires, plus soucieux de l'honneur patriotique que des galons à coudre sur leur veste ou des gains illicites à détourner. Dans ce monde chahuté, et au Lateguay le chahut était une constante culturelle depuis la nuit des temps, il existait quand même des gens respectables et droits.

Tout était rentré dans l'ordre depuis, mais l'opposition, le FUDL[17], n'avait pas désarmé pour autant. La répression qui

---

[16] Compagnie Pétrolière du Lateguay

[17] Frente Unido por la Democracia en el Lateguay

s'en était suivie était restée modérée et longue à se manifester, comme la justice sait hélas trop bien le faire. Le FUDL était dirigé par Eugenia Barranos, femme superbe, mais fille à Papa, tendance Cruela tout de même, témoin ses déclarations : *« Il faut liquider ces porcs de socialistes, en commençant par la tête, une fois Camaros anéanti, le reste s'écroulera de lui-même, comme nous avons bien failli le réussir en 2003. Si nous n'y parvenons pas par les élections, il nous faudra recourir à la force, c'est pourquoi nous devons préparer le pays à entrer en guerre civile. ».* Le seul bon conseil que l'on pouvait prodiguer, aux infortunés qui croisaient son chemin, c'était de rester couvert. Le FUDL était notamment financé par l'ex-directeur de la compagnie pétrolière, réfugié à Beverly Hills et bien assis sur le magot détourné de la CPL. Que le monde est vilain !

En avril 2013, Benito Camaros fut réélu sur le fil et l'opposition se frotta alors les mains devant les sondages des élections régionales, puis communales qui s'annonçaient dans l'année, persuadée de l'emporter.

Mais sur la foi des mêmes sondages et en homme avisé, Camaros joua un quitte ou double courageux en demandant alors une Ley Habilitante[18] pour un an et pour tout ce qui touchait l'économie. Il lui fallait une majorité des trois cinquième à l'Assemblée Nationale et il l'obtint, contre toute attente, sauf pour lui, qui avait très soigneusement préparé son affaire. Du coup, les mains déliées, il entreprit des réformes qui rehaussèrent formidablement l'audience de son parti et lui permirent de remporter haut la main les élections suivantes.

L'opposition enrageait, elle se radicalisa. Avec l'aide de groupes paramilitaires qui soutenaient les oligarchies, de

---

[18] Possibilité de gouverner par décret

narcotrafiquants, de jeunes néonazis qui avaient vu le jour dans tous les pays d'Europe et d'Amérique depuis une quinzaine d'années et de bandes de délinquants opportunistes, elle se livra à des exactions sur les biens et les personnes soutenant ou symbolisant le pouvoir. C'est ainsi que des exécutions sauvages eurent lieu, qu'on mit le feu à des logements sociaux, qu'on ravagea des bâtiments publics ou qu'on intimida les paysans qui attendaient toujours qu'on leur rende leur terre.

Le comportement de la population fut d'une exceptionnelle dignité face à ces terribles menaces. Elle résista et ne sombra pas dans l'engrenage mortifère de la vengeance. Mais, en raison de toutes ces violences, le FUDL, loin de se rapprocher de son but de reconquête après tout légitime, se décrédibilisa encore plus. La passion dévorante pout l'accès d'Eugenia Barranos au pouvoir, lui masquait désespérément la simple réalité humaine. Il ne lui restait donc que la voie du coup de force, qu'elle avait envisagée sans état d'âme. Le calcul était facile pour elle, même pas machiavélique, juste impitoyable. Quelques exactions bien mises en scène, seraient suivies de manifestations de masses bien organisées et un peu débordantes, lesquelles déclencheraient une réaction policière indispensable au maintien de l'ordre. Il suffisait alors d'exacerber la confrontation entre les manifestants et les forces régaliennes, en interposant quelques excités missionnés pour que le sang coule un peu. Une fois le feu ainsi mis aux poudres d'une guerre civile, il s'ensuivrait ipso facto l'occupation du palais présidentiel pour le retour à une dictature droitière, autoritaire et cruelle, comme certains pays d'Amérique du sud avaient dramatiquement su le faire par le passé.

Le plus extravagant dans ce plan scélérat, c'était que la patronne du FUDL, la flamboyante Eugenia, grâce aux appuis américains, à la partialité des médias locaux et à l'aveuglement des médias étrangers, parvenait à se présenter comme une championne de la démocratie, pseudo-victime d'un état répressif, qui lançait des mandats d'arrêt contre ses lieutenants ou son ramassis de voyous violents, quelle honte ! Ceux-ci étaient pourtant pris en flagrant délit de sauvagerie mortifère, mais ces forfaits passaient complétement inaperçus, tant les médias étaient bien cadenassés. La diablesse n'était pas sans atouts.

Au plan économique et malgré sa richesse pétrolière – le Lateguay était membre de l'OPEP et septième producteur mondial de pétrole –, il s'était produit un paradoxe inéluctable, qui touche, hélas, la plupart des pays dans la même situation, dès lors qu'ils sont exposés de surcroît, à une surpopulation. Quand le prix du baril s'était mis à grimper, les autres secteurs de l'économie (agriculture, élevage, manufactures de toutes sortes) étaient devenus marginaux et avaient été laissés à l'abandon. Le Lateguay était donc contraint à l'importation massive de biens de première nécessité, ce qui annihilait presqu'entièrement les bénéfices de la manne de ses champs pétroliers. La corruption atteignait des sommets, la population s'appauvrissait, le pays s'endettait. Tout allait à vau l'eau au Lateguay, à cause cette bénédiction souterraine dont il pouvait jouir sans limite de crédit. Car le pire, c'était que le Lateguay ne disposait pas même d'une raffinerie, il était obligé de sous-traiter à l'étranger et achetait donc son essence aux Américains, un comble qui s'avérait parfaitement ruineux, en raison du taux de change très désavantageux pour lui.

***

Au beau milieu des installations pétrolières, un petit groupe de trois personnes cheminait sans précipitation le long de la route qui rejoignait la gare. Ils s'en retournaient à la capitale. L'un deux portait un gros sac sur le dos qui contenait une maquette d'avion. C'étaient des amateurs d'aéromodélisme qui venaient de se livrer à quelques figures voltigeantes dans le ciel, avec leur petite machine télécommandée. Le plus étonnant, c'était que ces passionnés étaient totalement silencieux, alors qu'on aurait pu s'attendre à quelques exubérances, plutôt coutumières chez les Lateguayens. Un observateur attentif, aurait aussi trouvé curieux qu'ils soient habillés en tenue de ville, l'un d'eux portait un complet-veston, des vêtements peu appropriés au sport en plein air.

***

Les choses en étaient là lorsque le téléphone du représentant de la CPL au ministère de l'énergie et des mines, retentit. Le haut fonctionnaire décrocha et entendit le nouveau Directeur de la compagnie lui annoncer qu'un problème de production perdurait depuis quelques jours, sans qu'aucun des ingénieurs en place ne puisse expliquer ce qui arrivait.

— Concrètement, cela se traduit par quoi ? demanda le haut fonctionnaire.

— Nous ne parvenons plus à extraire notre quota de 7 100 barils par jour[19], nous plafonnons péniblement à 5 000, répondit le directeur.

— Aïe ! Que préconisez-vous ?

— Il faut déclencher le forage de nouveaux puits !

— Cela remet en cause notre stratégie économique, je ne peux pas décider seul d'un tel engagement, je dois en référer au Ministre !

Un quart d'heure plus tard, le Ministre en référa au Président qui déclencha une réunion de crise le soir même. Les investissements à réaliser étaient colossaux et longs, non pas à

---

[19] Environ 1 200 m^3

cause de la profondeur des forages, qui se situait autour d'une centaine de mètres, mais en raison de la nature de la roche à traverser : le granit des Andes ! Camaros décida d'envoyer une équipe d'experts sur place, afin de savoir avec précision ce qui se passait et qui n'était pas conforme aux études géologiques initiales.

Une fois sur les lieux des derricks, les experts envisagèrent tout d'abord de passer d'une récupération primaire, dans laquelle le pétrole remonte sans assistance, sous l'effet de sa propre pression, à une récupération secondaire qui consiste à injecter un liquide ou un gaz sous pression, afin d'aider le pétrole à remonter. La direction de la production indiqua qu'elle avait déjà mis en œuvre ces techniques et que rien ne s'était amélioré. En fait, c'était la densité du pétrole qui avait changé. Jusqu'alors, la densité du bassin de Pores était de 0,78, ce qui le classait parmi les bons pétroles légers, mais depuis quelques jours, tous les puits avaient vu la densité du pétrole monter au-dessus de 0,95, ce qui les rapprochait des pétroles lourds que l'on ne pouvait extraire qu'avec des moyens coûteux de vapeur, de diluants ou de surfactant. Ces procédés se rangeaient dans la catégorie de la récupération tertiaire et présentaient tant d'inconvénients techniques et économiques que certains économistes ne les classaient plus sous l'appellation de pétrole, mais sous celle de bitumes, voire de schistes bitumeux. La nuance était de taille car les quotas fixés par l'OPEP écartaient cette catégorie d'hydrocarbures, jugés trop peu rentables.

> — Dans ces conditions, comment pouvons-nous être certains que de nouveaux forages vont solutionner notre problème ?, s'enquit l'un des experts, autrement dit, existe-t-il un seul de nos puits qui n'est pas atteint par ce phénomène ?

> — Non c'est un problème général à tout le champ !

répondit le Directeur de la production.

— Avez-vous pu contacter nos voisins pour savoir s'ils ont le même problème ?

— Je suis bien sûr passé par l'association des producteurs d'Amérique du sud, mise en place récemment par notre Président, et tous m'ont répondu qu'ils n'avaient aucun problème de ce genre.

— Et du côté des analyses physico-chimiques, quelles explications pouvons-nous avoir ?

— Eh bien comme je vous le disais, c'est uniquement un problème de densité, qui est apparu depuis quelques jours et nous en sommes non seulement surpris, car aucune de nos études antérieures ne laissait prévoir un tel aléa, mais de surcroit très inquiets, car la production chute de jours en jours.

— Donc nous n'avons pas d'autre choix que de nous reconvertir en producteurs de bitumes et non plus de pétrole, c'est le Président qui va être content !

De retour au palais de Pores, le Président Camaros fut informé.

— Nous ne pouvons pas accepter cette situation, ce serait la ruine du pays. Il faut envoyer des échantillons aux fins d'analyses plus poussées pour voir ce qui se produit dans notre champ. Contactez une des majors du pétrole avec qui nous avons de bonnes relations, je pense à Oilpex ou à Petrolehuis, et voyez ce qu'ils peuvent faire.

Le lendemain, Camaros donna une conférence de presse. Il annonça la suspension des exportations du pétrole en attendant de trouver une solution à l'inexplicable transformation qui était en cours dans le champ de Pores :

« Notre pays doit faire face à une nouvelle épreuve dans

laquelle les efforts de tous seront nécessaires. Naturellement, chacun contribuera selon ses capacités. Les couches de revenu les plus faibles seront épargnées. Les couches les plus aisées seront appelées à un effort fiscal pour pallier les difficultés qui nous assaillent. »

Cette déclaration mit l'opposition dans la plus grande colère et le lendemain, l'égérie de la démocratie, Eugenia Barranos, se fendit d'un communiqué lapidaire, largement relayé, lui, dans la presse amie :

« À l'annonce des décisions que Benito Camaros s'apprête à prendre, nous, l'opposition au pouvoir scélérat en place aujourd'hui, déclarons que les problèmes mentionnés concernant notre réserve pétrolière sont une invention pure et simple, destinée à servir de couverture au dessein dogmatique et destructeur des socialistes à la botte de Cuba. Car ces décisions n'ont qu'un seul but, saigner à mort les seules forces de ce pays qui se battent encore pour notre autonomie vitale. Nous, le FUDL, déclarons illégitimes les décisions de ce gouvernement et appelons à une révolte des masses démocratiques de ce pays. Nous donnons rendez-vous demain, place du palais présidentiel, aux millions de concitoyens meurtris par ces annonces calamiteuses d'un pouvoir en fin de règne, sous la férule de la plus incompétente classe politique que notre pays n'ait jamais connu. Il est temps de prendre les armes. Il est temps de retrouver espoir. Il est temps de relever la tête et de dire une fois pour toute à ces mécréants profiteurs : partez ! Partez avant qu'un malheur plus grand ne s'abatte sur vous ! Vive la démocratie ! Vive le Lateguay libre. »

La riposte visible fut rapide : Camaros décida de prendre le problème à bras le corps et se lança dans un quitte ou double dont il avait le secret. Il ordonna l'arrestation d'Eugenia Barranos, son placement en garde à vue au motif de complot contre l'État et d'incitation à la guerre civile.

Je suis incompétent, moi ? Vous allez voir Madame Eugenia Barranos où va vous conduire mon incompétence !

Un véhicule de la garde républicaine se rangea devant son domicile et deux officiers, munis des papiers officiels du procureur général, se présentèrent à la porte d'Eugenia Barranos. Une employée leur ouvrit et se trouva contrainte de les laisser entrer. La chef de l'opposition se présenta. Elle était splendide. Grande, brune, le buste haut, les cheveux longs non attachés, les yeux d'un noir hypnotique. Elle était vêtue d'un pull rouge à manches un peu retroussées qui dévoilaient la peau lisse et dorée de ses bras et d'un pantalon noir, tout simple mais qui soulignait à merveille la minceur de sa taille. Elle portait des sandales blanches qui découvraient des ongles vernis du même rouge que le pull. Son cou était enlacé d'un serpent d'or serré et c'était le seul bijou qu'elle portait. Sa bouche était suave avec des lèvres pleines qui laissaient éclater la blancheur de ses dents, quand on avait le rare bonheur de la voir sourire. À la lecture de l'ordre d'amener, elle ne fit aucune difficulté, encore persuadée que cela allait servir sa cause. Cette arrestation semblait même la combler de bonheur, elle lui donnait une aura qu'elle attendait depuis toujours, elle se voyait déjà devenir une pasionaria de la révolution, une héroïne historique pour le pays, une figure de proue internationale, sans pour autant passer par la case martyr, cela va de soi. Mais elle n'avait pas toutes les données du problème pour comprendre que sa situation était bien plus mal engagée qu'elle ne l'imaginait. À force de tirer à boulets rouges sur Camaros, de le traiter de tous les noms et de resservir sans cesse le plat de son incompétence, elle avait fini par croire qu'il était réellement stupide, ce qui était loin d'être le cas, comme elle allait s'en apercevoir.

Dans l'équipe rapprochée de Benito Camaros, cette menace

ne surprit personne. On s'était préparé depuis longtemps, à devoir faire face à une radicalisation de l'opposition, en fait depuis 2003. On savait sur qui on pouvait compter ou non, on connaissait déjà ceux qui allaient trahir, bref, le plan de riposte était fin prêt. Camaros savait qu'il ne pouvait pas compter sur la presse, celle-ci réagirait comme en 2003, refusant d'interviewer ses partisans. Il disposait cependant de certains moyens secrets pour réagir. Dès qu'il avait été connu que le pourvoyeur de fonds du FUDL, Juan Maria Ramirez, l'ex-Directeur corrompu jusqu'à l'os de la CPL, s'était exilé à Beverly Hills, Camaros avait fait installer discrètement un commando de parachutistes. Choisis parmi ses fidèles compagnons de lutte, ils étaient sournoisement logés à proximité de la résidence de Ramirez, ou plus exactement, à mi-distance entre celle-ci et le Bob Hope Airport, où le commando disposait d'un droit de réservation prioritaire sur un hélicoptère et un jet capable de couvrir la distance Beverly Hills - Pores en moins de deux heures. Ce commando de quatre hommes et deux femmes, vivait dans l'ombre, prêt à intervenir dès qu'il en recevrait l'ordre. Cet ordre fut immédiatement donné par Camaros.

Dans l'heure qui suivit, la nuit à peine tombée, un hélicoptère se mit en vol stationnaire au-dessus de la résidence de Ramirez et quatre hommes équipés de masques respiratoires, en descendirent à vitesse éclair au moyen de filins, puis l'hélico disparut. La descente du commando avait été si rapide que l'hélico n'était pas resté en stationnement plus de dix secondes, ce qui, compte tenu de la fréquence de ces vols à Beverly Hills, n'était pas de nature à éveiller l'attention du voisinage, hormis l'agacement causé par le bruit. Les quatre hommes investirent le jardin de la villa de Ramirez. Deux d'entre eux étaient munis de gros aérosols chargés de chloroforme. Ce gaz avait la caractéristique de puer mais d'être lourd, il ne serait donc pas détecté par les voisins, car le mot d'ordre restait la discrétion.

Mais le chloroforme avait aussi l'inconvénient de ne pas agir instantanément, c'est pourquoi les deux autres restaient prêts à faire le coup de poing, durant les quelques secondes nécessaires à l'endormissement. Les hommes de Ramirez qui étaient de garde à l'extérieur n'étaient que deux, mais ils donnèrent l'alerte et ce ne fut pas moins de six hommes armés qui déboulèrent, en ordre dispersé. Ils ne pouvaient pas faire usage de leurs armes, car d'abord il valait mieux éviter de se faire remarquer par le voisinage, mais surtout parce que les corps à corps ne sont pas propices à assurer la sécurité des collègues en cas de coups de feu. Il ne fallut pas plus de cinq minutes au commando pour envoyer tout le monde roupiller dans les frangipaniers, les lannaes humilis, les blighias sapida, les plumérias et même, les phalaenopsis ! Madame Ramirez se passionnait authentiquement pour les fleurs et c'était une esthète, en sus d'être l'épouse d'une crapule. Mais Juan Maria Ramirez fut mis en alerte lui aussi. Il se présenta sur le seuil de la porte qui donnait dans le jardin, armes aux poings. Par un contournement qu'on apprend à faire dès le CAP de commando-parachutiste, les quatre hommes parvinrent à le désarmer et à l'endormir lui aussi.

L'aéroport fut rejoint par la route et quelques instants plus tard, un jet décolla pour Pores. Il était piloté par un professionnel qui n'était au courant de rien, mais qui se doutait quand même de quelque chose de pas clair en découvrant le gros saucisson amorphe que deux hommes avaient installé à l'arrière. Le reste de l'équipe rejoindrait Pores par un vol régulier dès le lendemain matin.

L'alerte avait été donnée dès le réveil des gorilles de Ramirez et les autorités de Beverly Hills furent informées de l'enlèvement de leur VIP lateguayen. Le gouverneur fit le point avec toute la rationalité dont il était capable. Il n'y avait ni morts, ni dégâts autres que floraux, ce dont Madame Ramirez était le plus affectée, au-delà même de la disparition de son époux. Cela ne faisait aucun doute à la voir agenouillée près de ses fleurs, pelle et plantoir en mains, sanglotant comme une gamine. Le gouverneur réalisa en outre que cette opération n'était pas très glorieuse pour l'autorité américaine qui n'avait rien vu arriver et avait été incapable de réagir à temps. Il décida donc de la passer sous silence, car rien ne prouvait l'implication des services secrets lateguayens, il pouvait aussi s'agir d'un enlèvement crapuleux, la fortune du personnage était largement connue et convoitée. En tout état de cause, un incident diplomatique avec un pays dont on n'était déjà pas très copain, mais qui fournissait quand même 13 % du pétrole états-unien, aurait compliqué inutilement les choses.

Deux heures trente plus tard, à son arrivée dans les sous-sols du palais présidentiel, Ramirez fut délié et réveillé sans ménagement. Il vomit. On l'emmena à sa cellule et on le fit passer devant d'autres cellules, c'est là qu'il entrevit Eugenia Barranos. La porte était restée ouverte car elle était menottée à un radiateur, sous la garde d'une femme en tenue de soldat. Comme elle ne regardait pas vers la porte au moment où Ramirez passa, elle ne le vit pas et lui, se garda bien de montrer qu'il la connaissait. Il ne se doutait pas du scénario diabolique imaginé par Camaros.

Eugenia ! Elle ici ? Mais que se passe-t-il donc au Lateguay ?

Juan-Maria Ramirez et Eugenia Barranos se retrouvèrent dans deux cellules voisines. Ce que l'équipe de Camaros ne savait pas et qui n'était pas écrit dans le plan de riposte, c'était que ces deux-là s'aimaient passionnément depuis fort longtemps, mais Camaros lui, le savait, c'était même pour cela qu'il avait tenu à ce qu'ils soient rapprochés.

Juan Maria Ramirez était un fort bel homme d'une cinquantaine d'années, bien bâti et de haute stature. Avec son œil autoritaire et son sourire carnassier, il en imposait. Une fois dans sa cellule, son geôlier, un officier de la garde républicaine, l'informa qu'il souhaitait obtenir la liste des participants au coup d'état en préparation.

— Non seulement je ne sais pas de quoi vous parlez, mais j'ajoute que le gouvernement du Lateguay me paiera cher cet enlèvement parfaitement illégal. Vous ignorez les moyens et les relations dont je dispose, fit le scélérat en grinçant des dents.

À ce moment, on entendit des bruits de bagarre dans la cellule voisine, puis des cris épouvantables de femme. Ramirez fut surpris, il interrogea l'officier du regard. Celui-ci en profita alors :

— Je ne connais pas tous les moyens dont vous disposez, mais vous ne savez pas non plus tout ce dont nous sommes capables. Vous êtes voisin d'une bonne copine à vous, Eugenia Barranos…

Ramirez, se décomposa d'un coup. Il était persuadé que personne n'était au courant de sa liaison ravageuse avec la belle Eugenia, mais se trouvait pris à un piège qu'il n'avait pas prévu. L'officier poursuivit en souriant :

— Je pense qu'on a dû lui poser la même question qu'à vous et qu'elle a probablement répondu la même bêtise…

— Mais êtes-vous fou ?, finit-il par dire en tentant de se ressaisir. Vous la torturez ? Vous rendez-vous compte de la gravité de vos actes ?

— Allons, allons, ce n'est qu'une « bousculade psychologique » et d'ailleurs, vous en connaissez vous-même un sacré rayon sur la torture, car vous n'ignorez pas à quoi servent les dollars que vous accordez généreusement à des salauds qui n'hésitent pas à mettre le feu, de nuit, à des logements sociaux pour enfants…, fit l'officier qui ne s'en laissait pas conter.

Les bruits avaient cessé mais pas les cris, c'étaient même des hurlements qui faisaient froid dans le dos. La cellule de Ramirez était pourtant close mais le son de cette voix était si strident qu'on ne le percevait que trop nettement. Ramirez était glacé de terreur, il blêmit. Il chérissait tendrement Eugenia Barranos depuis qu'ils avaient eu l'occasion de se rencontrer avant le coup de 2003. À cette époque, elle terminait ses études. Juan Maria Ramirez était l'ami de son père, riche propriétaire des environs de Pores et la future chef de l'opposition se mêlait souvent à leur conversation, déjà attirée par la politique. Ramirez s'était alors révélé à elle tel un mentor tombé du ciel pour parfaire son éducation politique. Elle portait déjà en elle cette sensualité latine farouche, que son âge encore jeune, mêlait d'une douce candeur, ce cocktail la rendait irrésistible.

— Notez-bien, fit l'officier qui surveillait Ramirez, que dès vos aveux, non seulement nous cessons notre questionnement sur Madame Barranos, mais nous vous raccompagnons incognito à Beverly Hills.

Cette offre déstabilisa le prisonnier. Il se dit que grâce à des confidences, il pourrait mettre un terme aux insoutenables souffrances de sa bien-aimée, mais que de surcroît personne n'en saurait rien. Cela valait mieux pour son avenir politique du reste. Oui mais ce faisant, il compromettait aussi gravement la réussite du complot qu'il préparait. Ébranlé mais pas encore soumis, Juan Maria résistait.

— Que ferez-vous d'elle alors ?

— Oh c'est très simple, comme elle n'offrira plus aucun intérêt pour nous, nous la relâcherons le plus courtoisement du monde, répondit l'officier en faignant l'air le plus stupide qui soit.

Cette information emporta la décision de Ramirez. Elle lui fit apparaître en un quart de seconde que certes, le plan ne pourrait pas se dérouler comme prévu, mais avec le constat médical qu'Eugenia ne manquerait pas de faire établir et qui attesterait clairement de son mauvais traitement en prison, le pouvoir de Camaros deviendrait intenable, il serait contraint à la démission. Toute la stratégie préparée par l'opposition serait caduque sous l'effet de la spontanéité des manifestations, à l'annonce du bulletin médical. Les arrestations préalables que sa délation ne manquerait pas de produire, seraient suivies de remises en liberté dans les heures qui suivraient. Ramirez se dit qu'Eugenia avait bien raison de répéter que Camaros était un idiot.

C'est même un étalon !

— Avec votre parole que vous remettrez Madame Barranos en liberté et sur le champ, je suis prêt à établir cette liste ! fit Ramirez qui tentait de garder un air menaçant.

— Oh mais vous l'avez ma parole, je suis même prêt à l'apposer sur la liste que vous allez établir !, fit l'officier conservant son air ahuri.

— Soit, donnez-moi de quoi écrire !

Et la liste tomba, Ramirez la data et la signa. L'officier ne se déjugea pas et ajouta sous la signature de Ramirez : *« La présente liste a été établie en échange de ma promesse de faire libérer Madame Eugenia Barranos »*. Il data et signa également.

Ce coup magistral permit d'établir qu'un certain nombre de Généraux étaient complices, ce qui ne surprit pas l'officier, qu'on trouvait également le Ministre de la culture et des médias, en charge notamment de la presse, divers autres Ministres et hauts fonctionnaires à qui on avait sans doute promis de belles places dans le futur gouvernement. L'offiier nota toutefois l'absence des Barranos, fille et père, ce qui le fit sourire. Les ordres furent passés pour ramener Ramirez à Beverly Hills.

C'était le même jet, avec le même pilote, qui ramena le fier Ramirez à son lointain domicile. Le pilote constata que le saucisson avait perdu ses ficelles et qu'il était nettement plus gaillard qu'à l'aller. Il en fut content pour lui.

La liste fut immédiatement transmise à Camaros, mais l'officier qui l'avait recueillie, avait pris grand soin, dès le départ de Ramirez, de découper la dernière mention, celle qui portait sa signature, et de la jeter. Il tint cependant parole et Eugenia Barranos fut ramenée à son domicile. Le procureur général lança les mandats d'amener, sur la foi d'un document holographe, établi par un illustre citoyen du Lateguay quoiqu'un peu exilé et dans l'incapacité, certainement momentanée, de produire un certificat d'honnêteté, mais qu'on ne pouvait pas soupçonner de collusion avec le pouvoir en tout cas. Naturellement, la police allait rapidement procéder aux arrestations qui s'imposaient.

Un tel témoignage valait plus que de l'or et Camaros le savait !

De retour chez elle, Eugenia Barranos appela son argentier chéri, qui venait juste d'arriver d'ailleurs. Elle commença à lui raconter sa garde à vue mais il la coupa :

— Je suis au courant, je t'ai vue et je t'ai surtout entendue. Comment te portes-tu ? Que t'ont fait ces misérables ?

— Comment ça tu m'as vue ?

— J'ai été enlevé moi aussi et j'ai tout entendu. Dis-moi ce qu'ils t'ont fait ?

Eugenia Barranos était stupéfaite. Non seulement elle ignorait cet enlèvement mais de surcroît, alors qu'elle s'attendait à un interrogatoire serré, elle avait été libérée avant même de rencontrer le moindre chargé d'enquête et sans un mot d'explication. Elle lui fit part de son étonnement mais aussitôt, se rappela ses horribles cris entendus par elle également, un énorme doute monta dans son esprit.

— Ils t'ont fait croire qu'on me torturait, c'est ça, Juan Maria ?

Il en resta sans voix.

— Allo, allo …

— Oui je suis toujours-là ! Nous avons été bernés Eugenia !

— Ils n'ont torturé personne, il n'y avait que toi et moi comme prisonniers dans ce sous-sol, c'est une machination, mais dans quel but ?

— J'ai cru effectivement qu'ils te torturaient et …

— Et quoi ?

— … Je… Je leur ai fourni la liste de nos amis en échange de ta libération ! avoua piteusement le magnat des affaires troubles.

— Dieu du ciel, tout est perdu !

— Je suis désolé ! Je croyais te sauver…

— Et tu m'as coupé les ailes… Camaros est machiavélique ! Je comptais sur cette arrestation pour me faire voir sous le jour d'une victime à défendre, d'une femme en danger, mais une arrestation de quelques heures sans qu'il ne se passe rien n'est pas suffisante face aux arrestations de nos amis. Même les américains ne pourront pas intervenir puisque tu es l'auteur de cette liste. Heureusement que tu es loin car ici ta vie ne durerait pas longtemps, jamais notre parti n'acceptera une pareille trahison car elle est rendue sans motif puisqu'il ne m'est rien arrivé. Protège-toi ! De mon côté, comme la manifestation anti-Camaros doit se dérouler dans quelques heures, je vais voir si je peux en récupérer quelque chose, mais quant à aboutir à la démission de Camaros, je n'y crois plus, notre stratégie comportait un rôle bien précis pour chacune des personnes qui sont maintenant sous les verrous ; seule je ne peux pas faire grand-chose…

— Je mesure à quel point nous avons sous-estimé notre adversaire…

— Et dire qu'en plus il a fait passer des décrets d'imposition exceptionnelle pour ce soi-disant tarissement de nos puits de pétrole, enragea Eugenia.

— Cette histoire d'assèchement des puits est sûrement de l'esbroufe. J'ai encore des amis là-bas, je vais me renseigner !

— En espérant qu'ils sont toujours tes amis.

Pendant ce temps, Benito Camaros, en grande forme, préparait la deuxième phase de son plan. Les têtes de pont des médias n'étaient pas encore tombées, il ne pouvait toujours pas utiliser la radio ni la télévision, mais il disposait d'une installation de bonne puissance pour faire ses discours devant le palais présidentiel.

Au moment où la foule des anti-Camaros commença à se constituer et avant que les heurts ne se produisent avec les forces gouvernementales, Camaros s'installa en tribune et commença le discours suivant :

« Lateguayennes, Lateguayens. J'ai ici la liste des traitres à notre démocratie qui préparaient un coup d'état contre le peuple du Lateguay. Ils sont sous les verrous à l'heure où je vous parle. Cette liste m'a été fournie par un citoyen d'un courage patriotique et d'une clairvoyance extraordinaires. Ce

témoignage est irréfutable car il n'émane pas de quelqu'un de nos rangs, il nous vient spontanément de Juan Maria Ramirez que je salue et que j'espère voir bientôt revenir sur sa terre natale. Or sur cette liste ne figure pas Madame Barranos, leader de l'opposition. Cela a été pour moi une grande surprise, mais après m'en être entretenue avec elle, ici même au palais, il y a quelques heures à peine, il s'avère qu'elle ne fait pas partie de la conspiration. Cette loyauté démocratique est le signe manifeste d'un grand sens du devoir d'État, elle montre sa capacité personnelle à participer à la direction de notre pays et je suis fier de vous annoncer aujourd'hui, que je lui offre de partager la conduite des affaires avec nous. Vive le Lateguay. »

La foule était médusée. Eugenia Barranos était en décomposition complète. Pour faire bonne mesure, l'hymne national fut lancé, la garde républicaine y mit de l'écho puis ce fut la foule qui se lança dans la musique. Quelques minutes plus tard, un hélicoptère de l'armée laissa tomber de gros paquets de tracts, qui reprenaient mot pour mot le discours du Président, pour ceux qui n'auraient pas entendu.

La foule se dispersa, chacun y allait de son commentaire, un tel revirement de situation coupa le souffle aux plus velléitaires des anti-Camaros. Ainsi leur égérie allait pouvoir accéder à une partie du pouvoir, sans violence, et mettre en œuvre son programme. Évidemment, toute la question du partage réel et concret du pouvoir demeurait, mais au moins on était sur le terrain de la négociation, après avoir été sur celui de l'affrontement et de la guerre civile, c'était un soulagement pour tous.

Le président Benito Camaros était satisfait. Autour de lui, on n'en revenait pas. Des messages de sympathie affluèrent de tous les côtés. Même les américains en avaient mangé leurs chapeaux et déclaraient qu'il ne fallait pas fermer la porte aux négociations et que la situation du Lateguay était beaucoup plus proche d'une normalisation que d'une guerre civile désormais, ce dont on ne pouvait que se réjouir.

Apprenant la nouvelle, Juan Maria Ramirez fut anéanti.

Comment ai-je pu me laisser fourvoyer dans un tel piège où mon pire ennemi en vient même à me remercier et à me souhaiter la bienvenue ?

Le magnat était déchu, le Tycoon man était dans les cordes, le roi des coups sordides abdiquait ! Les journalistes de CNN et des paparazzis firent le guet devant sa porte pour obtenir une déclaration.

Que dire ? Que faire ? Il est impossible de dire la vérité sans déclencher un fou rire mondial, dans les organes de presse de la terre entière. Je ne peux pas non plus me taire indéfiniment. La seule attitude à adopter, serait hélas celle suggérée par ce diabolique scélérat de Camaros : le citoyen courageux et visionnaire qui s'est résolu à faire prévaloir les intérêts de son pays sur les siens propres ! Mais ça, ce serait la honte absolue, insurmontable, impensable !

Le groupe qui se pressait bruyamment et avec impatience devant la villa cossue du plus riche Lateguayen de Beverly Hills et dont les fleurs avaient été fraichement replantées, entendit soudain une détonation qui provenait de l'intérieur. Le silence se fit aussitôt. Madame Ramirez se mit à hurler. Juan Maria Ramirez n'aurait pas droit à un enterrement religieux, en raison de la cause de sa mort.

La nouvelle se répandit d'autant plus vite qu'elle fut portée cette fois par une puissante organisation médiatique. Eugenia Barranos la reçut comme un coup de poing dans le ventre. Elle était effondrée. Ces dix dernières années, leur relation n'avait pas été facile, en raison de la distance qui les séparait. Par chance, elle avait souvent à faire à Los Angeles, ce qui lui permettait de rencontrer son amant à l'abri des regards de ses concitoyens. Mais ils avaient toujours voulu s'entourer de la plus grande discrétion et à vrai dire, seul son père avait été mis dans la confidence, du moins le croyait-elle encore un peu, car l'épisode de leurs enlèvements croisés avait instillé quelques doutes sur ce point.

Les coups cumulés qu'elle venait de recevoir la mettait en danger, elle le sentait profondément, un grave déséquilibre dépressif la menaçait, or elle n'en avait ni le droit ni les moyens. Face à la cause qu'elle voulait continuer à incarner, il lui fallait casser cette descente aux enfers. Elle ne connaissait qu'un seul moyen pour y parvenir : jouir profondément dans un corps à corps amoureux avec un homme inconnu. C'était une thérapie qui l'avait déjà sauvée par le passé.

Elle se rendit dans un quartier sordide de Pores et entra dans un bar. Elle savait que dans les quartiers populaires, elle ne courait aucun risque d'être reconnue. C'était un paradoxe de plus, pour celle qui se targuait d'appartenir au peuple et de consacrer sa vie à le défendre avec tant d'énergie. Un homme grand et musclé, sirotant une bière, la lorgna dès qu'elle eut mis un pied dans l'établissement crasseux. Pour ne pas la lorgner ce jour-là, il aurait fallu être profondément déficient des yeux. Vêtue très courtement d'une jupe noire et serrée, montée sur les talons de treize centimètres de ses sandales rouges, recouverte d'un chemisier rouge également, noué à la taille mais sans autre fermeture, ce qui laissait plus que deviner sa belle poitrine en liberté, fardée comme une pute, c'est ainsi qu'elle voulait être consommée. Plus l'écart était grand entre l'apparence qu'elle donnait à ce moment et sa véritable personnalité, plus le profit tiré de l'étreinte perverse serait décisif pour son retour à la vie ordinaire. Elle devait plonger, toucher le fond, pour s'apercevoir que la surface était finalement meilleure à tout prendre.

Elle s'approcha du grand gaillard accoudé au bar et remarqua ses mains tâchées de cambouis.

— Ma tire a un feu stop grillé. Ça vous dirait de jeter un œil dessus ?

— Ouais M'dame, où elle est cette tire ?

Ils sortirent du bar et arrivèrent près de la voiture. L'homme lui fit :

— Il faut que vous m'emmeniez à mon garage pour que je vous trouve une ampoule de rechange, ça fera 100 Reales !

— Je n'ai pas d'argent sur moi mais je peux vous régler autrement si vous voulez…

L'homme s'attendait un peu à ce genre de réponse. Ils se rendirent chez lui et il lui changea son ampoule. La besogne faite et sans dire un mot, il lui fit signe d'entrer dans la casemate qui lui servait d'abri. Contrairement à ce qu'elle avait craint, l'endroit était propre et méticuleusement rangé. Sitôt la porte fermée, elle se campa devant lui, bien droite, mains sur les hanches, jambes légèrement écartées, elle avait la posture d'une femme prête au combat. Elle tira ses coudes vers l'arrière, ce qui eut pour effet de prononcer fièrement sa poitrine. L'homme se rapprocha d'elle et plaqua ses deux mains sur ses seins. Il les caressa, doucement, les faisant rouler en tout sens, pour en mesurer tout le volume.

— Baise-moi !, fit-elle, provocante.

Il la prit par la taille et l'embrassa fougueusement dans le cou. Son parfum l'enivrait. Il la serra, se frotta à ce corps chaud et offert à tous ses désirs. Elle passa un genou entre ses jambes, sentit le sexe durci sur sa cuisse et le massa en lui prodiguant déjà les mouvements cadencés qui allaient l'emporter tout à l'heure. Il posa sa bouche sur la sienne, qu'elle ouvrit aussitôt, laissant pénétrer une langue mouillée et vive. Elle répondit à son intrusion en lui suçant les lèvres. Au bout de quelques secondes, il l'écarta un peu et passa sa main entre ses cuisses. Ses doigts trouvèrent aussitôt le trésor convoité et librement offert, lui aussi. Il était déjà humide.

Il la déshabilla, sans brusquerie, l'approcha de la table et l'allongea délicatement sur le dos. Puis, il la contourna en se déshabillant également. Le garagiste était exceptionnellement membré. Elle était avide et ne résista pas à cette tentation dressée au-dessus de son visage. Comme pour l'encourager, alors que ce n'était pas nécessaire, l'homme la caressa partout. Puis, il la contourna à nouveau et laissa libre cours à son désir intrusif, sans aucune effraction. Elle ressentit une sourde chaleur l'envahir, des spasmes de plaisir naissaient dans son ventre. Elle avait commencé à émettre des petits gémissements, mais ils devinrent vite des râles étouffés. L'homme continuait son exploration avec ardeur. Eugenia était secouée des pieds à la tête, hors de tout contrôle. Il avait su trouver le point qui déclenchait chez elle la plénitude paroxystique. Elle miaula, des petits cris suraigus. Il continua jusqu'à ce qu'un tremblement fiévreux et ininterrompus s'empare de corps de femme offerte. Alors il s'immobilisa et elle sentit une inondation intérieure.

Malgré le ventilateur au plafond, ils étaient en sueur. L'homme avait compris qu'il ne fallait pas faire ou dire quoi que ce soit d'autre. Il lui montra la douche et sortit fumer un cigarillo, satisfait d'avoir rempli sa mission de mec.

Eugenia était exténuée mais comblée. Elle n'en espérait pas tant, son objectif était largement atteint. Elle avait retrouvé son intégrité de femme. Elle reconnut intérieurement qu'elle n'avait pas manqué de chance d'avoir trouvé un homme aussi bien monté et aussi adroit.

En partant, elle prit une carte du garage et la montra

ostensiblement à l'homme, d'un air de dire : « *J'ai bien apprécié, je reviendrai peut-être !* ». L'homme ne lui dit rien mais lui fit un sourire en hochant affirmativement la tête.

De retour dans le quartier nettement plus chic où se trouvait sa résidence, elle savait qu'elle ne pouvait échapper à une réunion de son bureau aux fins d'explications. Elle passa quelques coups de téléphone et se rendit au siège du FUDL, où trois membres des plus influents du parti étaient déjà réunis. D'habitude ils étaient plus nombreux, mais la liste de Ramirez avait déclenché un éclaircissement significatif dans les rangs du parti. L'un d'eux prit la parole :

— Est-il exact que tu as secrètement rencontré Camaros récemment ?

— Bien sûr que non, c'est une pure affabulation ! dit-elle, sentant la colère remonter en elle.

— Mais pourtant tu as bien été retenue quelques heures au palais, qu'y as-tu fait et qui as-tu rencontré ? Que s'est-il réellement passé ?

— Rien ni personne hélas. Cette garde à vue n'a été qu'une mascarade pour donner le change et justifier les propos de Camaros, je pense même que son discours était près depuis longtemps. Il ne faut pas être dupe et il ne faut surtout pas que la zizanie l'emporte dans notre parti !

— Peux-tu nous assurer qu'il n'y a pas d'entente secrète entre toi et Camaros ?

— Évidemment, puisque nous ne nous sommes jamais rencontrés, ni directement, ni indirectement, ni par un quelconque truchement ! répondit Eugenia franchement agacée de devoir se justifier.

— Et que comptes-tu faire de sa proposition de partager le pouvoir ?

— Je n'en sais encore fichtrement rien. Je vous avoue que je suis tombée de mon armoire en entendant ça. Je vous ai précisément réunis pour en parler. Qu'en pensez-vous vous-mêmes ?

— Je ne vois pas comment nous pourrions refuser d'emblée, le peuple ne comprendrait pas. On peut toujours imaginer une négociation dans laquelle nous pourrions obtenir autre chose que des miettes…, dit un des participants.

— C'est possible. Donnez-moi quelques heures et je reviendrai vers vous !, décida Eugenia.

Après cette réunion, elle alla rejoindre son père qui, sans être un acteur visible en politique, n'en demeurait pas moins très au fait de ses arcanes.

— Ma chérie, Juan Maria t'a appris l'essentiel de ce qu'il faut savoir en politique pour parvenir au pouvoir et tu t'en es parfaitement tirée. Aujourd'hui tu es confrontée à des initiatives de notre adversaire qui remettent en cause ta stratégie. Ça signifie que la dernière chose qu'il te reste à apprendre, c'est le retournement de veste ! Lorsque ce revirement peut se parer de toutes les vertus patriotiques et démocratiques et éviter ainsi toutes les infamies d'une dégradation, il n'y a pas à hésiter. Vas-y, ce sera ton tremplin !

Eugenia Barranos décida de se ranger à l'avis de son père. Elle rencontra officiellement Camaros qui lui déclara tout de go que les portefeuilles de la justice, de l'économie, de l'industrie et des médias resteraient de son côté et qu'il était en revanche prêt à lui céder ceux de l'éducation et de la santé. Eugenia Barranos en référa à son bureau. Finalement, le parti exigea d'en avoir plus, il évoqua le ministère des transports pour faire bonne mesure. Quand Eugenia Barranos revint à la table des négociations et qu'elle annonça son intransigeance, Camaros jubilait mais n'en montrait rien. Il avait déjà anticipé cette demande, mais il ne la lui avait pas offerte d'entrée de jeu, pour lui faire croire qu'elle avait une possibilité de pression et une force de négociation avec son parti. Il avait juste voulu qu'elle se croit importante et puissante et la tactique fonctionna à plein. Il louvoya, fait mine d'être embarrassé, se montra effrayé, comme si elle lui avait mis un révolver sur la tempe, implora qu'elle change d'avis, tergiversa et finit par céder sous sa volonté, comme un aveu d'échec. Eugenia Barranos était persuadée de l'avoir emporté et elle le fit si bien savoir que dans son camp, on approuva et on encensa même sa sagacité et sa clairvoyance politique.

Chapeau bas, Monsieur Camaros !

6 – *Haro sur la nano*

À droite : Oilpex Corporation, Irving, Texas, dernier chiffre d'affaires : 435 milliards de dollars, résultat : 39 milliards de dollars, 77 000 employés.

À l'extrême droite – la gauche n'existe pas dans le pétrole – : Petrolehuis, La Haye, Pays-Bas, dernier chiffre d'affaire 428 milliards de dollars, résultat : 29 milliards de dollars, 85 000 employés.

Deux monstres financiers dont l'activité principale était l'exploitation du pétrole mais qui s'adonnaient aussi à d'autres joyeusetés : les marées noires, le trafic de renseignements, la désinformation sur le réchauffement climatique, le lobbying à outrance, le trucage des élections politiques, le gaspillage des ressources de la planète avec des torchages sauvages (30 % de la consommation européenne de gaz), et autres atteintes à l'environnement, même pas cachées.

À l'échelle de leurs laboratoires respectifs cependant, ces déplorables habitudes n'étaient pas perceptibles pour Pamela Jeifferson, la Chef du labo d'Oilpex et Johanna Brücker, responsable de celui de Petrolehuis. Ce furent elles en personne, qui reçurent les échantillons du Lateguay.

Elles se connaissaient pour s'être plusieurs fois rencontrées dans des commissions de normalisation de l'ISO[20] et de l'ASTM[21], mais la saine émulation qui présidait à la gouvernance de leurs sociétés respectives, les avait d'emblée placées en position de concurrence : elles se détestaient vigoureusement et leurs prises de becs dans les salles de

---

[20] Organisme de normalisation international

[21] American Society for Testing Materials (Organisme américain de normalisation des essais et analyses des matériaux)

réunions des organismes de normalisation, avaient laissé des traces dans les mémoires des autres participants, de sociétés beaucoup plus modestes, il est vrai.

Elles avaient pourtant tout pour être de grandes amies. Avec à peine deux ans d'écart, elles étaient issues toutes deux de la classe moyenne, les parents de Pamela étaient enseignants et ceux de Johanna, commerçants. Elles avaient fait des études comparables puisqu'elles étaient toutes les deux docteurs en physique-chimie et elles avaient même poussé la ressemblance jusque dans leurs familles, ayant en effet épousé des cadres et eu chacune deux enfants d'âges voisins. Belles femmes toutes les deux, une blonde et une moins blonde, à l'aise dans leur apparence et capables d'exercer leur séduction quand cela leur chantait. La seule différence à vrai dire, résidait dans leurs hobbies : Pamela se passionnait pour les courses automobiles tandis que Johanna était versée dans la musique, que ce soit dans les sorties en concerts ou dans la pratique même de la harpe, où elle excellait. Mais ces nuances n'auraient pas dû justifier en soi une telle animosité entre elles, d'autant que chacune, dans le cadre de leurs activités de loisirs, en prenaient plutôt à leur aise car Pamela, tout comme Johanna, avait une relation, discrète mais assidue. Pamela rencontrait régulièrement un ingénieur mécanicien qui partageait un peu plus que sa passion automobile avec elle, dans une cellule de repos des pilotes, attenante à son paddock ; Johanna épuisait sa vertu avec un violoniste bulgare, on restait dans les cordes, dans une des nombreuses pièces inutilisées de l'école de musique qu'elle fréquentait. C'était finalement très commode, d'avoir des activités ludiques dans lesquelles les maris étaient absents. Il était donc plus que surprenant qu'elles fussent aussi remontées l'une contre l'autre, elles avaient tant de goûts communs. À vrai dire, la raison de cette chamaillerie féroce tenait plus de la jalousie de gamines que de la défense de leur carrière professionnelle, vis-à-vis de laquelle elles ne craignaient pas grand-chose au niveau qui était le leur. En fait, elles se ressemblaient trop et se faisaient réciproquement peur, tout leur savoir et leur expérience ne suffisait pas pour effacer cette conduite irrationnelle.

Douze personnes travaillaient avec Pamela, toutes étaient plus âgées qu'elle et ce n'était pas un hasard. Le Directeur du site avait entrepris de rééquilibrer la pyramide des âges, or Pamela avait remplacé un Chef de labo parti à la retraite. Elle était tout simplement la première à faire partie du plan de rajeunissement, mais au fur et à mesure que les laborantins partiraient, ils seraient eux aussi remplacés par des jeunes. En attendant, cela lui posait quelques soucis d'autorité et la plaçait dans une situation un peu délicate ; elle sentait parfois de la réticence de la part de certains, à réaliser ce qu'elle demandait et en particulier dès que les horaires de travail entraient en jeu, ou d'une manière plus large, dès qu'elle voulait modifier des habitudes. Car elle avait un objectif, un challenge même, réduire par deux les délais de réalisation des essais et analyses qui lui étaient confiés ; les « clients » du labo étaient quasiment toujours des demandeurs internes à la compagnie, sauf cette fois, et étaient eux–mêmes soumis à des pressions visant à renforcer la réactivité globale de l'entreprise : Oilpex était une vieille dame.

Pour l'heure, Pamela observait les échantillons de bitumes qu'on lui avait fait parvenir et qui auraient dû être un bon pétrole léger. Elle était des plus perplexes devant cette mutation soudaine et jamais vue. Elle se demandait si une modification des conditions thermiques aurait pu en être la source, mais elle fit une moue dédaigneuse à cette idée saugrenue : si un tel effet avait eu lieu, les choses seraient redevenues normales dès le retour à une température ambiante habituelle… Elle s'adressa à un des laborantins chargé des études de viscosité :

— Dites-moi Phil, qu'est-ce qui selon vous, pourrait

expliquer une brusque augmentation de densité d'un pétrole léger ?

— … Peut-être un effondrement de champ pétrolifère contenant des minéraux proches de ceux que l'on trouve dans le bitume, répondit sagement Phil après un instant de docte réflexion.

— Dans ce cas, on devrait retrouver ces éléments dans nos analyses spectrométriques…

Pamela programma ladite analyse, mais il lui fallut attendre le lendemain pour avoir le résultat, la préposée aux spectromètres étant en repos ce jour-là.

Le lendemain, elle reçut l'analyse complète qu'elle avait demandée, mais aucun des éléments minéraux recherchés n'apparaissait, seuls étaient présents du carbone, de l'hydrogène et quelques impuretés dans les proportions habituelles. En fait cette analyse était bien celle d'un pétrole léger, seulement il était juste lourd !

C'est le microscope qui allait lui donner un début de solution. Les liaisons « carbone double » étaient extrêmement plus nombreuses que dans le pétrole léger. Pamela se souvenait que cette transformation provenait de la réaction du pétrole avec un élastomère et qu'elle était irréversible. Mais aussitôt, elle remarqua que l'analyse précédente n'avait fourni aucune trace d'élastomère ou de polymère ou de quoique ce soit d'autre qui aurait pu provoquer cette mutation. Elle sentit qu'elle tenait un bout de la ficelle de cette pelote mystère, mais c'était tout et c'était insuffisant.

Pendant ce temps à la Haye, Johanna qui venait elle aussi de recevoir un échantillon du Lateguay, était à peu près dans la même posture de perplexité que sa collègue à 8 000 km de là. Car elle savait qu'Oilpex avait été saisie de la même demande, ce qui ne l'avait pas laissé indifférente et lui avait même fait naître une grande motivation : être la première d'elles deux, à découvrir le mystère de cette transformation, serait une grande satisfaction pour elle.

Le laboratoire de Petrolehuis à la Haye était plus petit que celui d'Oilpex, Johanna ne pouvait s'appuyer que sur quatre personnes, mais il était tout aussi bien doté. Cet écart était lié à l'histoire de la compagnie, Petrolehuis ayant la particularité d'être une société qui avait changé de nationalité. Avant d'être néerlandaise, elle avait été norvégienne, et même si depuis 2004, elle avait décidé de rationaliser son organisation, beaucoup de ses organes de direction étaient encore partagés en doublons. En l'occurrence il existait aussi un laboratoire norvégien de Petrolehuis. Autre différence avec celui d'Oilpex, le personnel du laboratoire était exclusivement composé de trentenaires et les relations humaines y étaient beaucoup plus fluides. Petrolehuis avait un petit temps d'avance sur Oilpex, pour les questions de management des ressources humaines.

Pour ne pas perturber le planning de sa petite équipe, Johanna attendit le soir, quand tout le monde fut parti, pour se pencher elle-même sur la question. D'instinct, elle avait écarté les hypothèses de sa consœur et avait tout de suite supposé qu'il y avait eu une réaction chimique avec un additif, qu'elle présumait naturel, bien évidemment. L'analyse spectrométrique la déçut mais l'observation au microscope lui révéla les doubles liaisons du carbone en surnombre, comme chez Pamela Jeifferson. Contrairement à son homologue, la première idée qui lui vint en tête était la multiplication des électrons puisque les valences étaient doublées. De ses deux observations, elle déduisit que s'il y avait une modification chimique sans apport d'atome additionnel mais avec un double d'électrons, c'est qu'il aurait pu y avoir un additif ion. Comme il lui était cependant inconcevable d'y voir une cause non naturelle, elle ne comprenait pas comment cela aurait pu se produire.

Il lui fallait d'abord valider son hypothèse et elle décida d'un protocole à lancer le lendemain, avec de l'aide cette fois, et visant à tenter de modifier un pétrole léger en pétrole lourd en en faisant réagir, un additif ionique sous condition de température et de pression à déterminer au cours de l'essai. C'est ce qu'on appelait un plan d'expériences, dont l'inconvénient était de prendre un certain temps. Johanna ne savait pas encore que c'était précisément grâce à cet inconvénient qu'elle allait trouver l'autre bout de la ficelle qui manquait toujours à Pamela !

Bien sûr, chez Petrolehuis comme chez Oilpex et dans toutes les multinationales, tout le monde parlait anglais du moins à partir d'un certain niveau de responsabilité, même si à La Haye, c'était le néerlandais qui avait cours. Johanna était abonnée à des revues scientifiques et, profitant du temps laissé vacant par le déroulement du plan d'expériences, elle en profita pour rattraper son retard de lecture.

Au bout de quelques minutes, son attention fut attirée par un titre : « *Surions : a major discovery* ». Elle ne connaissait rien des surions, mais le plan qui se déroulait en ce moment et qui portait sur des ions, lui fit ressentir ce terme comme un écho à ses préoccupations. C'était un article tiré d'une des conférences du Professeur Chi Xao Tan, dont elle n'avait jamais entendu parler. Elle était d'autant plus intriguée, qu'elle lisait sous le nom dudit Professeur, qu'il travaillait pour la Globexum et avait inventé le translaser. Naturellement, la Globexum, elle connaissait (qui ne connaissait pas la Globexum) et pour le translaser, elle était déjà informée. Elle n'avait cependant pas pris le temps d'approfondir sa connaissance sur ce sujet et n'avait pas mesuré, par voie de conséquence, le formidable impact de cette invention sur le transport. L'article était en anglais mais cela ne la rebutait pas.

En bonne physicienne, elle comprit vite ce que cet étrange

terme recouvrait et elle fit une deuxième corrélation avec son problème, puisque l'aspect dominant des surions résidait dans la valeur d'énergie légèrement différente de ses électrons. Sans imaginer encore toute l'incidence que cela aurait pu avoir, elle savait maintenant que cette différence d'énergie était à même de produire des réactions physico-chimiques étonnantes.

Ce fut au bout de deux jours que l'assistant qu'elle avait chargé de réaliser le protocole, revint vers elle, résultats en mains :

— Nous avons fait chou blanc Johanna, pas l'ombre d'une double liaison supplémentaire dans le pétrole. J'ai commencé mes expériences en me rapprochant des conditions naturelles que l'on peut rencontrer dans le bassin de Pores et comme cela ne donnait rien, j'ai augmenté la sévérité de tous les paramètres. Au bout du compte, j'aurais pu jouer aux billes au lieu de me compliquer la tête, j'aurais eu le même résultat.

Johanna le remercia et lui indiqua qu'il pouvait laisser tomber le plan pour l'instant et reprendre son travail habituel. L'assistant sortit de son bureau et Johanna se retrouva songeuse, absorbée même, elle avait encore en tête l'article de Chi qu'elle venait de lire... Elle décida de l'appeler au téléphone.

Le standard de la Globexum était d'une efficacité de filtrage éprouvée désormais, concernant l'accès au célèbre Professeur, même son adresse mail était bloquée. Il faut dire que depuis que Chi avait entamé son cycle de conférences et d'interviews, sa notoriété n'avait cessé de croître et le nombre d'appels de personnes désirant parler au grand Professeur avait crû dans les mêmes proportions et pour des raisons parfois étonnantes : des enseignants de lycée qui recherchaient des exercices inédits, cela pouvait bien se comprendre ; des adolescents qui voulaient savoir sous quelle référence on pourrait trouver le translaser en jeu vidéo, c'était incongru ; mais des jeunes femmes qui prétendaient être sa fille, c'était indécent. Que le monde est taquin parfois ! Pour toutes ces bonnes ou mauvaises raisons, les services généraux de la Globexum avaient dérouté l'adresse de messagerie du Professeur sur une petite équipe du service communication, chargée de faire le tri, mais cela produisait un décalage d'au moins une journée pour que Chi Xao Tan puisse avoir accès aux messages pertinents. Il disposait par ailleurs d'une adresse cachée pour correspondre directement avec Katia, Mathias, Chu Dua et quelques autres relations triées sur le volet. De la même manière, le standard avait été briefé pour orienter les appels non autorisés vers le même service de communication. Mais Johanna ne manquait ni de persévérance, ni d'astuce. Elle rappela le standard, se fit passer pour la directrice mondiale de la R&D Petrolehuis et souhaitait un contact avec Katia van Oberhaus.

— Madame van Oberhaus n'est pas disponible actuellement mais je peux vous passer notre directeur R&D ?

Elle n'en demandait pas davantage. Quand elle se trouva en ligne avec Mathias Kroble, elle lui expliqua posément ce qui se passait avec le pétrole léger de Pores, mettant bien en avant la gravité du phénomène et le lien qu'elle venait de faire avec l'article de Chi Xao Tan. Mathias Kroble qui avait suivi toute l'affaire de l'Inertium, eut aussitôt la puce à l'oreille et établit, enfin, le contact entre Johanna et Chi.

Tout comme Mathias, Chi réagit au quart de tour et rendez-vous fut pris pour le lendemain, à La Haye.

Lorsque Chi Xao Tan entra dans le laboratoire de Johanna, il ressentit la même appréhension que lors de son arrivée à Livermore. Johanna l'accueillit avec beaucoup d'attention et lui fit faire un tour rapide du propriétaire ;

C'est une manie congénitale de tous les Chefs de labo du

monde. Ils se comporte à la manière de ces capitaines qui détaillent les tirants d'eau, le tonnage et les longueurs de la poupe à la proue, des navires qu'ils ont commandés, même si l'on ne leur demande rien. Tous les passionnés de quelque chose font ainsi, c'est même en cela qu'on les identifie et qu'ils deviennent immédiatement attachants. C'est l'instant rare où le plus humble et le plus secret philatéliste, se met en pleine lumière et devient fier comme Artaban.

Johanna finit le tour par son bureau et fit le récit de toute son affaire à Chi Xao Tan.

— Il ne me semble pas avoir vu de canon à électrons lors de la visite que nous venons de faire ?, demanda Chi à Johanna.

— Hélas non !, répondit-elle.

— Madame Brücker, j'ignore si les surions pourraient être impliqués dans votre problème et la seule chose à faire pour le savoir, est de tenter de reproduire cette transformation en laboratoire, en faisant agir des surions sur du pétrole léger. Mon laboratoire d'Amsterdam dispose de tout l'équipement nécessaire et si vous en êtes d'accord, je peux emmener un de vos échantillons de pétrole léger et un de pétrole lourd là-bas, en vous priant de m'accompagner, car je pourrais avoir besoin de vos connaissances en exploration pétrolière.

Johanna fut un peu surprise de la rapidité de réaction du Professeur. Chi s'en aperçut :

— Je comprends votre étonnement, mais nous avons hélas un précédent tout récent dans le domaine nucléaire qu'il serait trop long de vous expliquer, mais qui me laisse très inquiet sur l'utilisation détournée que l'on pourrait faire des surions.

— Je vois. Dans ce cas, je vous accompagne, consentit-elle

immédiatement imprégnée par l'angoisse sous-entendue dans l'expression du Professeur.

Ils se rendirent à la Globexum et pénétrèrent dans le laboratoire du sous-sol dont Chi ne fit pas faire le tour du propriétaire à Johanna, tout d'abord parce qu'il n'était pas un Chef de labo conventionnel mais surtout, il était inutile d'exposer le matériel utilisé pour le translaser. L'invention était certes protégée par des brevets mais il ne fallait tout de même pas tenter le diable, en particulier vis-à-vis d'une représentante des intérêts pétroliers : l'absence de consommation d'une énergie fossile pour le translaser, en faisait un vecteur de transport potentiellement menaçant pour l'industrie du pétrole, même si cela échappait encore à Johanna Brücker.

Une fois la production de quelques grammes de surions obtenue, Chi les plaça en contact avec un peu de pétrole léger mais il ne se passa rien.

> — Vous n'imaginez pas à quel point je serais comblé de rater cette expérience, lança Chi à Johanna avec le plus grand sérieux.

La gravité de cette confidence n'échappa pas à Johanna. C'est à ce moment précis, qu'elle put faire la connexion entre l'industrie du pétrole et le potentiel de concurrence des surions. Leur action dans la formidable invention du translaser et surtout, dans son autonomie énergétique, trouva enfin un écho concret en regard des intérêts qu'elle représentait. Cette question fut néanmoins immédiatement supplantée par ses préoccupations scientifiques, qui survolaient de très haut, ces contingences mercantiles.

> — Voyons Madame Brücker. Qu'est-ce qui est différent entre un puits de pétrole et l'expérience que nous venons de faire ?

Johanna réfléchit. Elle écarta la température qui était celle ambiante dans un puits comme ici, mais elle releva la pression qui était un peu supérieure dans un puits et qui permettait le jaillissement naturel du pétrole. On recommença l'expérience sous confinement et avec une légère surpression cette fois, mais on n'assista à aucune réaction, quand, par inadvertance, Johanna heurta la table où se produisait l'essai et l'échantillon changea de couleur presqu'immédiatement, devenant noir. Chi arrêta l'expérience, se saisit de l'échantillon dont il constata le changement de densité au seul toucher. L'examen au microscope révéla le remplacement quasi intégral des liaisons carbone simples en liaisons doubles. Chi n'en revenait pas. Il venait de se produire un phénomène qu'il n'avait jamais imaginé : le mouvement imprimé au pétrole léger avait mis en branle les liaisons nanométriques des atomes, celles-ci prenant des orientations différentes ce qui se traduisait par des changements de la forme du liquide et ce que l'œil percevait comme des petites vagues. Chi Xao Tan comprit que c'était ce mouvement qui avait déclenché l'action des surions, comme par magnétisme, pour se propager ensuite dans tout l'échantillon par une réaction en chaine et se stabiliser finalement lorsque l'échantillon était devenu trop dense pour continuer à changer de forme.

Il expliqua sa théorie à Johanna qui lui confirma qu'effectivement, dans les puits et à proximité des cheminées d'extraction, le pétrole était naturellement en mouvement. Pour en être certains, ils renouvelèrent l'expérience et obtinrent le même résultat.

> — C'est bien l'action des surions qui transforme le pétrole léger en lourd. Or les surions ne sont pas des éléments naturels, c'est donc intentionnellement qu'ils sont mis en contact avec le pétrole. Mais par quel moyen ? Seule vous, pourrez le trouver, Madame Brücker.

> — Eh bien, étant donné que la contamination a lieu avant

que le pétrole ne jaillisse, cela signifie que les surions sont incorporés dans la nappe, par le sous-sol, et je ne connais qu'un seul moyen de le faire, c'est un forage, et un forage, ça laisse des traces, on doit donc en retrouver autour des puits de Pores.

— Je vous suis, mais vu la taille d'un champ pétrolifère, autant chercher une aiguille dans une botte de foin, répondit Chi.

— Ce n'est pas si sûr car à Pores, le sol est granitique et les forages ont une profondeur de l'ordre de cent mètres. Pour percer un puits, même de faible diamètre, il faut une installation, un train de tiges, des moteurs très bruyants et un certain temps : l'enfoncement ne dépasse guère une dizaine de mètres par jour dans la roche dure ; et quand l'opération est terminée, il reste nécessairement des vestiges de ce forage… Mais il est vrai que le champ de Pores est une bande de 600 km de long sur 100 de large, donc on peut tout imaginer, sauf si vous pouvez me dire si cette réaction en chaine a une limite dans l'espace.

— Il est vraisemblable que sa limite sera celle du mouvement de pétrole, or je n'imagine pas que toute la nappe de 600 km soit en mouvement constant et continu comme dans un océan…

— Non effectivement, les seules zones en mouvement sont celles où se trouvent les puits et on ne peut pas imaginer un forage pirate par puits, car je vous rappelle que tous les puits de Pores sont contaminés.

— Nous faisons fausse route !, conclut Chi.

— Oui mais le fait est là, des surions sont introduits dans la nappe et à proximité des puits…

— Vous devriez allez sur place et voir avec les exploitants

lateguayens par quel prodige cela peut se faire…

Johanna remercia le Professeur et rejoignit son laboratoire des questions plein la tête. Elle se disait qu'il serait peut-être temps d'unir ses efforts avec ceux de sa rivale d'Oilpex…

Chi de son côté était soucieux à l'idée qu'une main invisible aurait détourné son invention pour nuire aux intérêts des producteurs d'électricité et de pétrole. D'une manière confuse et déraisonnable, il se sentait responsable de n'avoir pas mieux protégé cette découverte. Fallait-il entamer toute cette communication et rendre aussi transparentes ses fascinantes inventions ? Pourtant les paramètres qui découlaient de la modélisation mathématique patiemment élaborée par sa fille, Fao, n'avaient pas été divulgués, songeait-il comme pour se rassurer, mais ce modèle portait sur le translaser, pas sur les surions, qui n'étaient effectivement pas très compliqués à obtenir, à condition toutefois d'avoir accès à des connaissances scientifiques pas très répandues. D'où pouvait donc bien provenir cette fuite ?

Durant tout ce temps, Pamela Jeifferson, à Irving, n'avait pas avancé d'un iota. Elle avait multiplié les analyses, les examens, les expériences, les recherches documentaires, les brainstormings, mais depuis des jours, elle en était au même point.

C'est alors qu'elle reçut une invitation à chater de la part de Johanna Brücker. Elle se connecta et Johanna l'informa que de son côté elle avait bien progressé. Pamela lui indiqua qu'elle avait découvert la présence anormale de liaisons carbone doubles mais qu'elle n'avait pas pu trouver de quoi cela provenait. Johanna lui offrit de partager ses résultats, ce que Pamela accepta mais campée sur sa réserve malgré tout. Elle reçut un fichier. C'était un rapport de Johanna qui lui expliquait l'action des surions sur les liaisons de covalence du carbone et qui se concluait sur la question sans réponse de l'incorporation indétectée de ces surions dans les puits.

Après avoir lu le rapport de Johanna, Pamela se rendit compte que sa collègue était allée plus loin qu'elle et elle en fut franchement vexée. Sa fierté de scientifique chevronnée n'en laissa surtout rien paraître. Au contraire, elle entrevit une possibilité de faire jeu égal si elle découvrait avant Johanna comment les surions étaient introduits dans les puits. Elle reprit le chat et après avoir platement et conventionnellement remercié sa consœur, lui indiqua qu'elle allait entreprendre des investigations pour trouver la réponse à l'épineuse question. Elle disposait d'un atout que n'avait pas Johanna, elle parlait couramment l'espagnol.

Elle appela son client / fournisseur de Pores et lui demanda, sans dévoiler ses batteries, comment l'on pourrait introduire subrepticement un liquide dans le pétrole avant son jaillissement. Elle savait qu'on utilisait déjà des fluides liquides ou gazeux pour augmenter la pression d'écoulement du pétrole, mais ceux-ci étaient soigneusement analysés avant injection et en particulier, on testait l'absence d'ions dans l'eau qui pourraient produire des réactions de colmatage tout à fait indésirables. Elle s'entendit répondre qu'en dehors des intrants traditionnels, il n'y avait aucun moyen, d'autant qu'à Pores les eaux d'infiltration naturelle, la pluie, étaient loin d'atteindre la couche d'hydrocarbures.

Après cette courte mais instructive conversation, Pamela fut convaincue que c'était par l'eau d'injection que l'on polluait les puits, il lui restait juste à valider l'hypothèse que les surions échappaient à la décontamination des ions.

Un échange d'e-mail avec Johanna et un passage de la question par Chi Xao Tan, permit d'établir qu'effectivement les surions étaient indétectables par des analyses ou des traitements chimiques traditionnels. Elle allait obtenir la preuve par neuf en faisant analyser l'eau des réservoirs de stockage, répartis en de nombreux points du champ de Pores. En quelques jours, elle parvint à établir la présence de surions dans cette eau. Elle tenait sa revanche sur Johanna et ne se priva pas de le lui faire savoir dans un mail conclusif ainsi formulé :

« Vous avez découvert l'action des surions sur le pétrole léger, j'ai découvert la manière dont ils sont introduits dans les puits ! Match nul pour nous. Je préviens notre CIA et notre FBI et vous enjoins à faire de même auprès de vos instances locales. Cordialement. »

* * *

Max Dolbrey commença à rougir des oreilles et débuta un flamenco tonitruant en voyant que son collègue du FBI était en copie de l'information. Il exigea auprès du DoD[22] que le FBI fut dessaisi, ce qu'il n'obtint naturellement pas, mais l'on prévint tout de même le Président.

La nouvelle des attentats contre les puits de pétrole fit le petit tour du monde habituel des services secrets des 193 états membres de l'ONU. Les grosses machines américaine, française, anglaise, russe, chinoise se mirent en route, on voulait savoir qui était derrière ses attentats et comment les contrer !

* * *

Jérôme Mardanian était en grande conversation avec un responsable de production du Tricastin, lorsque Francis de la Moulière l'appela pour l'informer de l'attentat de Pores.

---

[22] Departement of Defense

— Évidemment, compte tenu de notre pauvreté pétrolière, nous ne risquons pas d'être atteints, du moins pas très gravement, mais nos fournisseurs pourraient en revanche subir des dégâts qui nous toucheraient aussi directement, fit Francis.

— Il est certain que si chez nous l'atteinte de nos réservoirs est tout de même un peu difficile, on peut aisément imaginer que dans certains pays comme le Lateguay, ils sont beaucoup moins protégés.

— Comment progresse ton enquête à Pierrelatte ?

— Nous passons en revue le personnel en essayant d'obtenir la liste de ceux qui seraient motivés pour polluer l'eau du canal de Donzère-Mondragon par des surions mais nous n'obtenons rien de palpable, d'autant que le préjudice qui a été causé a pour origine un espace extérieur à la centrale et donc accessible par tout public. Je pense qu'il faut organiser une surveillance jour et nuit de tous les points d'accès possible des 19 centrales françaises. Je suis en train de mettre la dernière main à un rapport dans ce sens, qui devrait te parvenir demain. Je dois aussi te dire que Mickael s'épanouit très bien ici et qu'il n'a pas fallu longtemps pour qu'il fasse des connaissances amicales avec une partie du personnel, genre féminin de moins de 30 ans si tu me suis bien.

— Je te suis et cela ne m'étonne pas quand je pense aux états d'âmes des nymphettes du Quai quand il rôde dans les bureaux ! À bientôt Jérôme.

Le rapport que Francis de la Moulière reçut le lendemain était effectivement explicite. Après l'avoir approuvé, Francis le transmit par la voie hiérarchique et ministérielle, de manière à déclencher la courroie de transmission du Ministère de l'intérieur et de la gendarmerie, qui allait se trouver en charge de cette surveillance.

L'état-major rédigea ses instructions afin que les brigades, dont le territoire contenait au moins une centrale nucléaire, soient en mesure d'opérer une surveillance efficace. Des observateurs étaient placés en face des points de captage, sur la rive opposée des fleuves et rivières qui desservaient les centrales. De jour, c'était une simple observation visuelle mais de nuit, la surveillance se doublait d'un équipement infrarouge. En face d'eux et sur les fleuves ou rivières mêmes, se trouvaient les hommes chargés de procéder aux vérifications d'identité des personnes ayant été vues en voisinage des points névralgiques, malgré les interdictions d'approches qui venaient d'être mises en place. En théorie, les attentats étaient impossibles et pourtant, ils allaient se produire !

Le premier d'entre eux avait failli être un attentat à la pudeur. Saint-Paul-Trois-Châteaux ne dépassait pas 10 000 habitants mais il était étonnant de constater le nombre de jeunes femmes qui, travaillant à la centrale de Pierrelatte, habitaient là ou y avaient de la famille ou des amis… Bref depuis que Mickael était arrivé, on assistait tous les soirs à une curieuse cérémonie. Cela commença par Julia le deuxième jour. Les deux chargés de mission du Quai d'Orsay venaient juste de rentrer à leur hôtel, que Julia se pointa dans le hall et demanda Mickael. Il descendit. Julia était légèrement vêtue en raison de la chaleur de cette soirée de fin d'été et ses cheveux blonds formaient un écrin magnifique à ses yeux verts tendre.

> — Bonsoir Mickael ! Je suis venue rendre visite à ma
> grand-mère qui habite ici, alors je me suis dit que je
> pourrais vous faire un petit bonjour…

Comme la mignonne était bien tournée, Mickael lui offrit de partager un apéritif avant qu'elle ne se rende chez son aïeule. A-t-il voulu développer son enquête ? La petite était-elle en manque de confident ? Sa voiture nécessitait-elle qu'il y jette un œil ? Toujours est-il que le soir, en quittant Mémé, Julia repassa à l'hôtel et qu'elle n'eut pas besoin de demander Mickael puisqu'il l'attendait sur la terrasse. Pour faire bonne figure devant Jérôme, ils choisirent de s'égayer discrètement dans une oliveraie environnante. Comme le sol était un peu rocailleux, Julia, prévoyante, prit le plaid qu'elle avait toujours dans sa voiture et leur conversation se poursuivit par des ah-ah-ah et des oui-oui-oui, jusqu'à ce que le soleil soit totalement couché !

Le lendemain, ce fut Marie-Hélène qui se présenta à l'hôtel, une brunette aux formes généreuses et aux cheveux courts. Elle avait des gestes amples, comme si elle avait toujours envie d'enlacer ceux qui passaient à sa portée.

— Bonsoir Mickael ! Je rentre du travail et comme je suis seule ce soir, j'ai décidé de me faire un ciné et en passant devant votre hôtel, je me suis dit que vous seriez peut-être content de vous distraire un peu de cette angoissante enquête… Qu'en pensez-vous ?

En réalité, Marie-Hélène ne venait pas directement de son bureau, elle était d'abord passée chez elle, avait fait une toilette des plus soignées, s'était remaquillée et parfumée avec tant d'ardeur qu'on aurait dit qu'elle allait à un mariage. Mais comme elle était avenante et qu'elle sentait bon, Mickael, se laissa guider vers le cinéma, sans penser une seconde à la suite. Le film était quelconque, une énième série américaine avec des effets spéciaux ébouriffants et un mélodrame de pacotille, mais ce fut à la sortie que Marie-Hélène décida de ferrer son poisson :

— Que diriez-vous d'un petit en-cas chez moi, j'habite à deux pas.

Pour un en-cas, ce fut un bel en-cas. La ratatouille réchauffée est encore meilleure et le rosé bien frais glissa tout seul. Mais pourquoi le genou de Marie-Hélène était-il venu frôler celui de Mickael, on se le demande encore. Et pourquoi celui de Mickael, au lieu d'esquiver, était resté bien en place et qu'il avait cru bon d'y ajouter sa main au même instant, c'est un parfait mystère. Quant aux encore-encore-encore et aux hum-hum-hum qui avaient suivi, on en restait baba !

Le surlendemain personne ne se présenta à l'hôtel, comme pour signifier jour de relâche pour Mickael qui ne se doutait pas encore qu'on allait frôler le drame, car le jour d'après, c'est Myriam qui se pointa.

Myriam était venue aider sa petite sœur à faire ses révisions du bac, en l'absence de leurs parents, partis en séminaire diététique. Elle s'arrêta d'abord à l'hôtel et demanda Mickael car elle avait un plan. Elle arborait un sourire jusqu'aux oreilles et lui demanda :

— Mickael, connaissez-vous la pissaladière ?

— Pas du tout !

— Il faut que vous découvriez ça, c'est un plat du sud, si vous aimez les oignons et les anchois, c'est pour vous. Il y a un restaurant à Saint-Paul dont c'est la spécialité, je vous invite !

— Pourquoi pas…

— Laissez-moi juste le temps de faire réviser ma petite sœur, j'en ai pour une heure ou une heure trente, ça ira ?

— D'accord, je vous attends !

Et la voilà partie chez la sœurette mais à peine avait-elle quitté l'endroit, que l'hôtesse d'accueil qu'il avait rencontrée le matin-même, « Madame Faber Josy » comme il était écrit devant son guichet, arriva à la rencontre de Mickael. Elle avait une bonne quarantaine d'années, c'était elle qui donnait les badges en échange d'une pièce d'identité, dont elle ne se privait pas de lire les mentions qui ne lui étaient pourtant d'aucune utilité dans son travail, mais qui satisfaisaient son insatiable curiosité. C'était une femme dont le sexappeal était tout simplement hors norme ; tout chez elle respirait le désir des sens et il y avait longtemps qu'elle avait décidé de profiter de l'existence sous la forme la plus directe et la plus immédiate, de préférence dans son lit, mais pas seulement. Ses tenues étaient provocantes sans aucune équivoque : pull moulant et jupe très courte en toute circonstance ; sa bouche gourmande était une invitation sans nuances au partage de savoureuses confidences et ses yeux, des armes de destructions massives. Madame Faber Josy était une croqueuse d'hommes. Pour se déplacer, elle ne marchait pas, elle dansait des hanches d'une manière appuyée et elle avait même trouvé le moyen, par une démarche particulière et avec des talons hauts, de provoquer de très légers mouvements de sa majestueuse poitrine à chacun de ses pas ; elle savait bien que les hommes, voyant une telle force esthétique en pleine expression, en concevaient un grand réconfort, même si c'était au détriment de leur quête transcendantale au plan philosophique, mais on ne pouvait pas être au four et au moulin ! Les femmes en revanche étaient plus réservées sur l'adéquation de cette nature si vive avec les moyens plus réduits dont elles disposaient généralement ; elles craignaient en particulier que leurs compagnons soient tentés de se détourner du chemin vertueux dans lequel elles auraient bien voulu les voir confinés. En un mot comme en cent, elles étaient jalouses. Ce soir, Josy avait choisi de se vêtir d'une jupe très légère et tout homme qui l'apercevait était dans l'expectative d'un coup de vent qui serait venu découvrir ses belles cuisses pleines et dorées à souhait. Le pire, lorsque cela se produisait, et il y avait beaucoup de vent dans cette région de la Drôme, elle faisait semblant de ne pas s'en apercevoir, se laissant ostensiblement offerte aux regards concupiscents ou même davantage. De son côté, elle vivait dans l'espoir inextinguible de dénicher le mâle étalon, ce qui ne lui arrivait pas si souvent hélas ; les hommes en parlaient beaucoup mais en avaient souvent peu. Elle trouvait malgré tout son compte dans les formats plus modestes : il était plus facile de sucer des stylos que des manches de pioches, s'était-elle répété plus d'une fois. Le job qu'elle occupait depuis quelques années était une véritable aubaine pour cette nature accorte et entreprenante. Combien de sémillants hommes d'affaires en costumes trois-pièces, aussi bien que des ouvriers sous-traitants musclés des doigts de pieds jusqu'aux oreilles, ne s'étaient-ils pas retrouvés dans ses draps ? Car elle ne faisait pas de discrimination sociale, son exigence était authentiquement républicaine. Toutefois, elle avait toujours placé sa fierté à ne recevoir aucun argent de ses partenaires, même quand ils insistaient, chaude de la fesse oui, pute non !

Si elle était venue voir Mickael, ce n'était pas par hasard. Quand Madame Faber Josy se déplaçait pour un jeune, c'était à coup sûr. Et ce matin, il ne lui avait pas échappé un sous-entendu fort explicite de la part d'un fort beau jeune homme. En déposant règlementairement sa carte d'identité contre un badge, Mickael s'était un peu laissé envelopper par l'ardent sex-appeal de son hôtesse d'accueil :

— Quelle chance de me faire ravir mes papiers par vous chère Madame, si vous ne me les rendez pas, je serai obligé de porter plainte contre vous, vous rendez-vous compte : contre vous !

— Si c'est contre moi, je préfère encore les complaintes aux plaintes mais quitte à se frotter à la dureté de la justice, il suffit de prendre la chose du bon côté !

Bon. Elle, c'est sûr, pas la peine de lui écrire des poèmes !

Dès lors que la bagatelle se profilait, Josy n'était pas en reste de vocabulaire et de tournures allusives. Inutile de dire dans quel état Mickael avait passé le reste de la journée, mais le soir venu, en allant récupérer sa carte d'identité, il fut un peu déçu de constater que c'était une remplaçante qui le reçut, un changement de postes ayant eu lieu entretemps. Seulement, voir arriver Madame Faber Josy là, ce soir, chaude comme un croissant, au moment où il venait de faire une promesse à Myriam, était assez délicat. Pourtant, Josy s'approcha, elle était à quelques mètres de lui et son parfum était enivrant comme dix bouteilles de coteaux d'Aix ouvertes en même temps… Mickael se dit alors qu'il était impossible de décliner une occasion pareille, car Mickael était capable de résister à tout, sauf à la tentation, comme le disait un écrivain coquin. Vu le peu de temps dont il disposait, il lui fallait trouver un moyen pour enlever l'affaire en deux coups de cuillère à pot, sinon c'était foutu. Il ne croyait pas si bien dire :

— Bonsoir Mickael… Vous avez choisi un hôtel très agréable…

— Vous le connaissez ?

— Bien sûr ! Ma chambre préférée est la douze !

L'entrée en matière ne laissait place à aucun doute sur ses habitudes et par voie de conséquences, sur ses intentions. Habile, Mickael poursuivit :

— Quel dommage, j'habite la quatorze !

— Ah je ne connais pas la quatorze !

— Eh bien venez, vous me direz ce que vous en pensez !

En moins de temps qu'il en faut à Lucky Luke pour surprendre son ombre, ils étaient tous les deux dans la chambre de Mickael. Le gérant de l'hôtel, qui les avait vus passer, était perplexe. Il ne connaissait pas Mickael, même s'il avait cru remarquer déjà des indices concordants laissant penser qu'il avait pour le moins de l'entregent, mais il connaissait Josy et là, c'était sûr, il savait qu'il allait y avoir un rapprochement des plus serrés dans la chambre quatorze.

La première chose à faire pour tester une chambre d'hôtel n'était-elle pas de commencer par le lit ? C'est donc tout naturellement que Josy se retrouva allongée sous les yeux attentifs du jeune homme pressé.

— Il est bien ferme, je préfère, quand on remue ça ne dérange pas l'autre !

— Ça dépend du remuage, fit Mickael avec un sourire entendu.

— Quelle est donc cette malice que je perçois dans votre regard, Mickael ?

— Voyons Josy, vous ne pensez pas que je serais capable de suggérer des choses légères…

— Je ne sais pas ! Je ne sais même pas si ma collègue vous a rendu votre carte d'identité ! Si ça se trouve vous avez à vous plaindre de moi…

— Eh bien pour ne rien vous cacher, c'est vrai que j'ai quelque chose contre vous…

— Comment ça ? fait Josy en le fixant dans les yeux.

— Non, plus bas…

— Ah en effet, je perçois quelque chose qui pourrait bien se retourner contre moi…

— Vous avez peur ?

— J'en frémis d'avance !

— Où ça frémissez-vous, je ne vois rien !

— Mais si là, touchez, vous allez voir si ce n'est pas frémissant, fit Josy en posant la main de Mickael sur son cœur, vous ne sentez pas comme ça palpite ?

— Comme ça non, mais en massant un peu effectivement, je commence à sentir un truc fébrile, fit le gaillard en palpant doucement la belle qui frissonnait.

— Voilà vous y êtes, et elle commença à le caresser également mais sous sa ceinture.

Ils se mirent ainsi en condition d'affrontement durant quelques minutes, puis Mickael déclencha franchement les hostilités en la déshabillant délicatement et en la laissant faire de même. Quand ils furent presque nus, elle en dessous noirs, lui en chaussettes, il lui dit qu'il était temps de savoir si la fermeté de ce lit était à la hauteur de ses promesses. La cavalerie légère prit le départ pour un galop d'une bonne vingtaine de minutes, au bout desquelles, tous les remuages possibles et imaginables furent testés ; le lit ne broncha pas, au contraire des deux corps agités qui n'en pouvaient plus de miaulements suraigus et de râles ardents. À la fin, Josy confirma que la quatorze valait bien la douze et peut-être même un peu plus. Mickael en fut ravi et lui demanda :

— Quelle chambre voudrais-tu essayer la prochaine fois ?

— Je ne connais pas la quinze non plus !

— Alors demain, je demande si la quinze est libre, mais en attendant, je dois un rapport à mon chef pour demain matin et donc je suis dans l'obligation de me séparer des délicieuses rondeurs que tu m'as si aimablement offertes.

Josy fut un peu chafouine, mais elle se résolut, fit un brin de toilette, suivie de Mickael, se rhabilla et quitta la chambre après avoir glissé un bisou à son nouvel amant. Mickael attendit un peu qu'elle se soit éloignée pour aller prendre la pause d'attente en terrasse, avant d'aller déguster une pissaladière en compagnie de Myriam. Il était temps, car Myriam montra son museau quelques minutes après. Ils partirent au restaurant et là,

Mickael peina à déguster sa pissaladière tant il était à nouveau sollicité pour une visite guidée de la quatorze ! Les choses furent rapidement menées, car dans l'heure qui suivit, Myriam se trouva rassasiée après un passage en altitude et Mickael vidé. Une douche à deux et sitôt rhabillée, elle lui déclara :

— Il faut que je rentre, j'ai dit à mon mari que j'allais aider ma sœur mais pas toute la nuit !

Mickael était médusé. Il la laissa partir avec une petite gratification manuelle sur son postérieur et se trouva plutôt content d'aller se coucher, quand le téléphone sonna.

— Bonsoir Mickael, c'est Julia, j'espère que je ne te réveille pas…

— Oh bonsoir Julia, non je n'étais pas encore couché, mais que se passe-t-il ?

— Mon mari crois que je passe la nuit chez ma grand-mère, mais ce n'est pas indispensable, elle dort très bien toute seule. Si nous en profitions pour continuer cette si gentille conversation que nous avons eue sous les oliviers il y a quelques jours ?

— Euh… fit Mickael pris au dépourvu…

— Mais je préférerais dans ta chambre, j'imagine que ton lit est moins dur que les cailloux de l'oliveraie…

— Eh bien…

— J'arrive tout de suite !

Mickael se dit que la fabrication des cocus allait subir une montée en flèche imprévue dans le département mais qu'y faire ? D'autant que Julia n'était pas la plus vilaine et d'ailleurs il se demandait bien où étaient les laides dans ce pays, il n'en avait pas encore vu la queue d'une.

Quelle chouette mission ! Mais il va falloir que j'assure

quand même.

Et il assura si bien qu'elle en redemanda deux fois, la gourmande.

Le lendemain Jérôme Mardanian, qui n'avait rien perdu des allées et venues dans la chambre quatorze, fit semblant de ne pas remarquer la grande fatigue et les traits tirés de son assistant, non par compassion mais par pur orgueil de mâle frustré ! Jérôme était un homme plutôt rangé de ce côté mais quand il se remémorait le déroulement de la nuit, il se sentait quand même un peu ridicule. Même quand il était célibataire, il n'avait jamais pu établir un tiercé pareil. C'était tout bonnement ahurissant pour lui. Jamais il n'aurait pu imaginer cela possible, d'autant plus qu'il avait clairement pu identifier les reprises à n'en plus finir et toute la gamme des miaulements de plaisir qu'elles avaient déclenchée à chaque fois. Il essaya de recompter combien de fois le gaillard était monté à l'assaut et toujours victorieusement en plus, mais se perdit dans son décompte.

Mickael avait bien remarqué que son collègue ne lui avait pas demandé s'il avait bien dormi, il se doutait que ses frasques n'étaient pas passées inaperçues et il espérait au moins que cela n'allait pas lui nuire. Mais après tout, il se rassura en se disant que ce n'était pas dans le cadre du travail, ni avec du personnel du Quai et que sur ces bases, rien ne pouvait lui être reproché.

Et non seulement Jérôme ne lui fit aucun reproche, mais passé la première impression un peu dévalorisante pour lui, il en conçut une certaine admiration pour la performance objective dont Mickael lui avait fourni en quelque sorte, une éclatante démonstration.

Chaos mondial

7 – *Une enquête ardue*

Tous les pays possédant des centrales nucléaires avaient bien sûr mis en place des mesures de surveillance à l'instar de la France, mais malgré cela, les attentats continuaient d'être perpétrés d'une manière inquiétante. L'AIEA fut chargée de centraliser les incidents au niveau mondial et elle comptait déjà 18 réacteurs à l'arrêt parmi les cinq pays les plus gros producteurs : USA, France, Japon, Russie et Royaume-Uni. Certes cela ne représentait pas plus de 4 % de la production mondiale, mais l'inefficacité des mesures prises était consternante.

La situation était comparable dans le domaine pétrolier où l'OPEP venait d'annoncer que près de 5 % des gisements de pétrole léger étaient en arrêt d'exploitation pour cause de solidification du brut, la surveillance des réservoirs ne produisant apparemment aucun résultat, là non plus.

Au FBI, à Washington, Robert C. Russerl présidait une réunion de crise. La fine fleur de son état-major concerné par les attentats technologiques tant nucléaires que pétroliers, était là : le Sous-directeur, le Directeur de la sûreté nationale, les Chefs de divisions du contre-espionnage et du contre-terrorisme, le Directeur scientifique, le Chef de division des laboratoires, le Chef des officiers du renseignement et l'incontournable Assistante du Directeur, Lisa Roestemberg. Russerl faisait un discours d'introduction résumant la situation :

— Comme disait Franklin D. Roosevelt, « Il est dur d'échouer, mais il est pire de n'avoir rien tenté pour réussir », car c'est bien pour trouver le chemin du succès, que je vous ai réunis. Nous comptons actuellement sur notre territoire, six réacteurs nucléaires à l'arrêt et nous perdons 600 000 barils de pétrole par jour. Actuellement, l'impact électrique est quasi nul en raison de la saison. Je vous rappelle qu'en septembre, les climatiseurs fonctionnent moins et le chauffage n'est pas encore allumé, de ce fait, nous pouvons facilement compenser. Pour le pétrole, c'est plus problématique car nous devons augmenter nos importations. Nos fournisseurs subissent les mêmes problèmes que nous et à peu près dans les mêmes proportions, donc les prix commencent à sérieusement grimper. Ces attentats se produisent sous la forme d'une pollution par un élément chimique découvert récemment, le surion. Les meilleurs experts scientifiques du pays sont à l'œuvre pour trouver un antidote. Il est à noter une chose rarissime dans ce genre d'attaque terroriste, on ne déplore rigoureusement aucune victime, pas même un blessé. Notre mission numéro un est de stopper ces atteintes. Notre mission numéro deux est de découvrir leurs auteurs. Je passe la parole à notre Directeur scientifique qui va vous donner un aperçu plus précis de ces phénomènes.

Un diaporama fut présenté, avec des diapositives très colorées et des animations en tous sens. Le Directeur scientifique parvint ainsi à résumer très brillamment les réactions chimiques complexes que provoquaient les surions.

Le Directeur de la sûreté prit ensuite la parole pour mettre en doute les origines de la pollution :

— Étant donné que les moyens de contrôle que nous avons mis en place partout dans le pays n'empêchent pas la prolifération des surions, on peut douter que cette pollution se fasse par les eaux de captage dans le cas des réacteurs nucléaires et par les réservoirs d'eau dans le cas des puits de pétrole, car, que nous n'ayons pas 100 % de réussite est une chose qu'on pourrait comprendre, mais que nous ayons 100 % d'échec est statistiquement significatif d'une erreur dans l'hypothèse de départ ! Je propose que l'on réétudie ce point.

Le raisonnement de ce cerveau du FBI était frappé au coin du bon sens et séduisit le reste de l'assemblée. Lisa Roestemberg fit mine d'écouter et d'enregistrer consciencieusement et avec détachement tout ce qui se disait, mais au fond d'elle-même, voir le pataquès se répandre sans pouvoir y parer, provoquait un contentement qu'elle devait absolument cacher.

Pendant ce temps, à la CIA de Langley en Virginie, Max Dolbrey avait réuni son équipe de direction : les quatre Directeurs du renseignement, du service clandestin, des sciences et technologies et du support, ainsi que le Chargé des relations avec le congrès et le Chargé des affaires publiques. Le Directeur entama un discours dans un style qui n'appartenait qu'à lui :

— Richard Nixon a déclaré un jour que les agents de la CIA étaient des clowns qui lisaient des journaux ! Il avait peut-être raison à l'époque mais aujourd'hui, je vous déconseille fortement de lire le moindre de ces torche-culs à propos des attentats au nucléaire et au pétrole. Ces branleurs de stylos sont infoutus de comprendre ce qui arrive, avec leurs petits cerveaux toujours à court de scoops et puis, leurs informateurs ne sont que des traine-savates, des minables qui vendraient père et mère pour une pige. Le merdier qui se passe en réalité dans ce putain de monde, c'est ceci : 18 réacteurs nucléaires à l'arrêt et 4,6 millions de barils de pétrole par jour, transformés en un bitume, tout juste bon à boucher les nids de poule de nos routes. Ces saloperies n'impactent pas encore l'occident et en particulier les USA en raison de la saison douce que nous traversons, on se passe aussi bien de climatisation que de chauffage en automne. On ne manque ni de gigawatts ni d'essence mais ça commence à coûter une blinde au trésor. Ce que nous savons, c'est ceci : des salopards balancent un élément chimique découvert par une andouille de Chinois et qui a des propriétés vraiment charmantes sur le combustible nucléaire qu'il transforme en charbon de bois et sur le pétrole qui devient une sorte de caillou. Le jour où ce genre de savants oubliera de se réveiller, notre planète tournera plus rond. Mais non, il s'est levé celui-là, un beau matin, et il a découvert le surion. Le surion d'un « surcon », en somme. Résultat, on est en train de foutre en l'air un fric monstre pour payer des tronches à déminer la géniale invention qui sème un boxon mondial. Dans ces affaires, ce que nous ne savons pas, c'est ceci : pourquoi de tels attentats peuvent se produire sans faire de victime, c'est du jamais vu ; de là à penser que leurs auteurs sont plutôt futés il n'y a qu'un pas mais que je me refuse à franchir, car je ne peux pas imaginer que la CIA ne soit pas capable de stopper cette hémorragie, ni de débusquer les métèques qui cherchent toujours et encore à nous emmerder. Je passe la parole à notre Directeur des sciences et technologies pour qu'il vous complète le topo.

À partir d'un diaporama sans images, sans couleurs et sans animations idiotes, le Directeur des sciences et technologies résuma avec sobriété les phénomènes physico-chimiques qu'engendraient les surions.

Le Directeur du support intervint alors en critiquant les mesures de sauvegardes inopérantes pour contrer les pollutions :

— Que ce soit le FBI chez nous ou les autorités policières ou autres forces de l'ordre dans les autres pays, les méthodes déployées ne sont pas de nature à enrayer cette épidémie. Je m'interroge donc sur le bien-fondé du moyen supposé pour introduire les surions dans les centrales nucléaires et dans les puits de pétrole et je pense qu'il faut se rendre à une évidence : si nous n'avons pris personne la main dans le sac malgré toutes les forces déployées, c'est que personne ne se trouve aux endroits que nous surveillons et qu'il faut de toute urgence chercher une autre hypothèse de départ !

La concision et la justesse d'analyse du Directeur, emportèrent l'adhésion des participants à la réunion.

À Paris, c'est Francis de la Moulière qui, au même moment, se trouvait dans son bureau en compagnie de Jérôme Mardanian et de Mickael Guiton, revenus de la Drôme, pour la plus grande sérénité des couples de cette région et avec une spécialiste des questions scientifiques, Maryline Bastero, jeune et jolie rousse franchement extravertie, dont les frasques de Mickael étaient remontées aux oreilles, avec toute la déformation outrancière qui parasitait radio-moquette, ce qui l'avait mise dans un état de curiosité débordante. Maryline était ravie de participer à cette réunion qui lui permettait d'observer de près et pour la première fois, le chevalier ardent qui faisait chavirer tant de femmes.

Mais, Francis s'apprêtait à démarrer la réunion. Il était mal habillé, mal rasé, mal coiffé, bref, il n'essayait même pas de faire croire qu'il était bien dans sa peau. Pour ceux qui l'avaient connu auparavant, c'était d'une tristesse pitoyable. Il prit la parole :

— Michel Eyquem de Montaigne préférait les paradoxes aux préjugés et nous allons avoir bien besoin de cet éminent inventeur du cocooning cérébral pour nous y retrouver dans cette effrayante déferlante contre nos centrales nucléaires. À ce jour, les centrales du Tricastin, du Bugey et de Saint-Laurent sont hors service, ce qui représente 9,6 gigawatts d'énergie perdue sur les 65 que nous sommes en mesure de produire au maximum, car je ne compte pas les arrêts de maintenance. Côté pétrole, nous subissons la hausse des cours comme vous en êtes sûrement déjà informés par nos différents médias. Si nous ne souffrons pas encore de pénurie électrique chez nous c'est parce que nous ne fournissons plus nos clients européens, ce qui est dramatique pour eux. Cette catastrophe industrielle est due à une action de surions, une sorte d'isotope ionique, découverts comme vous le savez tous, par le Professeur Chi Xao Tan, pour le compte de la Globexum, de triste mémoire, je ne m'étends pas. Le CERN est sur les dents, avec EDF, AREVA et l'ASN[23]. L'absence de victime lors de ces attentats explique sans doute le calme relatif des médias et de la population, car il ne se passe rien de spectaculaire ou de traumatisant. Pour autant, la gravité de la situation nous fournit un impératif catégorique : trouver les auteurs et mettre fin à leurs agissements. Maryline va maintenant vous donner les détails des mécanismes physico-chimiques en jeu, car je pense qu'il nous faut d'abord bien comprendre ce qui se passe si nous voulons avoir une action efficace.

Maryline traça quelques croquis sur un paper-board et donna quelques explications. Elle utilisait un langage étonnamment simple, à même d'être compris par tous et qui permettait même un échange de questions-réponses avec le petit groupe très attentif, qui constituait son auditoire.

À un moment, Mickael s'étonna de la poursuite des attentats alors même que les gendarmes étaient en place :

---

[23] Autorité de Sûreté Nucléaire

— À Pierrelatte, j'ai vu les flics se mettre en position et le capitaine avec qui j'ai pu discuter, m'a expliqué qu'on avait 250 personnes mobilisées sur toute la France pour cette surveillance, ça fait quand même du monde et malgré cela, c'est-à-dire après la mise en place du dispositif, les centrales du Bugey et de Saint-Laurent ont été touchées. Nous sommes donc bien obligés de nous poser des questions sur le moyen d'accès utilisé par les terroristes pour parvenir à faire entrer des surions dans le circuit primaire. Qui a émis cette hypothèse ? Sommes-nous certains qu'il n'existe pas d'autres voies ?

Le jeune homme avait exprimé tout haut ce que chacun pensait tout bas. Francis poursuivit :

— Cette hypothèse a été formulée par les américains, je vous rappelle que ce sont eux qui ont été les premières victimes avec leur centrale de Diablo Canyon en Californie. À vrai dire nous n'avons pas cherché plus loin, qu'en pensez-vous Maryline ?

— Eh bien, si on écarte l'eau comme moyen d'atteindre le circuit primaire, je n'ai pas la moindre idée d'un autre moyen de toucher le combustible depuis l'intérieur du réacteur. On pourrait aussi imaginer que la pollution se fait avant que les crayons ne soient introduits dans la zone confinée, mais cela ne colle pas avec les analyses faites jusqu'à maintenant, puisque chaque fois que le problème est apparu, le combustible était toujours en bon état avant son introduction…

— Quelle est la durée de vie des surions dans l'eau ? demanda Mickael.

— C'est une bonne question, dont je n'ai pas la réponse, il faudrait la poser à son découvreur… Mais à quoi penses-tu en posant cette question ?

— Eh bien si les surions sont stables, il serait possible que le point d'insertion soit éloigné du point de captage et dans ce cas, nous aurions l'explication de l'inefficacité de la surveillance limitée à ce point…

— C'est une piste très sérieuse Mickael !, fit Maryline en lui roulant un regard de biche énamourée, mais je pense que seul le Professeur Chi Xao Tan pourrait nous donner une réponse…

Cette idée subite d'un rapprochement, à nouveau, des services du Quai avec le Professeur Chi Xao Tan, hébergé par cette diabolique Katia van Oberhaus, fit resurgir un spectre cauchemardesque chez Francis de la Moulière, qui s'était fait lamentablement rétamer par un des gorilles de Katia, il y avait deux ans à peine. Ce pénible évènement avait mis un point d'arrêt à sa carrière. Nul n'ignorait cette calamiteuse affaire dans le bureau où Francis tenait réunion et tous les regards se tournèrent sans un mot vers lui. Un pesant silence s'installa, tous attendaient qu'il dise quelque chose, qu'il se mette en colère ou qu'il les renvoie vaquer à leurs affaires.

Francis observa successivement ses trois vis-à-vis : Maryline la jolie rousse qu'il aimait suivre du regard quand elle passait devant son bureau, Jérôme son vieux copain des bons comme des mauvais coups et Mickael, le dragueur de service dont toutes les femmes rêvaient secrètement de bénéficier de ses faveurs… Il eut alors un sursaut. Il prit conscience qu'il n'avait pas le droit d'arrêter le cours des choses pour des raisons personnelles, qu'il n'appartenait qu'à lui de dépasser. Il devait redevenir ce décideur froid et serein qui avait fait son succès autrefois. Francis de la Moulière avait été mis à terre, mais le militaire vissé à sa personnalité, n'était pas mort et reprenait même le dessus.

— Maryline, prenez contact avec le Professeur Chi Xao Tan, rencontrez-le et rapportez-nous les éléments qui nous manquent encore. Mickael, vous l'accompagnerez. Pendant que vous serez là-bas, essayez aussi d'en savoir plus sur le problème qui touche au pétrole. Mais attention, ce n'est pas une opération commando que je vous demande, c'est une mission diplomatique !

Maryline eut du mal à masquer son enthousiasme, elle se tourna vers Mickael, elle pétillait intérieurement, mais Mickael n'osa même pas croiser son regard, il sentait trop l'observation de ses deux supérieurs. Francis fit un mouvement de retour derrière son bureau pour aller se rasseoir. Maryline et Mickael saluèrent leurs hôtes et quittèrent le bureau, laissant Francis seul avec Jérôme.

— Elle est mariée ?, fit Francis.

— Oui, ou en tout cas elle a un compagnon, répondit Jérôme.

— Je crains le pire !, lâcha Francis, à moitié sérieux.

Jérôme partit dans un fou rire retenu et commença à lui raconter les nuits mouvementées dans la chambre quatorze de l'hôtel de Saint-Paul-Trois-Châteaux, mais Francis le coupa et l'invita au bar des cadres du Quai.

— Je sens que tu vas me faire passer un bon moment, Jérôme, je préfère le savourer en partageant une bière avec toi !

Maryline ne perdit pas son temps. Elle tenta de joindre Chi Xao Tan au téléphone mais le standard de la Globexum était plus vigilant que jamais et ce fut un échec. Elle devina que sa situation d'agent du Quai d'Orsay devait encore compliquer les choses. Le seul moyen aurait été d'obtenir le feu vert de la Présidente mais le filtre des hôtesses téléphoniques était tout aussi blindé pour la présidente que pour le Professeur, dès lors que l'appel venait du Ministère des Affaires étrangères français. Elle ouvrit le site de la Globexum espérant pouvoir contourner l'obstacle par un contact numérique. Peine perdue. Les connexions offertes étaient totalement impersonnelles et la dirigeait soit vers un service commercial, soit vers un service technique. Elle ne se découragea pas et puisque c'était une mission diplomatique, on allait faire intervenir l'ambassade, se dit-elle.

Il fallut quand même quelques jours aux diplomates franco-néerlandais pour aboutir à une mise en relation directe de Maryline avec le Professeur Chi Xao Tan, mais entretemps, Katia van Oberhaus avait jeté son oukase : elle acceptait de recevoir l'expert scientifique français, mais ne voulait pas entendre parler de Francis de la Moulière, il n'était pas question qu'il mette les pieds dans la Globexum ! Maryline n'avait pas pu faire autrement que d'en informer son supérieur qui avait douloureusement pris la chose.

En tant que scientifique maison, Maryline était peu habituée aux déplacements et elle s'informa auprès de Mickael pour savoir comment cela allait se passer :

— Très simplement, lui répondit Mickael, nous prenons le Thalys Gare du Nord la veille au soir de ton rendez-vous, le voyage dure moins de 3h30, ensuite un taxi vers notre hôtel où deux chambres seront réservées. Pourquoi cette question ?

— Oh juste pour savoir, je ne voyage pas autant que toi, je ne connais pas les pratiques habituelles… Tu es déjà allé à Amsterdam ?

— En touriste, oui.

— Tu pourras me faire visiter alors, lui minauda-t-elle sournoisement.

Mais Mickael était sur la défensive. Il était naturellement attiré par cette rousse qui lui présentait une si bonne nature mais c'était une femme mariée et elle était du service, ça faisait deux bonnes raison de se tenir à carreau, alors c'était non. Il était jeune et ardent mais pas fou !

— Tu sais, je ne suis pas sûr qu'on ait le temps de faire autre chose que de nous consacrer à la mission que le patron nous a confiée, esquiva-t-il prudemment.

Peu après, dans le train qui les emmenait à leur destination, Maryline revint à l'assaut, mais Mickael afficha une distance qui la désarçonna.

Comment se fait-il que ce dragueur impénitent refuse mes avances ? Je ne lui plais pas ?

Mais dans la même voiture, non loin d'eux, un couple de quinquas avait déjà commencé à passer le temps agréablement, un bisou par-ci, une caresse par-là, des sourires de contentement entre des paroles échangées à voix basse mais dont on devinait toute la tendre saveur. Maryline se pencha vers Mickael :

— Tu penses qu'ils sont légitimes ces deux-là ?

— Peut-être que oui, s'ils se connaissent depuis peu, c'est possible qu'ils éprouvent une forte attirance, répondit Mickael sur la défensive.

Mais Maryline ne laissa pas passer une si belle occasion :

— Qu'est-ce qui t'attire le plus chez une femme, comment sont celles qui te plaisent le plus ?

— J'adore les rousses de 35 ans qui posent des questions indiscrètes, je trouve cela très excitant, ça me donne toutes les envies que tu peux imaginer mais le fait d'appartenir au même service que moi rend la rencontre beaucoup trop compliquée. En un mot, tu es délicieuse et attirante mais nous ne devons pas nous écarter de notre job.

Magnifique et grandiose, le Mickael, et plein de délicatesse ; il la rassurait d'abord sur sa séduction puis remettait la barrière en place, tout en lui épargnant la question un peu surannée du mari. Maryline était à la fois déçue et comblée. Elle se voyait contrainte à la fidélité conjugale. Elle n'avait pas imaginé que ce séducteur puisse avoir de la morale ; elle en conçut un (petit) remords, d'avoir voulu outrepasser cette vertu pas si fréquente de nos jours.

Le lendemain, elle était en présence de Chi Xao Tan. Elle lui exposa que l'échec de notre gendarmerie dans l'arrestation des terroristes, remettait en cause la thèse de l'introduction des surions à proximité du captage des eaux du circuit primaire.

— Pensez-vous que les surions sont si stables dans l'eau qu'ils peuvent être introduits très en amont ?

— Heureusement que les surions sont stables, sinon le translaser ne pourrait pas fonctionner, mais je vous avoue que je ne dispose pas de données précises sur la problématique particulière que vous soulevez et comme d'habitude, le seul moyen de le savoir c'est de l'expérimenter.

— Mais comment faire cela, Professeur ?

— Depuis cette découverte et sa mise en pratique dans le translaser, nous avons été amenés à mettre au point des appareils spécifiques pour contrôler divers paramètres qui n'existent nulle part ailleurs. Par exemple, pour les surions, nous savons en détecter la présence et la teneur au moyen non plus de microscopes ou de spectromètres, mais d'un équipement, qu'on a baptisé « électromètre surionique » qui mesure la différence de charge des électrons, puisque c'est la principale propriété des surions. Cet équipement est un dérivé sophistiqué des traditionnels électromètres à feuilles d'or, que vous connaissez sans doute.

— Effectivement. Donc si je comprends bien, par votre appareil, on pourrait déterminer le moment où, après avoir été introduits dans l'eau, les surions disparaissent, et on n'a plus qu'à connaitre la vitesse du courant pour savoir par une simple règle de trois, à quelle distance ils peuvent être introduits avant de perdre leur effet, c'est bien ça ?

— Madame Bastero, vous auriez pu faire partie de mon équipe ! Oui c'est exactement ça !

L'idée de quitter la France avec armes et bagages pour travailler à la Globexum avec le célèbre Professeur Chi Xao Tan, traversa fugacement l'esprit de Maryline, mais elle se ravisa aussitôt. L'aventure n'était pas dans sa nature, sauf pour la bagatelle, toutefois.

L'expérience fut mise en œuvre. Elle était fractionnée en deux : pour l'une, on utilisait une eau d'une qualité proche de ce qu'on peut trouver dans une rivière et pour l'autre de l'eau de mer. Un laborantin injecta un litre d'eau surchargé en surions et observa le moment où ils seraient désagrégés, c'est-à-dire quand leur énergie électronique spécifique se serait tellement dispersée qu'ils n'auraient plus aucun effet possible. Il obtint 25 heures dans l'eau de mer et 37 heures dans l'eau douce.

Pour Maryline, ce résultat était sans appel, les surions pouvaient être introduits très en amont des points de captage et dès lors, le contrôle tel qu'il avait été envisagé, était non seulement inefficace mais impossible à adapter.

Pendant ce temps, Mickael se trouvait désœuvré. Il avait entendu parler de Katia van Oberhaus et de sa grande classe, ce que lui avaient confirmé les photos entrevues sur internet, et il avait réfléchi à un stratagème pour faire sa connaissance. Il s'adressa à l'accueil :

> — J'ai un document diplomatique à faire signer par Madame van Oberhaus, pourriez-vous m'obtenir un rendez-vous ?

> — Laissez-le moi, je le lui transmettrai, répondit l'hôtesse.

Mickael s'exécuta mais il était frustré, la décision de l'hôtesse ne répondait pas à son attente. Il avait pris prétexte de l'intervention des ambassadeurs pour fabriquer de toute pièce, un soi-disant accusé de réception de bonne fin de mission, à l'entête du Quai d'Orsay. Laisser le document à une hôtesse contrecarrait son espoir d'un contact direct avec la Présidente de la Globexum. Mais en fin de journée, alors qu'il s'était fait à l'idée d'un échec, il fut prévenu qu'il devait se rendre dans le bureau de Katia van Oberhaus. Tout n'était donc pas perdu se dit le luron et il s'y présenta derechef. Il fut reçu par la troublante Katia, il était comblé. Elle était parée comme à son habitude, superbe de séduction, avec cette fois, un tailleur à rayures sur un pull sans encolure, sa peau était encore bronzée par le soleil d'une île du Pacifique où elle avait ses habitudes l'été. Ses cheveux, un peu plus longs qu'à l'ordinaire, lui procurait une note légère autour de ses traits fins et réguliers. Elle était assise derrière son bureau et attendait que Mickael s'approche pour la saluer.

> — Mickael Guiton, chargé de mission au Ministère français des Affaires étrangères, dit-il, s'efforçant à un protocole de circonstance.

En s'approchant, il reçut une fragrance légère mais charnelle qui l'émoustilla. Katia quant à elle, était impressionnée par la prestance et la beauté de ce jeune homme vigoureux et hardi auquel, par intuition prémonitoire, elle adressa un sourire enjôleur.

> — Merci d'être venu, Monsieur Guiton. Je m'interrogeais

au sujet de ce document inattendu ; la France deviendrait-elle procédurière à ce point ?

— La France n'y est pour rien Madame, c'est une initiative personnelle…

— Par exemple, mais pour quel motif ? s'étonna-t-elle en ouvrant grands ses yeux clairs.

Mickael remarqua à ce moment la délicieuse coquetterie de son regard pénétrant et chaud. Entre son entrée dans le bureau et cet instant précis, il n'avait pas eu le temps matériel de détailler cette femme extraordinaire, mais ses yeux avaient tout vu et sa mémoire s'était imprégnée. Plus tard, il pourrait se remémorer cette première rencontre.

— Je désirais juste vous rencontrer et maintenant que je vous vois, je sais pourquoi. Vous êtes non seulement une femme exceptionnelle de réputation mais d'une beauté et d'une classe au-dessus de tout ce que je connais.

— Ma parole, mais vous me draguez !

— Non Madame, je vous rends hommage !

— Ah pas de doute, vous êtes bien Français, lui répondit-elle en éclatant de rire. Votre audace vous va très bien d'ailleurs !

Elle prit le prétexte documentaire, écrivit quelque chose dessus, plia le papier en deux et le rendit à Mickael.

— Voilà cher Monsieur, je me suis acquittée de ma responsabilité et maintenant je dois participer à une réunion qui va me priver de votre présence.

À peine sorti du bureau, Mickael ouvrit et lut le document. *« Avec mon bon souvenir – Katia van Oberhaus »*. C'était un peu protocolaire mais il s'estima néanmoins heureux de cette rencontre dont il ne pouvait pas, raisonnablement, espérer davantage. Il retourna vers le sous-sol, rejoindre Maryline. Il entra dans l'ascenseur qui s'ouvrait devant lui et appuya machinalement sur le dernier bouton, entièrement plongé dans ses pensées. Il était subjugué. Quand l'ascenseur s'arrêta et s'ouvrit à nouveau, il s'aperçut qu'il n'était pas au sous-sol mais au rez-de-chaussée, c'était l'autre ascenseur qui permettait d'atteindre les plus bas niveaux. Amusé de cette méprise, il finit son parcours par l'escalier.

Il retrouva Maryline absorbée dans d'autres pensées. Elle avait déjà fait un pas important sur le point de comprendre pourquoi la surveillance des centrales nucléaires ne donnait pas de résultat, mais une autre question la taraudait. Pourquoi la surveillance des réservoirs d'eau ne permettait-elle pas non plus d'interrompre les atteintes aux puits de pétrole ? Elle se souvenait de la recommandation de son chef à ce sujet. La France n'était pas un pays producteur de pétrole mais l'envolée du prix de l'essence à laquelle on assistait partout dans le monde, ne pouvait laisser personne indifférent, que l'on soit membre de l'OPEP ou pas. Chi Xao Tan intervint :

— La question est toute autre et je vous avoue que cela fait un moment qu'elle me tarabuste. Nous avons constaté que l'eau des réservoirs de Pores au Lateguay, était polluée et cette eau étant un intrant des puits, nous en avons naturellement déduit que c'était là qu'étaient commis les sabotages, mais la multiplication des attentats sur les puits de pétrole sans qu'aucune arrestation n'ait eu lieu pose un problème de validité de notre hypothèse, comme vous l'avez-vous-même constaté. Je n'ai malheureusement aucun moyen de savoir par quel autre moyen les surions peuvent être introduits…

— Je ne connais pas suffisamment l'industrie pétrolière pour vous aider, hélas !, conclut tristement Maryline.

Quelques jours plus tard, Maryline et Mickael s'apprêtaient à rejoindre Paris. Ils avaient une info peu réjouissante sur les attentats dans les centrales nucléaires et avaient fait chou blanc dans ceux du pétrole. Mickael s'était maintenu à l'écart de Maryline, qui avait fini par faire contre mauvaise fortune bon cœur, mais avant de partir, il décida d'aller dire au-revoir à la si sympathique Présidente. Il se présenta à l'ascenseur et sélectionna le cinquième étage. Mais l'ascenseur fit halte au rez-de-chaussée et c'est Katia van Oberhaus qui y pénétra :

— Oh Madame van Oberhaus, je me rendais à votre bureau pour vous saluer car nous repartons…

— Quelle coïncidence !

Le parfum de Katia enveloppa aussitôt le jeune homme et provoqua chez lui une accélération cardiaque. Il observait Katia d'un regard chargé de désir. Elle ne s'y trompa pas et lui rendit son regard. Ce fut juste avant l'arrivée au cinquième qu'il l'enlaça et lui délivra un baiser ardent et passionné qu'elle reçut tout naturellement. Quand la porte s'ouvrit, ils eurent juste le temps de se séparer.

— Chut ! fit Katia en lui posant son index sur la bouche.

Ils se quittèrent ainsi. Mickael était troublé, hébété même, Katia aussi mais elle le cachait beaucoup mieux. Peut-être, le privilège de l'âge… et une solide pratique féminine de la dissimulation.

Le voyage de retour se passa curieusement pour Maryline qui voyait son collègue complètement absorbé.

— Quelque chose te tracasse Mickael ?, lui demanda-t-elle un peu inquiète de cette transformation.

— Non pas du tout… Enfin si ! … Ce que nous avons appris n'est pas réjouissant !, répondit-il pour se défausser.

Arrivés au Quai, ils firent leur rapport à Francis, dans son bureau.

— Et l'air ?, fit Francis.

— Pardon Monsieur ?, répondit Maryline.

— Vos tests ont montré une chose importante sur la stabilité des surions et puisque qu'on en est à rechercher des intrants autre que l'eau dans le pétrole pourquoi pas l'air ?

— Je n'y ai pas songé une seconde…

— Un largage aérien expliquerait que tous les puits d'un champ soient contaminés en même temps et qu'on ait retrouvé des surions dans l'eau des réservoirs, car il doit y en avoir partout en fait. Demandez au Professeur si cela est possible.

Vérification faite auprès du Professeur, cela s'avérait vraisemblable.

Les deux nouvelles firent aussitôt l'objet d'une remontée hiérarchique suivie d'une redescente en direction de la CIA et des principaux services de contre-espionnage concernés. Au passage, Francis de la Moulière eut droit à une gratification appuyée du Ministre français des Affaires étrangères. Un officier qui réussit là où tout le monde échoue, CIA comprise, voilà de quoi bomber un torse patriotique.

Francis de la Moulière devint la célébrité d'un jour dans le petit monde des services secrets mondiaux et l'homme savoura cette remontée dans le firmament de l'honneur, comme une bouée de sauvetage après les années noires qui l'avaient si cruellement atteint.

Les jours suivants, furent pour lui l'occasion d'une renaissance. Il réactiva son calendrier de rencontres hippiques, se mit à un sévère régime, chanta sous ses douches biquotidiennes, fit même l'amour à Louisette, qu'il avait carrément laissée pour compte, et ne manqua pas une occasion de fustiger les mollassons qu'il croisait çà et là, au hasard de ses contacts professionnels. Méconnaissable, mais visiblement content de lui.

Et pourtant, on n'était guère plus avancé dans la traque mondiale en cours : étendre la surveillance des cours d'eau et des mers sur des rayons de plus de dix kilomètres autour de chaque point de captage s'avérait totalement hasardeux, quant à la surveillance aérienne au-dessus des champs d'hydrocarbures ce n'était pas beaucoup mieux. Concernant les puits en effet, le survol des espaces pétrolifères fut aussitôt interdit, mais l'ampleur géographique des champs, la nécessité d'accorder de nombreuses dérogations pour des vols indispensables et la faiblesse des moyens de contrôle par les pays concernés, rendaient cette mesure peu opérante.

Et c'est donc avec un certain découragement que l'on assista à la mise en panne de réacteurs nucléaires les uns après les autres et à l'apparition croissante d'un pétrole figé à un point tel qu'il n'était plus extractible.

On n'était pas resté pour autant les bras ballants. Le Professeur Chi Xao Tan et la Globexum avaient mis à disposition des producteurs d'électricité, les plans de réalisation de l'électromètre surionique. Mais cela prit un peu de temps et surtout, une fois qu'on avait détecté la présence de surions dans l'eau de captage du circuit primaire, même très en amont, on ne pouvait pas arrêter instantanément les réacteurs. Il fallait plusieurs jours durant lesquels on ne pouvait pas se passer d'eau. Il était donc toujours trop tard. Pour comble de malchance, lorsque le combustible était rendu inerte, il fallait des mois pour le remplacer. La fabrication de combustible avait suivi jusque-là un standard de volume de production qui ne prenait pas en compte le doublement immédiat de la demande.

Les équipements industriels ne permettaient pas son remplacement dans des délais acceptables. Cet impératif était à vrai dire le plus regrettable, car une fois que les surions avaient atteints le réacteur et que celui-ci était mis à l'arrêt, le flux de la rivière ou du fleuve ou le brassage de l'eau de mer, permettaient à l'eau de retrouver une composition exempte de contaminants. Si l'on n'en rajoutait pas entretemps, il suffisait alors de procéder à une purge du circuit primaire, pour être en mesure de redémarrer dans des conditions normales.

On avait cru au début que les réserves en gaz naturel ne seraient pas concernées par les attentats, mais il avait vite fallu déchanter et même constater un inconvénient supplémentaire, avec une dégradation des installations bien plus importante que pour les puits de pétrole liquide, sans compter un risque important d'explosion qui fort heureusement, avait pu être enrayé jusque-là.

De retour dans son bureau, le beau Mickael dut à nouveau se coltiner Jean-Pierre, l'agent le plus borné de tout le Quai mais pas le moins bavard.

— Alors, c'est un bon coup la Maryline ? envoya-t-il à l'adresse de Mickael.

— Oh Jean-Pierre, on se calme, on est allé là-bas pour bosser, point barre !

— Euh, je l'crois pas, tu t'es pris un râteau ?

— Arrête ton délire Jean-Pierre je te dis, ni râteau, ni gamelle et occupe-toi de tes fesses !

Évidemment, le ramolli du têtiot ne put s'empêcher de faire courir des âneries sur Mickael dans les autres bureaux, mais depuis le temps, chacun savait à quoi s'en tenir avec lui. Les choses auraient pu en rester là si ce n'était pas remonté aux oreilles de Maryline. Entendant une telle version de sa mission à Amsterdam, elle fut piquée au vif. Elle alla voir Jean-Pierre, qui se trouvait toujours en présence de Mickael.

— Alors Jean-Pierre, il paraît que tu nous as filmés à Amsterdam, raconte-nous la vidéo, on a manqué le début !

— Ben pour une fois que c'est lui qui s'mange la veuve Poignet, tu devrais être contente…

— Laisse Maryline, intervint Mickael, on le connaît bien Jean-Pierre, il ne sait pas quoi inventer pour se rendre intéressant…

— Le problème c'est que personne ne le trouve intéressant, à commencer par la serveuse de la Poule au pot et pourtant il faut voir les billes qu'il lui fait…

— Ah oui c'est vrai ça, je n'y pensais plus, tu en es où avec Jeannette ? J'espère que tu as pu profiter que j'étais en déplacement pour conclure, fit Mickael goguenard.

— Je m'en fous de Jeannette, elle est grosse, ce n'est pas mon genre, répondit Jean-Pierre qui ne pouvait cacher qu'il était vexé.

— Oh le goujat, reprit Maryline, il n'a même pas le courage d'avouer son échec alors il accable cette pauvre Jeannette ! Si tu n'aimes pas les grosses, pourquoi tu la mates comme un obsédé ?

— Mais je ne la mate pas !, se défendit-il en faisant semblant de se mettre à travailler.

— Oui c'est ça, mets-toi au boulot ça te changera !, conclut Mickael.

Dépité une fois de plus, Jean-Pierre reprit son job qui ne le passionnait pas vraiment ; il s'agissait de traduire des notes diplomatiques et le moins qu'on pouvait en dire c'était que les affaires de fesses ne figurait pas au centre des conversations entre ces messieurs et dames de la carrière.

Mickael lui, était sur un secret nuage. Personne ne se doutait de ce qu'il s'était passé avec Katia et surtout pas Francis de la Moulière. Le jeune homme en avait des frissons dans le dos à l'idée qu'elle pourrait le mettre au courant mais se rassura vite en se rappelant que les ponts étaient durablement coupés entre eux. Il ne pouvait même pas correspondre avec elle, il n'avait ni son téléphone ni son adresse mail. Et pourtant une flamme intérieure le rongeait, le dévorait jour et nuit. C'était la première fois qu'il ressentait un sentiment aussi puissant pour une femme, lui, le tombeur, en train de tomber à son tour.

Pour se distraire il entreprit une reprise de ses activités sportives. Course à pieds, natation et boxe, qu'il pratiquait plusieurs heures par jour. Il avait besoin de s'épuiser pour passer ce moment trop tumultueux et qu'il espérait de courte durée.

Les jours passèrent ainsi, jusqu'à ce qu'il reçoive un message de la Présidente de la Globexum, ainsi libellé :

« Cher Monsieur, La Globexum organise une réjouissante manifestation à l'occasion du lancement de son réseau de translasers de grande capacité et j'ai le plaisir de vous y convier, à titre privé. ».

Le message se complétait de la date et du lieu de l'évènement, vers la fin de l'année à Amsterdam. Mickael répondit :

« Chère Madame, Je suis touché par votre invitation et je m'y rendrai donc avec un vif plaisir. ».

Naturellement, le Quai ne serait pas informé, Mickael poserait quelques jours de congés pour l'occasion. Le reste de la journée se passa pour Mickael en chansonnettes sifflées ou chuchotées, sous le regard ahuri de ses collègues qui ne comprenaient rien de ce qui arrivait, tant ce débordement de bonne humeur était inhabituel. Après la mine renfrognée qu'il leur avait faite, tous s'interrogeaient, mais aucun ne put deviner son secret penchant.

8 – Tragédies urbaines

À peine quelques semaines s'étaient-elles écoulées depuis les premiers attentats de Diablo Canyon et de Pores, que près de la moitié des centrales nucléaires dans le monde étaient à l'arrêt. Il en allait de même des sites d'exploitation pétrolière. Tous les pays étaient maintenant, peu ou prou, touchés par les pénuries d'énergie, l'explosion des prix de beaucoup de matières premières et la dramatique montée de la violence, qu'entraînent les situations de désordre. Le monde était entré dans une ère totalement inconnue. Des jeunes, exaltés des éternelles révolutions, se réjouissaient pendant que leurs parents se lamentaient du bon temps qui était parti. La question qui survolait toutes les autres était de savoir si cela allait durer juste un peu, longtemps ou définitivement. Des voies éminentes parmi les plus grands sociologues occidentaux, évoquèrent l'imminence d'un chaos civilisationnel. L'expression semblait même plus terrible que la réalité mais Madame Michu disait à qui voulait l'entendre, qu'on n'avait pas connu pire depuis la dernière guerre mondiale ; il est vrai que Madame Michu était assez ignorante des chaos civilisationnels. Et pourtant, la presse, tous médias confondus, s'en faisait de larges échos, multipliant les éditions spéciales, les débats contradictoires et les interviews fracassantes. Ce qui était le plus frappant à la télé, c'était l'apparition de nouvelles têtes, à côté des journalistes patentés des chaînes. Conformément à une loi universelle non écrite mais invariablement appliquée, ces nouveaux visages sur les écrans, devenaient dans la foulée de nouvelles voix à la radio et de nouvelles plumes dans les journaux. Mais les discours ne variaient pas entre ces spécialistes sortis d'on ne savait où et ceux auxquels on était habitués. Curieusement, cette génération spontanée était déjà âgée. Question d'audimat sans doute. Les âges respectables portaient en effet l'image d'une expérience indiscutable et faisaient même oublier que cette crise aux énergies n'ayant aucun précédent, ne pouvait pas avoir été expérimentée, ni étudiée auparavant. En conséquence, on parlait beaucoup pour dire n'importe quoi.

En France, la première victime de cette préoccupante situation, fut un employé d'une station-service de la banlieue de Nantes. Avec un prix quadruplé des carburants, l'essence était devenue une denrée si précieuse que des holdups de stations-service se perpétraient de plus en plus souvent et malheur à celui qui voulait s'y opposer. Le *modus operandi* consistait à débouler par surprise à plusieurs voitures et à remplir des bidons placés dans les coffres. Un des malfaiteurs bloquait le responsable durant l'opération. Si tout se passait bien, une fois les pleins faits, tout le monde s'en allait tranquillement. Le gérant ou l'employé de service avait eu tout le temps de relever les numéros d'immatriculation et il prévenait la police sitôt les voleurs envolés. Mais comme les numéros étaient tous faux, c'était trop tard. Si le préposé sortait une arme ou se rebellait d'une manière quelconque, il prenait le risque d'une riposte violente, comme cela avait été le cas à Nantes. Le caissier ayant coupé les pompes, voulait s'opposer avec un manche de pelle, au bandit qui tentait de l'en empêcher. Ce fut un 7,65 Magnum qui fit la différence. On manie moins bien les manches de pelle avec un gros trou dans la tête. Le but de ces bandes criminelles était d'alimenter un marché noir qui commençait à fleurir et qui découlait du contingentement qui se mettait progressivement en place. Cette violence était exacerbée par une focalisation des mécontentements. Depuis les râleurs du matin aux activistes du grand soir, en passant par les contestataires ataviques, les radicalisés et même, les fouteurs de bordel dans les bals, tous se retrouvaient derrière cette nouvelle bannière : « Du pétrole et du courant, sinon on casse tout ! ». Deux-mille ans après le *panem et circenses*[24] des romains, on n'était guère avancé.

Les autorités politiques n'avaient pas anticipé ces risques comme bien d'autres choses du reste, car à vrai dire, elles n'avaient jamais pu anticiper quoi que ce soit, à part leurs réélections. Les réunions de crise officielles et médiatiques qui se déroulaient en permanence, n'étaient que des occasions frénétiques et navrantes, d'étaler l'impuissance et le désarroi profonds des décideurs ; en réalité, toute l'activité sociale et économique était plongée dans une tourmente où le chacun pour soi l'emportait de plus en plus souvent sur les principes de solidarité humaine. Les seules mesures concrètes prises étaient le rationnement des carburants pour préserver les services régaliens de l'état. Police, armée, secours, hôpitaux étaient correctement dotés et exclus des coupures de courant, mais le public ordinaire devait douloureusement se serrer la ceinture. La procédure mise en place, consistait en un retrait mensuel de cartes personnelles en mairie, sur lesquelles chaque plein faisait l'objet d'un coup de tampon attestant de l'acquit. La carte comportait l'indication du maximum autorisé pour chacun, ce maximum faisant l'objet d'une adaptation en fonction du métier exercé par le demandeur. Inutile de dire que les fraudes étaient nombreuses ; on n'avait jamais compté dans le pays, autant de chauffeurs de taxi, de livreurs indépendants, de représentants de commerce ou même de chargés d'astreinte pour des missions de dépannage de services publics d'eau, d'électricité ou de téléphone. Les gens étaient d'une imagination débordante dès qu'il s'agissait de grappiller un petit avantage. Mais il ne fallait surtout pas parler de tickets de rationnement. Cette pratique évoquait des situations de guerre et de débâcle qui n'avaient rien à voir avec la totale maîtrise

---

[24] Du pain et des jeux !

que le gouvernement gardait souverainement sur les affaires.

Tu parles, Charles !

Côté électricité c'était bien plus simple, le courant était coupé douze heures par jour pour tout le monde sauf pour les professionnels dits stratégiques. Naturellement, des débats sans fin avaient lieu en permanence, pour déterminer les professions qu'on pouvait qualifier de stratégiques ou pas. Mais pour le gouvernement, c'était plus facile, grâce à un Ministre plus malin que les autres, qui avait trouvé une formule indiscutable : était stratégique ce qui ramenait plus de cash à l'état qu'aux actionnaires. Pour une fois, cette astuce eut une belle conséquence : la morale connut un essor considérable dans les affaires, toutes les entreprises cotées en bourse, coupèrent le robinet des dividendes. Les actionnaires ne pipèrent mot, leur cause aurait paru indéfendable à des hordes de jaloux, qui se seraient fait un malin plaisir de cramer leurs belles limousines. Pour bénéficier du régime de faveur accordé à ces vertueuses entreprises, on avait vu fleurir quantité d'activités professionnelles exercées opportunément à domicile. Mais malgré tout, la mesure était plutôt efficace.

La part d'électricité d'origines nucléaire et thermique cumulées dépassant 80 % de la production française, il ne restait que les sources hydrauliques pour à peine 14 % ; quant aux énergies renouvelables qui n'atteignaient même pas 5 %, il était inutile d'en parler, on était loin du compte. Les particuliers pouvaient se chauffer une semaine sur deux la nuit et l'autre, le jour. Par chance, l'hiver ne s'annonçait pas trop rigoureux. On fit exception pour les immeubles de plus de quatre étages, en raison de la nécessité des ascenseurs. En-dessous de cette limite, les digicodes et les interphones se trouvaient désactivés par manque de courant et cela créaient des situations d'insécurité, dont chacun tentait de se protéger comme il pouvait. Des chômeurs furent réquisitionnés pour faire le guet aux portes des immeubles. Mais le statut de chômeur ne constituant pas nécessairement un blanc-seing d'honnêteté, on trouvait aussi des voleurs parmi cette population, ce qui compliquait les choses. De surcroît, ces nouveaux employés conservaient leur allocation chômage mais n'avaient pas d'autres revenus. Pour les motiver, les autorités faisaient appel à la générosité en pourboires, de la part de leurs nouveaux employeurs, solution bancale s'il en était. Des résidents peu fortunés mais astucieux, leur offrirent le gîte et le couvert, ce qui convenait à tous ceux qui cumulaient perte d'emploi et de logement ; pour rester compatibles avec leur mission, ceux-là campaient dans les halls d'entrées, juste derrière la porte. Mais cette pratique ne satisfaisait pas ceux que Madame et les enfants attendaient à la maison. Tout ça faisait des discussions à n'en plus finir ; au moins se dispensait-on ainsi de la télé dans ces quartiers-là.

Les transports en commun étaient à peu près maintenus mais vu l'accroissement considérable du nombre de piétons en raison de la raréfaction des automobilistes, grimper dans un bus ou dans une rame était devenu un sport hautement dangereux. On était souvent au bord de l'émeute et les préfectures avaient délégué des escouades de policiers à demeure dans les stations, pour contenir les débordements. Car on ne se battait pas seulement pour monter dans la machine, mais aussi pour empêcher des mains baladeuses de vider les poches d'autrui, quand ce n'était pas pour masser les postérieurs des dames, et de tous les âges encore. Ça c'était pour la demande car pour l'offre c'était parfois pire. Des syndicats s'étaient emparés de cette brusque montée de la fréquentation pour réclamer des embauches, refusant d'augmenter la fréquence de leur service ou d'effectuer des heures supplémentaires. Devant ce pitoyable état des choses, les plus courageux se résignaient, la plupart du temps, à la marche à pied.

La mobilisation des forces de l'ordre pour tout un tas de

choses qui auparavant se déroulaient sans anicroches, dégarnissait les commerces et d'autres lieux publics, de leur présence protectrice. Les vols à l'étalage se multiplièrent au point de les rendre prohibitifs et de déclencher une vague de recrutements de vigiles plus ou moins scrupuleux. On allait de *charybde en scylla* car les résultats de ce désordre prenaient tout le monde de court, on aurait pourtant dû s'y attendre. Dans le commerce justement, on assistait à un boom sur les ventes de produits inattendus : cadenas et verrous de sûreté, chaussures de marche, vêtements chauds, couvertures et couettes en tous genres, bougies d'éclairage, téléphones fixes mais uniquement ceux fonctionnant avec le seul courant du réseau téléphonique, rasoirs à lames, piles alcalines, vélos, haches, poêles à bois, charbon, conserves, produits alimentaires de première nécessité, y compris l'inévitable sucre des temps de crise, qui ne correspond pourtant en rien à un besoin vital, mais dont le réflexe de manque était culturellement français. Et comme il était désormais difficile de rejoindre les grandes surfaces sans voiture, les commerces de proximité connaissaient un regain inespéré de leurs ventes. Le malheur des uns … L'embellie fut éphémère car les stocks fondirent et les réapprovisionnements étaient aléatoires. Alors, le commerce d'occasion prenait le relais, pour le plus grand bonheur de ceux qui gardaient tout par manie, sans savoir pourquoi, et en particulier les plus anciens, qui se retrouvaient parfois avec un joli pactole pour avoir pu fourguer une scie à bûches, de la vieille quincaillerie rongée de rouille jusqu'aux rondelles, des téléphones à cadran, toute sorte d'outils à mains, le coupe-chou du grand-père avec manche en corne, s'il vous plaît, une selle de cheval, un peu déchirée mais tant pis, ça ira quand même. Des remises branlantes, poussiéreuses et pleines d'araignées se transformèrent du jour au lendemain en pays de Cocagne. Les plus malins vendirent rapidement, d'autres attendaient que les prix montent, quitte à prendre le risque de se faire tout voler.

Les paiements se faisaient presque toujours en espèces car les chèques étaient devenus bien trop suspects et les cartes bancaires inutilisables chez les commerçants, faute de courant. Le comble avec les cartes de crédit, c'était que lorsque la vente avait lieu durant une période d'alimentation électrique dans le magasin, c'étaient les serveurs des banques qui se trouvaient en coupure ou bien le central téléphonique qui était en surcharge, c'est pourquoi au bout du compte, il était devenu rare de pouvoir s'en servir. Cela conduisait les consommateurs à se munir davantage en numéraire et naturellement, on assistait à une multiplication des actes de délinquance et pas seulement contre les vieilles dames.

* * *

À Lyon, le temps était encore très clément en ce matin de décembre et Claudia marchait vers son école. Elle était accompagnée de son père, car même de jour, les rues étaient devenues dangereuses, les agressions se propageaient au fur et à mesure que les délinquants s'apercevaient que les forces de l'ordre étaient de moins en moins présentes, accaparées à surveiller les beaux quartiers, les banques, les commerces ou les transports publics. Elle rejoignait à pied, l'université Jean Moulin située le long du Rhône. Elle venait d'avoir 18 ans, c'était la fille d'Abdelkader, Chef de chantier dans le bâtiment, qui allait lui aussi rejoindre son travail, situé non loin de l'établissement de sa fille. D'origine algérienne, mais de nationalité française, ses parents étaient arrivés à Lyon en 1962. Abdelkader était un homme éduqué, titulaire d'un bac pro, qui avait fait siennes les habitudes de vie françaises. Il aurait voulu appeler sa fille Amina, mais sa femme l'avait vite convaincu de choisir un nom plus conforme aux standards européens. Claudia était la dernière d'une famille de cinq enfants dont les trois ainés, des garçons, avaient un travail dans le second œuvre du bâtiment, l'avant-dernière, Myriam, terminait ses études d'infirmière et Claudia était en première année de licence professionnelle en sciences humaines et sociales. Elle voulait travailler dans l'aide-sociale, c'était une nature profondément généreuse. C'était aussi un joli brin de fille dont l'apparence maghrébine était à peine marquée, non qu'elle cherchât à la cacher, au contraire, elle en était même très fière, mais parce que la moitié de ses aïeux était issue du bassin de Tizi Ouzou, le fief des Kabyles. Au bout du compte et contre toute attente, c'était ce mélange entre berbères et arabes, qui constituait son apparence plutôt européenne, le brassage social ayant fait le reste. Elle était assez grande avec des cheveux châtains clairs et des yeux verts sombres. Elle se trouvait un peu trop ronde, idée purement subjective, c'est pourquoi elle aimait marcher à pied. Son père était un homme plutôt grand également, qui s'exprimait pratiquement sans accent, d'allure droite et avec des gestes souples. Il avait une belle voix grave et douce.

— On entend parler de gazogènes en ce moment, c'est quoi au juste ?, un gazogène ? questionna Claudia.

— Ah oui, on parle pas mal de ça en ce moment. Eh bien, c'est une espèce de chaudière à bois ou à charbon, qu'on fixe sur les voitures et qui émet un gaz à même de remplacer le carburant. Je ne l'ai pas connu mais cela a été utilisé lors de la dernière guerre mondiale pour la raison de pénurie d'essence, un peu comme aujourd'hui. C'est très économique mais aussi très astreignant, répondit Abdelkader.

— Et pourquoi mon frère Aziz dit que cela ne va pas sur les voitures modernes ?

— Aziz a raison. Ce système n'est pas adapté aux modèles sophistiqués qui comportent des systèmes d'injection très élaborés et qui ne résistent pas aux impuretés résiduelles de ces gaz un peu sales. En revanche, cela fonctionne très bien sur des modèles un peu rustiques.

— Je trouve ça très cocasse finalement, que les propriétaires des voitures les plus luxueuses soient pénalisés au profit des possesseurs de vieilles guimbardes, se réjouit-elle.

— Oui, tu as raison, pour une fois, ce sont les riches qui sont dans la panade !

Un cavalier les croisa.

— C'est étonnant quand même de voir des chevaux dans les rues de Lyon, en pleine semaine… Mais d'où viennent ces animaux ?

— Oh, je pense que la plupart de ces chevaux viennent des haras voisins qui sont ainsi mis à contribution et plus seulement le dimanche pour le tiercé, lui indiqua Abdelkader.

— Et tu as vu qu'au bout de notre rue, il y a un maréchal-ferrant qui s'est installé, on croit rêver, non ?

— Oui c'est la reprise de vieux métiers. Ta mère va d'ailleurs proposer ses services comme tricoteuse à façon et je connais un garagiste qui s'est reconverti en mécanicien en gazogène, il cherche même des fabricants de charbon de bois partout.

Ils n'avaient pas souvent l'occasion de bavarder en marchant ensemble et même si l'air était un peu froid, le ciel était lumineux, alors ils en profitaient. À la maison où vivait maintenant la famille Mekaoui, ils n'étaient plus que quatre avec sa mère Fatima et sa sœur Myriam. La télévision avait été remplacée par la radio, un vieux poste à piles, et ils l'écoutaient d'autant plus que l'internet était maintenant réservé aux militaires et aux institutions d'états. Dans la journée, c'étaient des stations généralistes et d'information qui étaient recherchées, mais pendant les repas, les filles avaient tenu à ce qu'on privilégie des stations musicales qu'on entendait sans trop écouter et qui permettaient de se parler. Et il y en avait des choses à raconter dans ces moments de trouble intense où tout changeait en permanence…

Claudia et Abdelkader, poursuivant leur chemin, étaient maintenant presque arrivés sur le cours Albert Thomas.

— Tu sais ce que m'a dit Gabriela, ma cousine ? Elle a stocké ses données d'ordinateur sur un cloud et maintenant, comme on a coupé l'électricité des data center, elle n'a plus accès à ses données. Tu te rends compte ?

— J'ai toujours dit que les ordinateurs pouvaient se retourner contre nous si on ne prenait pas des précautions et la publicité faite autour de ces systèmes de stockage est un mauvais conseil.

— C'est vrai que c'est un piège finalement ce truc…

— Oh regarde là-bas Claudia, tu vois la maison avec le toit effondré ?

— Non où ça ?

— Juste à gauche du petit clocher…

— Ah oui ! C'est là que tu vas travailler, aujourd'hui ?

— Non mais quelqu'un va sûrement devoir s'y mettre. C'est le résultat d'un vol de charpente !

— Un vol de charpente ?, s'étrangla la jeune fille.

— Oui, figure-toi que certains ne se contentent pas des arbres mais vont piller du bois de charpente directement sur place, ce n'est pas la première fois que je vois ça, c'est épouvantable pour tous les habitants de l'immeuble, car à la première averse, ce sera la cata comme tu dis…

— On ne dit plus ça, papa !... Mais comment peuvent-ils s'y prendre pour ne pas se faire repérer, car cela doit faire du bruit, les locataires devraient les entendre…

— Je suppose qu'ils profitent d'une intervention programmée et quand les ouvriers partent le soir à 16 h 30, ils prennent le relais jusqu'à 18 h 00 et ni vu ni connu. Il ne faut pas longtemps, tu sais, pour démonter une charpente, surtout quand la couverture est déjà remplacée par une bâche… Tiens regarde cette affichette : recherche vélos hors d'usage… Qu'est-ce qu'il peut faire de vélos hors d'usage celui-là, se demanda Abdelkader.

— Tu ne le croiras pas, papa, il récupère les roues et il bricole des carrioles à chiens, c'est Karim qui me l'a dit !

— C'est incroyable… Mais pas idiot, après tout…

— Karim m'a dit aussi qu'on fait pousser des endives dans les caves, maintenant…

— Ah oui ? C'est une très bonne idée !

Beaucoup d'habitudes changeaient en effet. Les chiffonniers, par exemple, se reconvertissaient car on ne jetait plus rien, tout était réutilisé : on récupérait les batteries usées qui pouvaient encore alimenter quelques petits appareils, les vieux pneus pour ressemeler des chaussures, les cartons et les papiers pour calfeutrer les maisons, les peaux de lapins pour faire des vêtements chauds…

Mais comme dans toute crise, c'étaient quand même les plus pauvres qui dégustaient. Le chômage technique qui apparaissait, car faute de courant, on ne produisait plus, jetait en masse des mendiants dans les rues en quête de nourriture.

Sur le trottoir emprunté par Claudia et Abdelkader, on en voyait un tous les dix ou vingt mètres. Les conditions d'hygiène se dégradaient et des maladies que l'on croyait disparues, surgissaient à nouveau : la peste, la tuberculose et la leptospirose notamment en raison de la promiscuité grandissante avec les rats. Le taux de mortalité des vieux et des nourrissons grimpait en flèche. Les gouvernements en parlaient beaucoup mais agissaient bien peu et ces laissés pour compte ne pouvaient compter que sur des bénévoles et des associations plus ou moins bien organisées, pour avoir un peu de secours.

Les militants écologistes si prompts autrefois à distribuer des leçons de morale comme des paires de gifles, en étaient réduits à raser les murs. Plusieurs d'entre eux avaient failli être lynchés par des infortunés qui avaient perdu leur douillet confort de vie et qui, lassés de voir la misère les envahir, cherchaient des boucs émissaires sur lesquels se venger de leur sort.

* * *

Jean-François était un de ceux-là. Il y avait quelques mois en arrière, la vacuité des écologistes le laissait indifférent, leurs postures parfois ringardes l'amusaient mais leur arrogance et leur prétention l'agaçaient déjà. Bref c'était un bourgeois de 45 ans, bien à l'aise dans son pavillon de 130 m², à Poissy, aux haies bien taillées et à la pelouse tondue chaque samedi durant l'été. Lui, agent de maîtrise chez un constructeur automobile, elle, assistante commerciale chez le même constructeur, ils gagnaient bien leur vie et formaient une petite famille bien proprette qui partait en Normandie l'été et à Flaine l'hiver. Mais depuis trois mois que papa et maman étaient au chômage et que le congélateur était vide, leur vie était devenue un cauchemar accablant. La maison était en vente, mais, malgré un prix sacrifié, pas une seule touche n'avait vu le jour, pas même une seule visite n'avait encore eu lieu. Qui serait venu s'installer dans une ville où le premier employeur avait quasiment fermé ses portes ? Le climat qui régnait maintenant dans ce qui fut un cocon familial, était devenu délétère et sa femme avait préféré aller passer quelques temps chez ses parents, près de Rouen, avec les enfants. Car désœuvré, Jean-François sombrait dans le désespoir et la violence, et l'alcool n'arrangeait rien. Un jour, bien imbibé, il s'en prit à un voisin, qui s'était présenté aux dernières municipales sur une liste écolo, une clôture séparait leurs corps mais pas leurs voix :

— Ah oui, c'est sûr qu'à ce train-là, la planète va de nouveau bien respirer… qu'elles auront bonne mine les p'tites fleurs nouvelles quand l'humanité sera crevée… Ah oui c'est bien mieux de mourir du typhus et du choléra que d'attraper des coups d'soleil… vous êtes contents maintenant ?... On n'a plus d'courant, plus d' gaz à effet d'serre et plus d'boulot par-dessus l'marché… C'est cool, on va enfin pouvoir se mettre au grand air… Pour crever d'faim…

— Mais pourquoi vous en prendre à moi ?

— Pourquoi ? Il me demande pourquoi… Mais vous ne voyez pas où vos théories nous emmènent ?

— Cela n'a rien à voir et puis je vous signale que moi aussi j'ai perdu mon boulot…

— Ah ben il ne manquerait plus qu'ça ! Vous ne voudriez quand même pas faire partie des privilégiés, non ? Vous avez voulu tout ce qui arrive, vous morflez comme les autres, c'est bien fait !

— Vous déraisonnez, je vous laisse !

Jean-François avait vidé son sac. Il rentra chez lui, finit la dernière bouteille de pastis et monta se coucher au grenier. Pendant les jours qui suivirent, on ne l'entendit plus beugler. Les voisins en étaient ravis mais commencèrent tout de même à s'inquiéter de ne plus le voir oser mettre le nez dehors. Compatissants, ils décidèrent de lui rendre une petite visite de réconfort. Personne ne répondit au toc-toc sur la porte mais comme elle n'était pas fermée, ils entrèrent, ouvrirent toutes les portes intérieures et finirent au grenier. C'était là que se trouvait Jean-François et pour ce qui était de dormir, il dormait, mais pas horizontalement, car ce fut au bout d'une corde qu'ils le découvrirent.

Toutes les villes des pays riches étaient touchées de la même manière mais à New-Dehli et dans les autres mégapoles de ce genre, le changement n'était visible que dans les beaux quartiers, car partout ailleurs, cela faisait belle lurette que la misère était déjà installée, qu'on se passait de courant électrique, puisqu'on n'avait rien à brancher et encore plus facilement de carburant, puisqu'on n'avait pas de voitures. Cette populace était informée de la nouvelle marche claudicante du monde. Elle aurait pu se réjouir de voir que ceux qui les toisaient jadis avec une fausse compassion, se retrouvaient immergés dans leur mélasse ordinaire, mais ces gens étaient trop pauvres pour être méchants.

La fréquence des vols internationaux chuta des trois quarts faute de voyageurs et en raison des prix prohibitifs désormais pratiqués. Quant aux vols intérieurs, ils n'existaient quasiment plus. Les habitants proches des aéroports étaient ravis, certains en profitaient pour vendre leur bien. Les prix avaient chutés pour eux aussi, mais comme ils partaient d'un niveau déjà inférieur aux zones exemptes de nuisances, on pouvait toucher une maison pour le prix d'une voiture, c'était suffisamment tentant pour des mal-logés en appartement de location. Ces cessions immobilières n'étaient cependant offertes que par ceux qui avaient une solution de rechange, chez des parents par exemple. La perte d'emploi faisait de la mobilité une échappatoire, au moins à court terme. Dans le transport des marchandises, c'était la même catastrophe, les coûts étaient trop élevés, les clients avaient de moins en moins de quoi payer les transports. C'était fort dommage car on n'avait jamais aussi bien roulé sur beaucoup des routes du monde !

9 – *Sérénité rurale*

Dans les campagnes, c'était un peu différent.

Le téléphone fit dring, comme à l'ancienne, et pas turlututu-cucaracha-olé comme en ville désormais, enfin, quand il arrivait qu'il sonnât en ville. Jean-Eudes Dimentier décrocha :

— Allo !, fit-il de sa voix forte et un peu traînante sur « a ».

— Jeudi ?

— Peut-être, ça dépend pour qui !

— Ici Gérard, de la gare de Guéret.

— Bonjour Monsieur Gérard, fit Jeudi, goguenard comme à son habitude.

— Salut Jeudi. J'ai une palette de sel pour toi, mais je ne peux pas te la livrer à cause de la grève de notre messagerie…

— Ah oui bien sûr, alors que tout l'monde pleure pour garder son travail, les chanceux qu'en ont, en profitent pour s'mettre en jachère ! Si c'est pas une pitié…

— Mais tu ne te rends pas compte Jeudi, avant c'était « fini-parti », mais maintenant on leur demande de faire réellement leurs 35 heures, ce n'est pas normal !

— Non ce n'est pas normal ! C'est pas assez, Gérard ! D'mon temps on f'sait des 45 et des 50 heures et on était joisse en plus ! Ah, la, la ! Bon, i'm'reste un peu d'friture dans l'tracteur, j'viens avec la bennette !

— Entendu !

Jean-Eudes Dimentier, surnommé « Jeudi », vivait chichement. Il habitait une vieille ferme, où il était né, dont il ne subsistait plus que deux pièces habitables et toute une kyrielle de dépendances vétustes, mais suffisantes pour abriter un bric-à-brac de planches et de tôles de récupération, de vieux accessoires agricoles, des poules et des lapins. Jeudi claudiquait douloureusement, depuis un accident de faucheuse qui lui avait broyé la cheville pendant la guerre. Ça ne l'avait pas empêché de travailler, dans le bâtiment en plus. Quand son travail de maçon se terminait, il entreprenait celui de la ferme. Elle n'était fort heureusement pas trop grande, mais suffisante pour lui et sa mère. Ils pouvaient vivre ainsi, presqu'en autarcie.

À l'approche de ses 80 ans, sa cheville ne le lâchait pas, les douleurs étaient permanentes et parfois très aigües. Des amis – il en avait beaucoup – lui avait offert une canne, mais il répugnait à s'en servir et ce n'était pas par fierté. Il considérait tout d'abord, qu'il ne pouvait tout simplement pas travailler avec une canne, ce qui n'était pas faux. Ensuite, il était convaincu que s'il s'était mis à déambuler avec une béquille, il se serait rapproché trop vite du moment où il n'aurait plus été capable de déambuler du tout : « Tiens ! Tu vois, ça commence par une canne, p'is deux, p'is tu restes au lit et tu finis dans l'trou ! B'en y'a pas d'urgence ! ». On avait beau lui rétorquer que, quitte à « aller dans l'trou », autant s'y prendre le plus confortablement possible, il n'y avait rien à faire. Il préférait affronter son mal par la force morale, que d'y succomber. Cette façon de penser, avait d'ailleurs guidé toute sa vie.

Il vendait quelques animaux aux voisins, aux amis, à ses cousins, car il en avait beaucoup, des cousins. Son petit commerce arrondissait un peu sa maigre retraite de la MSA[25], mais attention, sa modeste condition ne l'empêchait ni d'être malin, ni d'être un homme fort sympathique. Il attirait le monde tel un bateleur de foire les gens se confiaient à lui comme à un ami de toujours. Ils venaient le voir pour le plaisir

---

[25] Mutualité Sociale Agricole

de sa conversation, sa faconde était un poème sans vers, mais ininterrompu. Il fallait tout de même être un peu habitué à sa façon très rurale de parler, en décalage avec sa mine qui faisait penser à Georges Pompidou, avec ses sourcils en broussaille, son œil vif et son nez bien saillant. Mais derrière son apparence modeste, se cachait une mine de savoirs et d'intelligence, l'intelligence du cœur et de la terre. Il était capable de savoir si la sève montait ou descendait dans les arbres, rien qu'en observant la manière dont la chaîne de la tronçonneuse entrait dans le bois : si elle avait tendance à « coller », c'était que la sève n'était pas encore descendue. Il était surtout intarissable sur la vie de ses congénères. Il savait toutes les histoires conjugales de son entourage, des héritages qu'ils avaient eus ou qu'ils convoitaient, des maladies qui les touchaient, des fâcheries de familles qui les déchiraient, des secrets d'alcôves et des frasques des jeunes. Il connaissait tous les enfants de la commune par leur prénom et les enfants l'adoraient, car sous son expression un peu rude, son apparence presqu'effrayante, se cachait une douceur extrême, une attention palpable et un cœur d'or. Il n'oubliait aucun anniversaire. Il avait d'ailleurs une mémoire à couper le souffle, se plaisant à citer les dates des évènements de son passé. Dans les conversations trop sérieuses, il prenait un malin plaisir à faire l'idiot. Quand on lui assénait une déclaration lapidaire, il ouvrait des grands yeux étonnés et nourrissait le dialogue par des répliques courtes : « Tiens !? », « Ah, dis donc ! », « Vois-tu !? », « Oh-la-la ! », « Ah bon ? ». Si on lui parlait du temps, on risquait fort de s'entendre répondre par un dicton connu de lui seul : « Tel temps le 3, tel temps le mois ! », « Pluie en Mars, neige en Mai ! », « Début Mars en agneau, fin Mars en lion ! ». Mais il avait aussi ses têtes. Il avait pris en grippe un surnommé Totor, sans qu'on ne sût jamais pourquoi. Totor n'aimait pas le vin blanc trop frais. Alors quand Jeudi le voyait arriver, vite, il sortait la bouteille du frigo et la posait à côté. Du coup, Totor prenait ça pour du blanc chambré, le buvait avec plaisir et saluait la délicatesse de cet ami si attentionné ! Bref, Jeudi, tu le connaissais, tu l'aimais aussitôt !

Quelques minutes après son coup de téléphone, il se présenta avec son tracteur, au quai de marchandises de la gare, distante d'à peine 5 km de chez lui. Son copain Gérard l'accueillit.

— Dis-moi, si ce n'est pas indiscret Jeudi, que vas-tu faire avec une tonne de sel ?

— Ben c'est pour le verglas…

— Le verglas ?

— Ben oui ! Tu sais bien que mon habitation est en haut d'un raidillon…

— Oui et alors ?

— Alors comme chaque hiver j'me r'trouve à attendre que les cantonniers arrivent, cette année, j'ai décidé que j'mettrai moi-même du sel sur ma route, comme ça, j's'rai plus embêté.

— Mais tu en as pour 10 ans !?

— J'ai l'intention d'vivre vieux, figure-toi, Gérard !

On lui chargea ses 100 sacs de sel et il repartit chez lui. Gérard se dirigea tout droit au buffet de la gare, pour raconter son histoire au barman.

— Ah écoute Gérard, fit le barman, je connais bien Jeudi, c'est un cousin. La seule connerie que je l'ai vu faire dans sa vie, c'est de tomber en panne d'essence avec sa deux-chevaux, au beau milieu d'un champ, un soir à la nuit tombée. À part ça, il sait ce qu'il fait, tu peux me croire et m'est avis que son sel, ce n'est pas pour mettre sur la route, tu verras !

Quelques semaines plus tard, alors que les coupures de

courant s'étaient amplifiées au point de menacer les congélateurs, Jeudi fit savoir à ses amis et à ses cousins, qu'il était en mesure de sauver les contenus des précieux garde-manger, par le salage et par le fumage.

Gérard avait oublié que dans cette région rurale, on ne plaisantait pas avec la nourriture. La Creuse est un pays rude, les hivers y sont sévères et les sécheresses d'été redoutables. Dans leur mémoire collective, ses habitants savaient aussi qu'en cas de coup dur, c'était un des derniers départements dont l'État s'occupait. Il n'était donc pas une femme au foyer qui ne concoctait des conserves de toutes sortes. On récoltait les fruits de la nature, c'était gratuit, il n'y avait qu'à se baisser ou lever les bras, on cultivait de grands jardins qui donnaient dix fois la consommation annuelle d'une famille. Les caves regorgeaient de bocaux de confitures, gelées, fruits au sirop et marmelades, on stérilisait des haricots, des tomates, on conservait des tas de pommes de terre, des carottes, des haricots secs, bien abrités de la lumière. Quelques-uns faisaient leur cochon une deux fois dans l'année, d'autres des canards, des oies, des dindons. De ce travail, ils tiraient des piles de bocaux de pâté, de confits, de rillettes. Il n'était pas rare de trouver plusieurs congélateurs par maison.

Mais Jeudi savait. Il savait comment saler, fumer et sécher des viandes ou des poissons. Grâce à ces méthodes ancestrales, on pouvait conserver tout plein de denrées plusieurs mois, voire plusieurs années, sans apport d'aucune énergie. Il en parlait justement avec un de ses voisins intéressé. C'était Jean-Michel, jeune retraité qui avait travaillé toute sa vie comme mécano à Guéret mais qui, de par ses origines, avait toujours gardé les deux pieds sur terre, et à Dombière, dans sa maison natale. Il faisait son cochon tous les ans depuis longtemps et son entourage le connaissait bien pour la qualité de ses charcuteries : fromage de tête, saucisses, boudin noir, boudin blanc, rouelles, et tout le reste. Jean-Michel n'allait chez le boucher que pour acheter de la viande rouge et encore, pas souvent.

— Oui, Jean-Michel, de la viande séchée, c'est un garde-manger assuré pour plus d'un an, d'ici-là, tu as le temps de détailler un autre cochon et donc, tu n'seras jamais en panne, même si on nous coupe définitivement l'courant.

— Mais comment tu fais ça, Jean ?

— Pour le cochon voilà la recette : un jour de salage par kilo, dans une boîte à sel, ensuite on fume dans l'fumoir que tu vois là-bas, mais à chaud, avec des copeaux et pas de sciure. Le copeau ça fume et ça brûle un peu aussi, tandis que la sciure, ça fume et ça fume, mais c'est tout, ça chauffe pas, c'est bon pour le poisson, mais pas pour la viande. Je fume deux jours. Quand la viande sort du fumoir, elle a une croûte brune qui la protège. Au bout de tout ça, j'te rends tes pièces de viandes et tu les mets à sécher dans un endroit frais et aéré, en faisant gaffe aux mouches. Le mieux c'est d'fabriquer des boîtes avec de la voilette, demande à ta femme, elle te passera des vieux bas d'soie ! Tu peux commencer à en manger tout de suite ou attendre. Mais au bout d'un an, ta viande sera quand même assez dure, il faudra la mettre à mariner un ou deux jours et la cuisiner en sauce, très lentement, et ne remet surtout pas d'sel dans ta cocotte…

— Et des copeaux, tu en as ?

— Jean-Michel, tu sais bien que je menuisais pas mal dans le temps et les copeaux, je les ai gardés, j'en ai d'quoi faire tourner un fumoir jusqu'au restant d'mes jours…

Jeudi avait sorti son peigne et s'en était donné un petit coup, en l'accompagnant du plat de la main.

— Super, je vais pouvoir sauver mes congélateurs ! Mais

dis-moi, Jeudi, tu n'as pas une astuce pour remplacer aussi mon frigo ?

— Il faut d'mander à Kaweto, lui répondit-il en remettant son peigne en poche.

— Kaweto ?

— Oui, il a un frigo « écologique » !

Kaweto était un enfant de la DDASS. On ne savait plus trop comment il était arrivé dans la région ni pourquoi il était affublé de ce drôle de nom. Même Jeudi ne voulait pas s'étendre sur la question ; quand on en parlait, il faisait de gestes vagues de la main ou des moulinets avec les bras, comme pour indiquer que cela venait de loin. Les origines de Kaweto étaient à la fois espagnoles et polonaises. C'est du moins ce que l'on disait, parce que c'était des langues qu'il comprenait, avait-il déclaré un jour. Comme il parlait peu, on l'avait rapidement rangé dans la catégorie des simples d'esprit mais il ne manquait pourtant pas d'astuces et savait faire beaucoup de choses. La commune lui prêtait un bout de terrain sur lequel on l'avait laissé construire une cabane. C'était là qu'il habitait. Il rendait des services de jardinage et de bricolage à ses voisins, mais il ne fallait pas lui demander des choses trop sophistiquées. En fait, il était utile pour tout ce qui était extérieur à la maison mais pour les travaux d'intérieur, il valait mieux s'abstenir. Non pas qu'il aurait refusé, il disait oui à tout le monde Kaweto, mais parce qu'il était peu méticuleux.

Le lopin qu'il occupait était traversé par un ruisseau de montagne dont l'eau était particulièrement fraiche. Alors Kaweto avait décidé de s'en servir pour se faire une cave réfrigérée. Il avait creusé un trou de belle dimension à proximité du cours d'eau et à flanc de coteau. Puis, il y avait installé un réseau de tuyaux, autour d'un énorme coffre en tôles. Il avait ainsi obtenu un véritable frigo où il ne faisait pas plus de 7°C en permanence et qui ne consommait absolument rien. Il avait récupéré ces tuyaux d'arrosage, en échange de travaux effectués chez les voisins. D'une manière générale, il préférait des contreparties de ce genre à de l'argent, dont il avait fort peu l'usage. Ainsi, quand il jardinait, il récupérait quelques légumes, quand il donnait la main pour débiter un animal, il se faisait payer en pièces de viande et quand on avait des vêtements un peu démodés, on préférait les lui donner, que d'aller les porter dans une œuvre de bienfaisance, en ville.

* * *

C'était ainsi, la vie à la campagne s'adaptait beaucoup mieux qu'à la ville, aux pénuries d'énergie. Et les plus futés ne s'y trompaient pas. On assistait à un début d'exode inverse de tout ce qu'on avait vu depuis fort longtemps : les vertes provinces se repeuplaient à grande vitesse, limitant un peu, le grand désarroi urbain.

On ne manquait pas de bâtiments inoccupés dans ces territoires, jadis grouillants de vie. Les réfugiés économiques, on les appelait comme ça, obtenaient pour une bouchée de pain de quoi acheter ou louer, qui une grange, qui un atelier, qui une étable ou une écurie. Tout ce petit monde se mettait à la tâche, sous les conseils avisés des gens du cru, pour retaper de quoi se loger, avec les matériaux locaux : le bois, la pierre et les briques prédominaient sur les parpaings, le Placoplatre et le plastique. De bâtisses promises à la ruine, on voyait éclore des logements parfois forts jolis. L'administration fermait les yeux sur ces aménagements non autorisés ; le temps n'était plus aux pusillanimités réglementaires, aux ergotages sur les surfaces et autres inspections sanitaires.

Les enfants étaient ravis de toutes ces nouveautés et de ces grands espaces de liberté qui s'offraient à eux sans le danger des impitoyables hordes métalliques. Ils appréciaient aussi d'avoir papa et maman bien plus souvent à la maison. Les écoles, en voie de désertification jusqu'alors, se retrouvaient avec des classes surchargées et personne n'aurait eu la mauvaise idée de s'en plaindre. Le contact entre les enfants indigènes et ces nouveaux arrivants, étaient fertiles. Chacun avait beaucoup à apprendre de l'autre et les crâneurs des deux camps devaient vite en rabattre, sans que cela déclenchât une nouvelle guerre des boutons. Dès que l'un d'eux prétendait être plus fort par son savoir, il ne manquait de se voir démenti illico, par un autre qui avait d'autres références, et toute persistance le rendait ridicule.

Les adolescents, étaient un peu désemparés. Ils avaient vite fait le tour des cafés du coin, à la recherche de lointaines sensations et avaient dû se résoudre aux fléchettes, au billard français, à la belotte et au loto avec jetons et cartons, le dimanche. C'était bien moins excitant que les flippers et autres jeux numériques des bars qu'ils fréquentaient avant. Mais ils pouvaient se rattraper avec les flirts qui, ici comme là-bas, constituaient toujours une occupation de première importance.

Les parents de toute cette jeunesse étaient partagés entre ceux qui s'acclimataient vite et ceux qui ne s'y faisaient guère. Tout ce remue-ménage, offrait pas mal d'opportunités, pour ceux qui n'avait pas deux mains gauches. D'honnêtes artisans, qui jusque-là s'usaient la vie entre les embouteillages et une concurrence féroce, se retrouvaient avec plein de commandes, quasiment à domicile. Mais pour d'autres, qui n'avaient pas la chance d'avoir des métiers aussi facilement transposables, c'était plus difficile. Les comptables, informaticiens, caissières, livreurs, juristes, etc., n'avaient guère d'autre choix que de se mettre à la culture et à l'élevage et cela ne se fonctionnait pas toujours très bien. On ne s'improvise pas paysan du jour au lendemain, même avec les encouragements du public. Une fiable proportion de ces in-recyclables, craquait et revenait piteusement dans leur ville, où le grouillement désordonné, donnait l'illusion de nouvelles chances à portée de main.

Le déséquilibre démographique que cet exode générait ne se ressentait pas beaucoup, car les infrastructures publiques tout comme la circulation, tournaient au ralenti. Mais cela créait tout de même une inquiétante discrimination car, si beaucoup de Français de souche pouvaient compter sur une origine familiale à la campagne qu'ils s'empressaient de rejoindre, il n'en allait pas de même pour ceux dont les racines rurales étaient absentes ou éteintes. Les familles issues de l'immigration et dont les origines se situaient dans des pays toujours plus mal lotis, étaient fortement tentées par un retour, mais ce rêve quasi impossible du temps d'avant, l'était encore moins dans le temps présent.

10 – *Déliquescence économique et monétaire*

À Bercy, on continuait à ignorer superbement les réalités de la vie quotidienne de chacun, pour ne se préoccuper que de l'intérêt général. Ah, l'intérêt général ! Ce leitmotiv lancinant gardait toute sa fraîcheur d'avant la crise. C'était une expression magique, qui étouffait dans l'œuf le moindre regard humaniste sur les souffrances de la population. Pour les fonctionnaires des finances, l'intérêt général, c'était des tableaux, des chiffres, des courbes de tendance, des indicateurs et des ratios de tous les acabits. On était dans la macro-économie, que l'on appelait aussi prosaïquement, les voyants verts et les voyants rouges. Dans cette sphère où l'air aseptisé avait chassé l'odeur de cire des parquets d'antan, on avait des missions bien plus sérieuses à remplir et il n'était pas question de se laisser aller à des rêveries campagnardes, pas plus qu'aux angoisses existentielles et inconséquentes des citoyens démunis et laissés pour compte. Tenir la baraque était autrement important !

On était en réunion de crise. Les quatre Ministres qui géraient l'argent de l'état, c'est-à-dire ceux des Finances, du Budget, de l'Économie et du Commerce extérieur, étaient naturellement absents pour cause de rendez-vous avec la presse, des lobbies, ou d'autres Ministres, mais ils étaient représentés par leurs Secrétaires d'État. Dans la salle de réunion, où trônaient quelques écrans qui fournissaient les indicateurs économiques mondiaux en temps réel et notamment les cours de bourses, des monnaies et du pétrole, on se payait de beaucoup de mots, ce qui ne coûtait rien à personne. Ces réunions étaient devenues quotidiennes depuis que l'on avait pris conscience du gouffre dans lequel le monde s'enfonçait. Les participants en étaient réduits à attendre l'aubaine d'un évènement extérieur, qu'un heureux hasard aurait pu produire et qui aurait été propre à déclencher une décision majeure, c'est-à-dire spectaculaire avant tout. Le plus important n'était pas de faire mais de le montrer. On se tenait prêt à lancer un communiqué de presse au moindre battement de cil d'un personnage influent, qu'il fut journaliste, expert économique ou même éventuellement, acteur politique. Le mot d'ordre était plus que jamais celui de « communication », faute de pouvoir obtenir quoi que ce soit de tangible, en matière de résultat. Comme il fallait bien occuper son temps et qu'on ne pouvait rien faire de concret, il ne restait qu'à réfléchir, ce pourquoi on payait ce beau monde d'ailleurs :

— En raison du ralentissement de pratiquement toutes nos activités, nous rencontrons un gros problème de liquidité qui nous pousse à faire des emprunts au-delà de toutes nos prévisions, se risqua l'un d'eux.

— Vous avez hélas raison, c'est même le cœur de notre problème, il faut que nous fassions face à une diminution importante des rentrées fiscales et de la TVA en tout premier lieu, renchérit un autre.

— Eh oui, depuis que le monde est monde, le cash a toujours été le nerf de la guerre, délivra à titre d'encouragement gratuit un troisième.

— Je suis maintenant convaincu que nous ne pouvons plus reculer l'échéance d'une demande de rallonge de notre déficit à Bruxelles, lâcha enfin le dernier, ce qui constituait une sorte de conclusion largement consensuelle, qui soulagea les trois autres.

Bien sûr, pour tout un chacun, demander une rallonge signifiait vouloir plus d'argent, mais à ce niveau de responsabilités, il s'agissait exactement du contraire : il fallait augmenter la dette ! Des esprits chagrins auraient pu voir là-dedans comme l'ombre d'une erreur dans l'énoncé, mais ils se seraient trompés, car en fait, la question de l'argent ne se posait pas puisqu'on disposait toujours de fonds amis qui n'attendaient qu'une signature pour être mis à disposition.

L'euro-système de qui l'on s'apprêtait à solliciter une nouvelle largesse, était en réalité basé à Francfort et non à Bruxelles. Mais, par une pudeur qui n'appartenait qu'à ce petit milieu de gens nommés et révocables sans préavis, l'on n'évoquait jamais ce lieu, placé sous le signe de la terrifiante indépendance d'un pouvoir financier, libre des pressions politiques. Ça leur faisait froid dans le dos rien que d'y penser. Qu'il était loin, le bon temps où la Banque de France était aux ordres de Matignon ! Alors ici, à Bercy, Francfort, on ne connaissait pas, l'autorité convenable et bienséante, c'était Bruxelles, là au moins, le politique avait gardé tous ses droits. Même « BCE » était un gros mot, à qui l'on substituait « euro-système ». Ces précautions de langage, qui échappaient à tout un chacun, étaient une des marques de fabrique de l'ENA. Et comme une cerise sur le gâteau de l'exaspération, le siège de la BCE venait de passer de « l'Eurotower » à un nouveau bâtiment, la « Skytower » ; ces anglicismes à outrance agaçaient prodigieusement nos responsables politiques nationaux. Pour autant ils se déclaraient ni chauvins, ni cloche-merle, juste francophiles et même, défenseurs de la langue française. On ne sentait plus la cire des parquets, mais les perruques poudrées n'étaient pas bien loin.

Parmi les 24 membres du conseil des gouverneurs de la grande institution monétaire européenne, on avait bien un représentant français, le gouverneur de la banque centrale de chez nous. Il aurait pu intervenir directement auprès de la BCE, mais on avait pris l'habitude depuis longtemps, de ne se parler que par communiqués de presse interposés. On ne savait pas qui avait commencé le premier car la BCE de son côté, n'avait jamais publié les comptes rendus de ses réunions bimensuelles ; elle s'expliquait à chaque fois, par des conférences de presse très protocolairement menées par son président.

À l'issue de leur réunion de crise quotidienne, voici comment les Français formulèrent leur doléance à la BCE :

« L'objectif principal de l'Euro-système [la BCE, ndlr] est de maintenir la stabilité des prix, préservant ainsi la valeur de l'euro. On ne lui demande pas de pousser la corde[26], car un taux directeur à zéro n'a aucun impact et en-dessous, il produit même un effet d'aubaine contraire à celui recherché. Il s'agit véritablement de l'approvisionnement en réserves dans l'Euro-système. Dans une économie de marché ouverte, où la concurrence est libre, il faut favoriser une allocation efficace des ressources. L'exemple de l'Irlande est édifiant : avec une bulle immobilière et une forte augmentation de l'endettement des ménages, on assiste d'un autre côté à une progression très sensible du niveau de vie et à une remarquable rétention du chômage. La situation exige donc un accommodement, ou à tout le moins une pause, sur la voie de la sacro-sainte rigueur. »

Ce salmigondis mobilisa bien évidemment les têtes pensantes de tout le pays, et seulement celles-là, car ailleurs en Europe, on s'en moquait, on disait la même chose ou on professait exactement le contraire, sans que cela n'émeuve quiconque. Le plus important en effet, c'était de découvrir ce qui se cachait derrière ces locutions byzantines, débusquer les éléments de langage, ce qui n'avait pas été dit et qui était bien plus important. Ce n'était pas très difficile en réalité, car comme personne n'avait rien compris, au moins en première lecture, les experts et les journalistes pouvaient tous y aller de leur science et donner corps à ce qu'on appelle dans les démocraties, un débat, mais chez Madame Michu, de la parlote.

C'est encore pas avec ça que je vais pouvoir me chauffer cette nuit, tiens !

---

[26] Expression financière : faire croire que l'on peut favoriser la croissance en baissant les taux directeurs, c'est comme pousser sur une corde

Mais entre les esprits forts des beaux arrondissements parisiens et la plèbe insouciante et ignorante outre-périph., les plus perspicaces remarquèrent quand même qu'on était en train de porter aux nues ce que l'on avait brûlé jadis sur le bûcher de la gestion orthodoxe. Prendre en effet l'Irlande, pour un modèle de vertu économique, c'était un peu comme dire d'un alcoolique qu'il était en bonne santé puisque toujours vivant. Les plus nombreux toutefois, œillères bien en place, entendaient juste la douce mélodie de la progression très sensible du niveau de vie et de la rétention du chômage et cela leur suffisait à rêver que tout allait s'améliorer bientôt.

À vrai dire, ce dernier point de vue l'emportait sur tous les autres ; les américains n'en soufflèrent mot mais n'en pensèrent pas moins.

Roger ! Le missile a atteint son objectif, Monsieur le Président !

Du côté de l'instance monétaire européenne, on n'était pas dupe, mais on débattait aussi beaucoup, même si cela n'était pas aussi médiatique. Une conférence de presse de la BCE, c'est comme la grand-messe de onze heures le dimanche, tout le monde le sait, mais personne n'y va.

À la réunion du conseil des gouverneurs qui avait suivi la courageuse prise de position française, on avait eu droit à ceci :

— Plus que toutes les autres banques centrales, la BCE a reçu pour mission principale la lutte contre l'inflation, c'est le meilleur moyen d'atteindre les objectifs d'économie publique que sont la maximisation de la croissance économique, la minimisation du taux de chômage et la stabilité du taux de change effectif, déclara consciencieusement le gouverneur d'Espagne.

— Certes, mais vous oubliez cher collègue, que nous ne disposons que d'un seul instrument, les taux directeurs, ce qui rend impossible d'atteindre simultanément plusieurs objectifs, tempéra doctement le représentant allemand.

— Mais me dira-t-on pourquoi, les Américains ont le droit d'utiliser le dollar sans vergogne pour servir leur toute puissance et pourquoi, l'Europe n'aurait pas le droit de faire de même avec son euro ? persifla un nouvel arrivant italien dans ce prestigieux conseil.

Vingt-trois paires d'yeux se fixèrent sur l'infortuné qui venait de parler sans savoir. Depuis la création de l'euro, cette équation avait été posée et elle n'avait jamais été modifiée : le dollar règne, l'euro suit ! Les initiés savaient que nous étions face à des équilibres instables, auxquels on ne pouvait opposer que des arbitrages hautement discutables, mais personne ne songeait à remettre sérieusement en cause ce paradigme, pour la simple raison de la peur du vide ! Nul en effet, ne savait ce qui se serait passé si l'Europe s'était comportée avec son euro comme les États-Unis avec leur dollar. Keynes avait raison, il fallait laisser la demande naître, croître et agir de manière endogène. C'était une sorte de mystique qu'on avait toutes les peines du monde à dépasser et les inventions de post-keynésianisme ou de néo-keynésianisme étaient bien là pour nous rappeler la profonde empreinte qu'avait laissée ce vrai penseur du rapport de la monnaie au pouvoir politique. Ce n'était pas faute d'avoir essayé pourtant, avec Thatcher ou Reagan par exemple, mais chassez le naturel… La désindexation du dollar sur l'or par Nixon en 1971, qui voulait seulement régler un problème immédiat de pression sur le dollar, avait ouvert la voie à la dérégulation depuis les années quatre-vingts ; les marchés monétaires étaient devenus très volatiles et si des monnaies de deuxième plan et notamment européennes, avaient pu en tirer un certain profit, il était apparu incontournable pour les américains de faire tourner la planche à billets pour conserver leur leadership. C'était irrationnel mais ça fonctionnait. Malgré une dette qui dépassait une année de sa production intérieure, le déficit états-unien se cantonnait de nos jours, dans un vertueux 3 % de son PIB. On ne remet pas facilement en cause ces choses-là, même si ce miracle était en réalité permis par la pompe à dollars chinoise.

Parmi les regards furieux des gouverneurs qui toisaient l'incongru nouveau membre, celui du président pétillait d'amusement. Il observa alors ses confrères médusés et laissa passer le moment de stupeur, puis il enchaina :

— Merci cher collègue pour cette opportune question !

C'était maintenant au président d'affronter des regards non plus froissés mais désemparés. Il avait fière allure le Président de la BCE. Avec son gros ventre, ses yeux matois et sa chevelure un peu dégarnie, mais joliment ondulée et blanchie, il faisait penser à un Père-Noël en cours de recyclage. En fait de Père-Noël, c'était un vieux loup de la haute finance, qui connaissait ses classiques sur le bout des doigts.

— Avant de poursuivre, laissez-moi vous rappeler quelques bases de notre fonctionnement. Dans le cadre du régime de changes flottants entre les monnaies, tels qu'il est aujourd'hui, le rôle d'une banque centrale est d'utiliser ses réserves monétaires pour influer sur le marché des changes. Mais en réalité, ce rôle impacte très faiblement les parités, tant les volumes échangés sont immenses. Par ailleurs, et comme l'a fort justement rappelé notre confrère Allemand, n'ayant qu'un seul outil, la BCE ne peut pas atteindre à la fois l'objectif de stabilité de l'inflation et celui du niveau des taux de change. Dès lors, rien, à vrai dire, ne nous empêche désormais de produire de l'euro de manière, disons, plus industrielle…

Les regards passèrent de l'inquiétude à la réprobation

silencieuse mais palpable.

— Mais monsieur le Président, beaucoup d'économistes sont d'accord pour dire que les problèmes de compétitivité de la France ne viennent pas du taux de change, mais sont dus à la lourdeur de leur législation, à leur fiscalité excessive et surtout, à leur frilosité à mener des réformes pour que leur secteur public s'adapte enfin aux réalités de la mondialisation, tenta le Gouverneur du Danemark.

— C'est certain et nous n'avons pas besoin du secours d'économistes distingués pour être conscients d'une telle évidence concernant les Français. Mais je ne pensais pas seulement à eux, tous les pays de la zone euros ont besoin de ressources en cash, si je puis dire, reprit le président.

— En admettant que nous puissions parvenir discrètement à ce résultat, cela va inévitablement produire de l'inflation et une baisse du cours de l'euro face au dollar alors que des pays comme l'Allemagne, se satisfont très bien du niveau élevé de l'euro, qui ne les empêche pas d'avoir une magnifique balance commerciale et même de devenir le premier exportateur mondial depuis 2005, répondit le Gouverneur danois.

— Pour ce qui est de la discrétion, c'est une question purement technique et facile à résoudre, puisque si chaque pays a conservé son droit d'émission de la monnaie, c'est nous seuls qui détenons celui de sa distribution aux banques. Il ne nous sera donc pas très difficile d'agir à l'insu de nos partenaires mondiaux, au moins dans un premier temps et à la condition que chacun d'entre vous respecte la consigne de ce petit secret, asséna le président.

Son regard à ce moment, devint ostensiblement circulaire et féroce, chacun comprit le message.

La Gouverneure portugaise, qui n'avait encore rien dit, demanda la parole, c'était la seule femme de l'assemblée :

— Personne n'ignore qu'une dévaluation compétitive n'a que des effets à court terme et finit en réalité par un affaiblissement de la compétitivité.

— C'est vrai, chère Madame, mais une dévaluation qui entraîne dans l'immédiat une augmentation des exportations et une baisse des importations, relance de facto la croissance du PIB. Cet aspect doit l'emporter aujourd'hui sur toute autre considération car je vous rappelle que toutes ces questions émergent maintenant, en raison de la pénurie énergétique mondiale qui vient brusquement de s'emparer de nos économies. Or, à problème soudain et violent, je ne trouve pas choquant d'apporter une réponse immédiate et pour une fois, radicale, enfonça le président. J'ajoute que le FMI et l'OFCE qui ont toujours critiqué notre position rigoriste, seront enchantés de voir dans très peu de temps le retournement qui va suivre, même s'ils seront incapables d'en deviner les vraies raisons. Je me demande d'ailleurs combien de temps cela va leur prendre pour qu'ils comprennent à quel tour de passe-passe nous nous sommes résolus.

— Pas plus de quelques semaines, je suppose, fit le Gouverneur espagnol désabusé.

Les échanges se poursuivirent ainsi et à la fin de la réunion, un consensus fut obtenu. La conférence de presse qui suivit, laissa plus d'un journaliste circonspect, car le subterfuge utilisé pour masquer l'entourloupe avait été choisi avec soin.

La première question émanait d'une journaliste du Herald

Tribune :

— Devant la catastrophique disette énergétique qui frappe le monde entier, la BCE envisage-telle des mesures nouvelles ?

— Les demandes qui nous été adressées ont été entendues. La BCE a donc décidé de promouvoir la relance par une baisse de son taux directeur.

— Ce n'est pas exactement le sens de la requête française, intervint un journaliste des Échos.

— La demande française a été prise en compte également, mais elle se situe parmi d'autres attentes, dans d'autres pays, qui ne peuvent pas non plus être ignorées.

— À combien allez-vous fixer le nouveau taux directeur ? reprit la représentante du Frankfurter Allgemeine Zeitung qui se trouvait être la fille du Gouverneur de la Buba, la Deutsche Bundesbank.

— À -0,25 % ! énonça le Président de la BCE, en articulant lentement sa réponse, sûr de son effet.

Dans la petite salle où une vingtaine de journalistes spécialisés étaient présents, un coup de tonnerre venait d'éclater. Un taux négatif, ça ne s'était jamais vu ! Cela signifiait que les banques allaient pouvoir faire des bénéfices par le seul fait d'emprunter. Pour une aubaine c'était une aubaine et pour ce qui était de relancer les flux financiers, sûr que ça allait couler à flot. Le président précisa ensuite que bien entendu, le contingentement monétaire restait maintenu.

Tiens, mon œil ! se dit la fille du Gouverneur, que son papa avait mis dans la combine.

C'était très habile de la part du président de la BCE. Cette annonce tonitruante, déviait l'attention de la vilaine musique qu'allait produit la planche à billets et en même temps, expliquait par avance la dévaluation ad hoc de l'euro face au dollar. On pouvait par ailleurs faire confiance à la BCE pour que le contingentement monétaire soit « accommodant ».

* * *

Dès qu'il apprit la nouvelle, le Secrétaire du trésor des États-Unis appela son Président à lui :

— L'euro est maintenant le concurrent direct du dollar, Monsieur le Président. Depuis le temps que nous nous y attendions, les européens ont finalement décidé de lancer la machine à billets, leur taux directeur négatif ne doit pas nous tromper !

— C'est la seule décision intelligente que les européens pouvaient prendre, Jack, répondit le Président.

— Évidemment mais nous allons avoir à batailler dur pour ça maintenant, car nos exportations vers la zone euro vont en prendre un coup…

— Oui mais nos carences en pétrole et en électricité bloquant plus des trois-quarts de nos échanges mondiaux, cela ne devrait pas avoir une grande incidence dans l'immédiat.

Pour l'heure, les salles d'ordinateurs où s'affichaient tous les cours des monnaies et des matières du monde, et qu'on appelle les places boursières, montraient une parité euro-dollar qui subissait un gros retournement : l'euro avait perdu 15 % par rapport au dollar en une journée, et la tendance se poursuivait.

* * *

Pendant ce temps, les quatre Secrétaires d'État français, qui avaient commis le communiqué ayant déclenché cette décision européenne époustouflante, et leurs Ministres respectifs, ne bronchaient pas. Cette décision n'était certes pas celle qu'ils avaient réclamée mais il était bien possible, qu'elle permette de drainer les flux de monnaie attendus, même si la subtilité du montage leur échappait encore.

Il n'en allait pas de même des médiatiques experts omniprésents sur les chaines d'information, qui n'avaient pas de mots assez durs pour qualifier l'ignoble mépris des autorités européennes pour les classes laborieuses de notre pays, qui ne verront jamais la couleur de cette manne honteusement accordée aux banques et ne manqueront pas de faire payer ce forfait par une gigantesque abstention lors des prochaines élections européennes.

C'est toujours ceux qui comprennent le moins les choses, qui en parlent le plus fort, Jean de la Fontaine aurait dû écrire une fable là-dessus.

Jean, si tu nous écoutes... Nous te saluons !

11 – Laser et fête à Neuneu

Dans cette tourmente, le translaser se développait vite car il échappait aux pénuries. Le plus grand paradoxe, c'était que la Globexum avait dû augmenter sérieusement ses tarifs, car la base initiale, pourtant élevée, qu'avait préconisée Angela, du marketing, avait été rattrapée par le coût des transports conventionnels, ce qui menaçait le translaser d'un véritable étranglement en raison d'une demande trop forte. Les clignotants économiques de la Globexum Corporation étaient d'un vert pétant !

Pour l'instant, c'était une grande fête qui se préparait au siège. Les alentours du Schiphol Airport étaient devenus un havre de paix depuis le coup de frein sur le transport aérien, et comme le froid n'était pas encore trop mordant, c'était toujours la verdure qui dominait autour de la Globexum. La direction du marketing avait naturellement été mise à contribution pour faire valoir l'évènement à la hauteur de ce qu'il se devait et la pétillante Angela s'en était donnée à cœur joie.

La découverte accessoire des condensateurs photovoltaïques, s'était révélée de la plus haute valeur stratégique, au fur et à mesure de l'apparition des tristes évènements qui avaient atteints les sources électriques et pétrolières du monde. Mathias Kroble s'était senti pousser des ailes. Avec un tel potentiel scientifique à sa portée, il avait trouvé le moyen d'exploiter la nouvelle source gratuite pour alimenter tout le site de la Globexum, en fin de compte. L'entreprise se trouvait donc à l'abri de toutes les coupures de courant mais, pour éviter un assaut inquisiteur de la part des autorités du pays qui auraient sûrement voulu disposer d'une telle manne, il avait fallu agir en toute discrétion. Le courant rendu ainsi disponible n'alimentait aucun circuit d'éclairage ; la Globexum faisait comme les autres, elle brûlait des bougies. Pour faire encore plus vrai, les employés avaient été priés de réduire la luminosité de leurs écrans d'ordinateur. Le camouflage était parfait. Cela produisait néanmoins une atmosphère surannée dans les bureaux, ce qui avait fait dire à une secrétaire enjouée : « Il ne manque plus que la crèche et les musiques de *Tannenbaum*[27] et de *Stille Nacht*[28] pour être complet ! »

La cérémonie était organisée autour d'un évènement majeur, l'expédition d'un container de bouteilles de Cognac, d'Amsterdam à Tokyo.

L'usine de New-Dehli était maintenant totalement opérationnelle, on était juste en train de procéder à son premier agrandissement. La production des translasers avait déjà permis de doter une cinquantaine de plateformes parmi les plus importantes et les plus stratégiques de la Globexum, et des translasers de capacité plus réduite, équipaient une bonne centaine de sites. Ceux-là pouvaient être déplacés à la demande. L'épineuse question des satellites relais, destinés à s'affranchir de la courbure de la terre, avait trouvé une solution bâtarde et provisoire via le système du GPS américain, mais la Globexum avait finalement opté pour la fabrication de ses propres satellites, à l'horizon de cinq ans. Le contrat avec le DoD avait été conclu juste avant la survenance des attentats sur les centrales nucléaires et les installations pétrolières. C'était une énorme chance pour la Globexum. Maintenant que la valeur stratégique du translaser avait dépassé toutes les prévisions, le prix de mise à disposition de l'équipement spatial des Américains, se trouvait nettement sous-évalué. S'ils avaient pu anticiper cette crise, nul doute que la négociation aurait été bien différente. Jack s'en mordait les doigts tous les matins, ce à quoi son Président, plus pragmatique lui rétorquait sans

---

[27] « Mon beau sapin »

[28] « Douce nuit »

cesse : « À l'impossible nul n'est tenu, Jack ! ». Ainsi, pour les cinq années à venir, la Globexum pouvait non seulement compter sur la gratuité de l'énergie nécessaire au translaser mais également sur un coût d'utilisation des satellites très modéré, même s'il restait le premier poste budgétaire de fonctionnement de ce nouveau mode de transport.

Une autre application inattendue du translaser avait été mise au point par l'équipe de Mathias : pouvoir le faire fonctionner de jour comme de nuit, grâce à la mise en place d'un service appelé sun-sun™ et qui consistait à translasériser dans une zone de nuit, une batterie de condensateurs chargés dans une zone sous le soleil. La seule contrainte de ce mode d'expédition, était l'obligation d'agir en quelques secondes, en raison de l'échauffement des condensateurs lorsqu'ils n'étaient pas immédiatement utilisés. Ce mode était donc réservé aux envois urgents mais de plus faible poids. D'une manière plus large, la fantastique souplesse offerte par ces petites stations mobiles, avait rencontré un énorme succès. Le chiffre d'affaire qu'elles représentaient, faisait jeu égal avec le translaser fixe et de grande capacité. Là encore, il fallait y voir les effets inattendus du rationnement énergétique. Les chargeurs du monde entier étaient souvent pris de cours et les urgences devenaient de plus en plus fréquentes.

Les sites d'expédition avaient par ailleurs été dotés d'un sas de contrôle de neutralité biologique, afin d'être sûr de ne pas expédier du vivant, comme il en avait été convenu lors du lancement de la phase d'industrialisation. Ce sas était équipé d'un analyseur à rayons X et le test prenait une petite heure, pour un container. Cet équipement supplémentaire, avait surtout l'avantage de laisser la plateforme d'expédition toujours opérationnelle et, grâce à une utilisation séquentielle de plusieurs batteries de condensateurs, l'on parvenait à expédier plusieurs containers à l'heure ; c'était en fait le temps de manutention des marchandises qui fixait la cadence des expéditions.

Le show réunissait cet après-midi-là près d'un millier de personnes, sélectionnées parmi les principaux collaborateurs de la Globexum, les actionnaires, les pouvoirs publics, les clients et les invités spéciaux de la présidente.

Parmi eux, se trouvait Mickael Guiton, à titre personnel. C'était une des rares personnes dont le badge ne portait que le nom et aucune fonction ou rattachement quelconque à une société ou à un service officiel. Et pour cause ! Mickael était arrivé le matin par un Thalys bien terrestre, mais en réalité, il s'était peu à peu envolé sur un joli nuage rose duquel il guettait les passages de Katia van Oberhaus.

Elle était naturellement très occupée mais parvint quand même jusqu'à lui :

— Ravie de vous revoir Monsieur Guiton !

— Et moi donc, Madame van Oberhaus !

— Si vous voulez que je vous appelle Mickael, soyez donc au Café du Théâtre d'Amsterdam à 23h30 ce soir, et demandez Hans de ma part. Après, laissez-vous guider ! lui glissa-t-elle, un rien aguicheuse.

— Vous pouvez compter sur moi, conclut le fringuant jeune homme.

Quand elle s'était approchée de lui, Mickael avait été à nouveau saisi du feu ardent qui l'avait brulé dans l'ascenseur, un matin, il y avait quelques mois. Il ne savait pas trop comment il allait retrouver son ensorceleuse, car les images de Katia s'étaient tellement répétées dans sa tête qu'il avait fini par se dire qu'elles devaient sûrement être déformées. Plus que de celle du baiser, il se souvenait de sa dernière vision d'elle, quittant l'ascenseur et lui posant son index sur la bouche. Il se rappelait avoir craint à ce moment un sévère reproche et avait découvert au contraire, un ravissement dans le regard chaud qu'elle lui avait porté en faisant « Chut ! ». Mais là, plus il la regardait, moins il y avait d'erreur, elle était aussi belle que ce qu'elle paraissait dans ses rêves.

Mais comment font ses collaborateurs au quotidien pour ne pas devenir fous ?

Les locaux du translaser étaient situés dans un hangar près de l'aéroport, mais il était suffisamment chauffé pour qu'on s'y sentit à l'aise. Katia était dans une robe longue de couleur blanc cassé avec des touches de bleu, les épaules nues. Un châle transparent venait tout de même rappeler que nous étions en hiver. C'était la seule femme du groupe rassemblé dans ce lieu, qui avait osé une telle tenue ; les autres dames et demoiselles, n'avaient pas transgressé le tailleur bon chic de rigueur. L'arrondissement du ventre de la future maman, était encore à peine perceptible, c'était toujours un secret pour tous, enfin presque tous.

Le ministre des transports s'était étonné de la capacité de chauffage encore disponible dans ce vaste hall, mais on lui avait répondu que c'était la chaleur humaine et le gentleman avait fait semblant d'y croire.

Le Professeur Chi Xao Tan qui, pour la circonstance, était chargé de piloter la démonstration, était habillé d'un costume sombre et portait un nœud papillon. Depuis le départ de sa fille, et comme il ne s'était toujours pas fait à l'idée d'avoir une compagne, c'était Chu Dua qui l'avait pris sous sa maternelle protection. Cette affection était née de leurs origines communes, sans doute, mais aussi de toute l'histoire du rapprochement de la Globexum avec le Professeur, que Chu avait profondément vécue. Elle était la seule avec Mathias et Katia, à connaître le secret de sa fille et de Marc Leterrier au Vatican. Elle lui donnait des petits conseils de vie quotidienne à Amsterdam et il en tenait grand compte, sauf que pour l'heure, elle avait vainement insisté pour qu'il portât un smoking et elle avait dû se contenter d'un nœud papillon. Pour Chi, ce cérémoniel tour de cou, représentait un sommet jamais atteint dans sa vie, aller au-delà, lui aurait paru clownesque et Chu Dua avait dû s'y résoudre Le Professeur ne manquait pourtant pas de courtisanes depuis qu'il était devenu une célébrité et parmi elles, des cerveaux dont la conversation ne l'aurait pas ennuyé, mais malgré toutes les satisfactions que sa nouvelle vie lui avait apportées, il n'avait pas pu dépasser cette brisure définitive de son amour pour Sophie Béranger, devenue la mère de Fao Fournier.

Le container était en place, la puissance était presque disponible et un écran géant reproduisait la plateforme de réception de Tokyo. Katia prononça quelques mots d'accueil et de présentation du translaser. En une dizaine de minutes, elle exposa l'histoire de Chi, uniquement les parties racontables et dont la mise au point avait été faite en accord avec le Professeur. Depuis le temps où son nom était devenu célèbre, Chi avait commencé à se faire à cette idée d'icône qu'il représentait maintenant. Cela ne l'avait pas détourné pour autant d'une sobre conduite, même si son for intérieur était bercé d'une grande et légitime fierté. La Présidente évoqua ensuite le rôle de la Globexum dans le développement de l'invention et quelques chiffres caractérisant la machine et son exploitation. Elle conclut son allocution :

— Et maintenant regardez le prodigieux transport de 30 tonnes à la vitesse de la lumière ! Soyez concentrés, le voyage dure moins de 10 secondes !

Chi lança la translasérisation et la foule vit dans les quelques secondes qui suivirent, le container se désintégrer à Amsterdam et se reconstituer à Tokyo, un puissant rayon laser ayant été émis par une ouverture dans le toit. Ce spectacle surréaliste pour les personnes présentes et dont la plupart étaient profanes, déclencha un tonnerre d'applaudissement qui fit vibrer les tôles du hangar.

Après ça, tout le monde se retrouva autour d'un buffet où du Champagne, des sodas et de la bière, Hollande oblige, étaient offerts à profusion. Chacun papotait et s'exprimait avec des grands mots sur la fascinante expérience qui leur avait été présentée. Mathias se rapprocha de Katia.

— Tu es magnifique Katia, tant de puissance avec tant de beauté forme un cocktail certainement unique au monde.

— C'est très agréable d'entendre ça de ta bouche Mathias, mais il faut que je rectifie, la beauté n'est qu'à moi mais la puissance est la nôtre et tu en fais partie.

— As-tu quelque chose de prévu après la fête ?

— Précisément, oui, mais rassure-toi, c'est un itinérant de passage, nous aurons bien d'autres occasions de nous rencontrer…

Mathias en fut un peu chiffonné, une ombre de jalousie le traversa. Il avait envie de savoir qui était ce voyageur inopportun, mais il ne le saurait pas. Katia était restée aussi discrète qu'au premier jour de son installation dans la Globexum. Même sa grossesse était encore une inconnue pour lui. Il avait bien résisté à être dévoré de passion pour elle, mais cela avait été une dure épreuve ; par bonheur, son travail qui l'accaparait et le développement de sa collection de jolies anglaises avaient pu constituer un rempart efficace contre la noire mélancolie des nuits sans Katia.

La faiblesse de l'homme était là, toute entièrement là. Il croyait qu'il était le plus fort, avec une belle dans les bras qu'il pouvait étreindre et faire se pâmer, alors qu'il était juste bestial, même à son corps défendant. C'était la femme qui le tenait en réalité. Cette marque du pouvoir de la femme sur l'homme était particulièrement élaborée chez Katia. Elle avait plusieurs fois tenté de comprendre la particularité de son appétence sexuelle peu commune. Elle se rappelait vaguement dans son enfance, elle devait avoir six ou sept ans, avoir été prise d'un désir soudain, inconnu et mystérieux mais tellement attirant, pour des scènes lues, dans lesquelles des femmes riaient en voyant des hommes dans des situations humiliantes. Elle se souvenait aussi que les descriptions plus conventionnelles, de femmes qui s'abandonnaient aux bras d'un homme la laissait sans aucune envie. C'était inexplicable mais dès ce moment, elle avait orienté ses lectures et ses choix iconographiques vers une recherche du genre qui la faisait palpiter et à l'adolescence, elle avait vite constaté que pour vibrer, elle, il lui fallait la soumission de l'homme, à l'exclusion de son abandon à elle. Dans la culture sadomasochiste, on trouvait toutes sortes de pratiques assez différentes mais chez Katia, la violence était exclue, la souffrance aussi, mais l'humiliation était recherchée avec beaucoup d'imagination. Il fallait parvenir à des scénarios qu'aucun homme ne pouvait imaginer, tant ils s'opposaient à l'idée qu'ils se faisaient de leur pouvoir viril. Katia cherchait à s'imposer comme la maîtresse de ce jeu et se délectait du désir si visible de l'homme soumis.

Aux alentours de minuit, elle était chez elle quand un bruit de clé se fit entendre. C'était Hans qui entrait par la porte de service qui donnait sur le garage ; il était bien sûr accompagné de Mickael et il le fit entrer dans le grand salon où se trouvait Katia, puis s'éclipsa comme il le faisait toujours. Il n'avait pas dit un mot, n'avait pas eu un regard pour Katia, dont on disait qu'elle avait été sa femme dans un lointain et bref mariage. En réalité, il y avait eu des relations entre eux et Hans s'était perdu dans cette humiliation qui le poursuivait toujours. Il s'était soumis corps et âmes à Katia et il était resté dans cet affect déviant au-delà du raisonnable. Depuis, c'était elle qui garnissait son compte en banque modestement, mais suffisamment pour qu'il puisse vivre dignement, en apparence.

Lorsqu'il avait effectué sa « livraison », il allait se cacher dans une petite chambre dont un miroir sans tain donnait sur la salle des ébats amoureux de Katia. Il la regardait rabaisser un autre homme que lui, cela calmait son tourment, puis il regagnait son logis et s'endormait paisiblement.

Katia était dans la même robe que durant le cocktail, mais le châle avait disparu. Elle était debout près de la cheminée, un coude en appui sur la poutre, une coupe dans l'autre main.

Plus glamour, y a pas !

Mickael était très intimidé par le somptueux mais sobre décor de la demeure de Katia, qu'il découvrait. Les pièces immenses sans autre décor que la matière crue, baignaient dans la douce tiédeur du feu de grandes cheminées dont les flammes imprimaient des éclairs rouges et noirs sur les murs de pierres brutes.

— Bonsoir… Katia, se risqua le beau visiteur.

C'est Apollon en personne, quels ravages il doit faire !

— Oh… Mickael… Votre jeunesse ne devrait-elle pas vous conduire à la réserve plus respectueuse de Madame au lieu de mon prénom ? lui renvoya Katia, dont le scénario était déjà lancé, et qui lui tendait la main légèrement fléchie et la paume vers le sol.

Je savais déjà que j'étais en terrain miné, rapport au Quai, mais j'avais oublié la particule d'aristo !

Mickael n'avait jamais pratiqué le baisemain et il lui fallut un bref instant pour comprendre ce qu'elle attendait et comment s'y prendre. Il s'approcha tout de même et répondit par le geste à sa demande, avec un baiser un peu appuyé.

— C'est un peu trop Mickael, il faut juste effleurer, la dame ne doit sentir qu'un souffle… Allons, asseyez-vous et acceptez une coupe, voulez-vous ?

Elle le servit et s'assit face à lui. Mickael se sentit obligé de dire quelque chose pour se rattraper.

— Votre demeure est éblouissante… pas autant que vous cependant, Madame van Oberhaus, tenta-il.

Katia apprécia et s'amusa de ce compliment.

— Ressemblez-vous plutôt à votre père ou à votre mère ?

— Le visage c'est ma mère mais le corps c'est franchement mon père !

— Un beau et audacieux garçon comme vous doit avoir beaucoup de conquêtes à son actif, je suis curieuse d'avoir un aperçu. Parlez-moi des rencontres les plus étonnantes que vous avez faites.

— C'est délicat, Madame…

— Après ce que vous m'avez fait dans l'ascenseur il y a quelques mois, je n'en crois pas un mot et c'est d'ailleurs votre audace qui m'a plu chez vous. Allons, ne me décevez pas Mickael !

Mickael, toujours intimidé mais pas au point d'en être idiot, comprit alors que Madame van Oberhaus aimait la fantaisie, sans savoir encore que la fantaisie chez Katia, était un mot qu'elle déclinait en fantasme, fantasque ou même fantasmagorie. Il commença un récit plutôt virevoltant où le scabreux rivalisait avec la prouesse et le piquant avec la drôlerie. Le jeune homme était non seulement gourmand mais plutôt prometteur dans la variété de ses jeux. Mais Katia voulait l'emmener quelque part où il ne s'attendait vraisemblablement pas.

— Dans vos jeux, vous est-il arrivé d'utiliser des accessoires ?

— Bien sûr, certaines femmes utilisent des sextoys…

— …que je préfère appeler godemichets, le coupa-t-elle

Elle en utilise probablement, elle aussi…

— Si vous voulez… d'autres aiment être attachées…

— Vous aimez attacher les femmes ?

— Quelque fois oui !

— Avez-vous été attaché vous-même par une femme ? glissa Katia à titre d'essai.

— J'avoue que cela ne m'est jamais arrivé… Je ne sais pas…

— Auriez-vous pu m'embrasser l'autre jour dans l'ascenseur, les mains dans le dos ?

— Bien sûr, mais il me semble que cela aurait été moins bien pour vous, non ?

— Pas nécessairement.

— Vous m'intriguez, Madame.

— Mettez vos mains derrière vous !

Mickael mit ses mains dans son dos, toujours assis dans son fauteuil et Katia s'approcha, face à lui. Elle releva un peu sa robe longue pour pouvoir écarter les jambes et se placer au-dessus des genoux de Mickael et se pencha sur lui, plaçant ses deux mains sur le haut du fauteuil, de chaque côté des épaules de son hôte. Dans cette position, l'échancrure du haut de sa robe ne cachait plus grand-chose de sa poitrine, maintenue par une fine pièce de lingerie. Son visage était tout près de lui et il sentit son souffle quand elle lui dit :

— Combien de temps pourrez-vous résister à l'envie de laisser vos mains se promener sur moi ?

Mickael manqua de céder mais il se ressaisit juste à temps, il venait de comprendre à quoi elle voulait jouer.

— C'est vous Madame, qui m'avez demandé de me positionner ainsi, c'est donc à vous de me dire maintenant ce que vous souhaitez.

— Excellent Mickael, très bonne réponse, je vois que vous commencez à me comprendre. Est-ce que cela vous convient de m'obéir ?

— Oui. Je suis prêt à vous obéir.

— Alors suivez-moi ! Je vous emmène dans une chambre mieux équipée et plus propice aux jeux que je préfère.

Elle se redressa et l'emmena dans sa pièce particulière qui se trouvait de l'autre côté d'une minuscule porte située au fond du salon.

Mickael découvrit alors l'antre des plaisirs de Katia van Oberhaus. Une cheminée diffusait une lumière sombre, à dominante orangée, soutenue par quelques loupiotes placées dans le sol, qui permettait tout juste de distinguer les meubles et des objets incitatifs ou provocants. La croix de Saint André ne le surprit pas mais la grande roue verticale qui permettait d'attacher la victime et de la retourner tête en bas, l'étonna. Au milieu de la pièce, une lourde table comportait des gros bracelets de cuir, fixés à ses quatre coins et sur des rayonnages muraux, on devinait quelques objets qu'elle appelait godemichets. Le plus grand meuble était une penderie dans laquelle était accrochée une belle collection de vêtements où le cuir alternait avec le nylon et le caoutchouc mais pas de plastique, cela aurait paru inconvenant à un cérémonial luxueux.

Pas de fouets, pas de matraque, pas de lames, j'ai encore une chance d'en ressortir en bon état !

— Faites tout ce que je vous dis, vous n'avez aucune souffrance à redouter et si vous êtes bien docile, vous ne serez pas payé d'ingratitude ! Déshabillez-vous !

Mickael s'exécuta sans précipitation, il savait clairement maintenant, où elle voulait en venir et cette expérience originale ne lui déplaisait pas.

Et musclé comme un taureau avec ça !

Katia enleva sa robe et resta dans des dessous très suggestifs ; le léger renflement de son ventre n'était pas encore assez prononcé pour que Mickael devine qu'elle était enceinte, tout au plus pensa-t-il qu'elle avait un giron un peu matelassé, ce qui était rigoureusement faux. Elle l'installa sur la roue, le ligota patiemment et le mit à l'envers, il était chargé de lui lécher sa délicieuse friandise, pendant qu'elle lui caressait des mains et de la bouche, sa générosité génitale. Pour ne pas nuire gravement à sa santé, elle alternait tout de même sa position sur la roue, en le remettant à l'endroit, ce qui n'arrangeait pas totalement ses affaires puisqu'elle le couvrait alors de reproches et d'insanités tout en l'embrassant avec fougue. Katia disposait parfaitement de la langue française, son vocabulaire était riche et son accent un peu guttural s'accordait à merveille avec le timbre grave de sa voix.

Leurs ébats se poursuivirent ainsi une bonne partie de la nuit dans des positions et avec des accessoires variés, et lorsqu'elle lui accorda de jouir, elle marqua une pause gastronomique, lui glissant des canapés dans la bouche, par petites bouchées, pendant qu'elle l'insultait.

Au bout de trois éjaculations, elle mit un terme à la partie.

Après une douche, ils regagnèrent le salon pour une dernière coupe.

— Vous êtes un merveilleux amant Mickael, je peux bien vous faire ce compliment, après tout ce que je vous ai dit et fait subir, lui dit-elle en riant.

— Je me souviens de la première fois que je vous ai vue. Je vous avais avoué sans détour l'admiration que j'avais pour vous et je peux vous dire aujourd'hui, que vous êtes la femme la plus sublime que j'ai jamais rencontrée. Je n'oublierai pas cette expérience unique que vous m'avez fait vivre, Madame van Oberhaus.

Un taxi ramena Mickael à son hôtel où quelques heures de sommeil l'emportèrent ipso facto et Katia alla rejoindre sa chambre, mais avant de se confier à Morphée, elle s'accorda le grand délassement qui la délivrait enfin de tout le désir qu'elle avait étouffé, durant ces quelques heures avec Mickael.

12 – Le cas Charlie

Lors de la réunion « Special energy attacks » organisée par Robert C. Russerl et dans laquelle il avait fait intervenir Franklin D. Roosevelt en personne, le Directeur scientifique s'était montré un auditeur des plus attentifs et des plus éclairés. Les paroles de son chef avaient déclenché une grande motivation et dans les jours qui suivirent, il s'attacha à constituer un dossier technique aussi complet que possible. Homme rigoureux et plein de bon sens, il décida d'orienter ses recherches vers l'origine de l'affaire. Il entra donc en contact avec le directeur du bureau du FBI de San Francisco, celui-là même qui avait reçu la première alerte des attaques de centrales nucléaires, lancée par le directeur du LLNL, le laboratoire de Livermore associé à l'UCLA. C'était en effet ce prestigieux organisme qui avait découvert l'inertium et surtout, l'origine malveillante des mises en panne des centrales, grâce à la sagacité du non moins prodigieux Professeur Chi Xao Tan.

Le chef du FBI de San Francisco l'informa des circonstances telles que le LLNL les lui avait confiées, mais le scientifique qui sommeillait toujours chez ce Directeur, insista pour en savoir plus sur les surions.

— C'est une découverte du Professeur Chi Xao Tan qui avait d'ailleurs donné une conférence à Los Angeles, quelques jours auparavant...

Comme par hasard !

— Pourriez-vous m'obtenir le texte de cette conférence ?

— Je pense pouvoir faire cela Monsieur, répondit le directeur de San Francisco.

Après avoir raccroché, il appela le directeur de l'UCLA, se présenta de la manière la plus militaire et formula sa requête. Il obtint vite l'assentiment du représentant de l'université et reçut dans la foulée et sur sa messagerie, le texte de la conférence scanné. Il l'ouvrit mais s'aperçut rapidement qu'il n'était pas en mesure de comprendre ce qui s'y trouvait écrit. Il le fit suivre au Directeur scientifique, sans autre commentaire que ses *yours sincerely*.

Le Directeur comprenait assez bien au contraire, la prodigieuse avancée que constituait cette découverte mais ce n'était pas ce qu'il cherchait vraiment. Il voulait savoir si l'on pouvait déceler le signe d'une relation entre le discours du Professeur et les attentats. Il restait interrogatif sur la question de la présence du Professeur en Californie, simultanément au premier attentat sur la centrale de Diablo Canyon. Comme chez son patron, le Sphinx, quand il tombait sur une question où il ne voyait rien, il imaginait tout et sa paranoïa viscérale lui servait de canne blanche. Pour lui, les coïncidences n'existaient pas dans les grandes affaires criminelles et encore moins dans celles de terrorisme. Le mot « hasard » était réservé au peuple ignorant, et seule une sombre machination pouvait être l'explication de tout évènement apparemment inextricable. Plus l'énigme était incompréhensible, plus le complot devait être savant et seule une réflexion scientifique d'une puissance exceptionnelle, pouvait en venir à bout.

Au bout de plusieurs heures d'une lecture à la loupe et comme il ne trouvait pas le début d'un plan sordide, il se persuada que le coup était magistralement monté. Tout être normal aurait déduit que si l'on ne voyait rien c'était sans doute parce qu'il n'y avait rien à voir, mais à ce niveau de responsabilité, cela aurait été une faute professionnelle. Car le Directeur scientifique n'était pas un homme normal, c'était une personnalité qui occupait une place unique et convoitée, à laquelle on accédait seulement si on était le meilleur, autrement dit, si on ne pensait pas comme les autres, or il était certain d'être exceptionnel, de ce point de vue. Il avait pourtant une bonne tête ce Directeur scientifique : grand, sec, des yeux bleus profonds et doux, distingué avec sa mèche faussement rebelle, qui balayait son grand front comme une persistance ostentatoire, du temps de ses études. Thésard mais puritain aussi. Il croyait à la sélection des races en strates hiérarchiques tant physiques qu'intellectuelles. Cette déviance le cloisonnait irrémédiablement dans ses réflexions.

Il demanda à être reçu par son supérieur, le grand patron du FBI, et lui fit part de ses soupçons. Il fut accueilli à bras ouvert dans le vaste bureau de Robert C. Russerl, au dernier étage de l'imposant immeuble du siège de la sûreté intérieure.

— Mon cher, je vous remercie d'apporter de l'eau à mon moulin. À votre avis, depuis que les prix de l'énergie ont explosé, quel est la seule grande entreprise qui voit le cours de son action grimper en flèche ?

Le Directeur était un scientifique, pas un économiste.

— Je n'en ai pas la moindre idée Robert, et à vrai dire, j'ignorais même qu'il y en avait une qui n'en souffrait pas, répondit-il.

— La Globexum Corporation ! asséna le Sphinx.

— Ah oui évidemment, avec son translaser autonome…

— Et savez-vous qui emploie le Professeur Chi Xao Tan ? jubila le directeur.

— La Globexum ?

— Exact. Nos soupçons vont donc dans la même direction.

— Certes mais nous n'avons rien de tangible pour aller plus loin…

— Pas encore, cher ami, pas encore. Nous devons obtenir plus de renseignements et pour cela nous n'avons qu'un seul moyen : les écoutes. Il faut tracer les principales personnalités de cette entreprise, je vais monter une équipe pour cela.

Robert C. Russerl chargea le Chef des officiers du renseignement, Jerry Carven, de mettre en place les écoutes des conversations du Professeur Chi Xao Tan, de la Présidente de la Globexum et de tous les membres du Conseil d'administration.

Dans l'organisation de la sûreté intérieure américaine, les renseignements étaient le seul service où étaient présents des officiers militaires et dont on avait très opportunément affiché cette particularité dans le nom qu'on lui avait donné, les Officiers du renseignement. Cet usage était la survivance d'une précaution originelle accolée à cette activité. Le renseignement, source de découvertes sulfureuses ou compromettantes s'il en est, revêtait un tel caractère sacral, qu'on ne l'avait pas laissé aux mains d'incontrôlables civils et qu'on avait préféré le confier à des vertueux militaires, assermentés et obéissants ; c'est un peu comme pour les péchés qu'on avouait au confessionnal, seuls des prêtres pouvaient les entendre. Car si 90 % des écoutes était d'une pesante banalité, on ne retenait que ce qui pouvait être rangé dans la catégorie « saloperies » : corruption, sexe, chantage, détournements, trafic, drogue, violences, etc. Quand le plus consciencieux des fonctionnaires se fixait là-dessus à longueur de temps, il ne fallait pas s'étonner s'il voyait rapidement le mal partout : c'est la fonction qui créé l'organe, et non l'inverse, Charles Darwin avait mille fois raison !

Ces beaux principes n'empêchaient pas cette opération de se dérouler en dehors de tout cadre légal, ce qui était beaucoup plus simple : aucune autorisation à demander à une autorité judiciaire tatillonne, aucun contrôle à subir et aucun compte à rendre, tout se passait à la maison. Les américains sont comme ça : sourcilleux comme des Mormons sur les libertés fondamentales, mais débridés comme leurs pionniers du grand

Ouest quand il s'agit d'obtenir un résultat.

Dans l'équipe spécialisée et placée sous la houlette du Chef du renseignement, les mots clés qui déclenchaient une alerte étaient : centrale, nucléaire, pétrole, surion et quelques autres qui en découlaient et dans plusieurs langues, cela allait de soi. Lorsque dans une conversation, un de ces mots venait à être cité, un logiciel en constituait un fichier et le faisait parvenir au FBI de Washington. Après analyse, un rapport était émis et transmis à Jerry Carven, qui en informait son Directeur.

Du fait des sollicitations dont il était l'objet à propos des attentats, c'était naturellement Chi Xao Tan qui émettait le plus souvent des conversations dans lesquelles les mots clés surgissaient et c'est donc lui qui provoquait le plus de rapports. Mais contre toute attente, c'est le nom de Charlie Fourther qui arriva en numéro deux.

Le sexagénaire Charlie Fourther était l'Administrateur américain de la Globexum, c'était aussi l'un des Directeurs de la Beltham Bank of Chicago, la BBC, qui détenait quelques actions de la multinationale hollandaise du transport.

Totalement inconnu des services américains, ce banquier était un personnage qui affectait d'être effacé, comme pour mieux se fondre dans le décor mais qui, en réalité, était assez peu ragoutant. Dans la BBC, il avait des activités dévorantes au point de se retrouver sans aucun loisir : c'était un trader. Sa spécialité se portait sur les actions dans lesquelles il opérait toujours sur de courtes durées. Cela consistait à anticiper les hausses ou les baisses des cours et pour y parvenir, il bénéficiait d'informations en direct des agences de presse. Naturellement, du fait des différents fuseaux horaires d'où ces données lui provenaient d'une part et des objectifs très courts de maintien de ses positions d'autre part, il était amené à travailler quasiment jour et nuit ; c'était pour ces raisons, qu'il avait fait installer un terminal informatique complet à son domicile. Il habitait une jolie maison à l'écart de Chicago, mais dont le jardin n'était plus entretenu depuis longtemps, ce qui lui valait la réprobation de ses voisins. La moralité de cette pratique bancaire était plus que discutable. Des flux financiers aussi rapidement déplacés n'étaient pas sans conséquences sur la santé des entreprises, en particulier quand les paris se faisaient à la baisse, car l'effet de levier produit était de nature à précipiter les chutes. La spéculation recèle un redoutable paradoxe, les tendances qu'elle suit sont à la fois provoquées, tout comme l'effet prédictif des sondages. Il suffit qu'une place avec un peu de surface mise à la hausse pour que mécaniquement, une hausse se produise. Mais Charlie Fourther n'avait que faire de la morale, qu'il assimilait à des contes pour enfants ou à des inepties d'église, il agissait sans état d'âme pour le profit de sa banque, tant pis pour les entreprises qui avaient eu le tort de s'offrir à lui sous un jour faible.

À la mort de sa femme, cette activité était devenue une addiction aussi envahissante que la passion d'un joueur compulsif. Elle s'était développée démesurément, au détriment d'une bonne santé ; pour tenir le coup la nuit, Charlie consommait pas mal de Bourbon. Il avait aussi un peu laissé de côté son hygiène corporelle, jugeant que c'était une perte de temps, et comme il avait tendance à transpirer, les odeurs dont il gratifiait son entourage, ne s'accordaient pas du tout avec la discrétion qu'il aurait voulu qu'on lui prête. Jusqu'à ce que la maladie emporte son épouse, il avait mené une vie rangée de Directeur de banque grassement payé et bien nourri, ce dont sa bedaine témoignait avec ostentation, mais propre et soigné grâce à la vigilance aimante de Mrs Fourther. Il avait passé toute sa vie dans la banque. Depuis l'obtention de son *degree* d'une école de commerce de Dallas dont il était originaire, et grâce à l'appui de son beau-père, il entra à la BBC dès le début de sa carrière et suivit la voie toute tracée qui lui était offerte. Pour autant, Charlie Fourther ne pouvait pas être rangé dans la catégorie des pistonnés incompétents. Certes, le coup de pouce de beau-papa lui avait permis de mettre le pied dans la bonne première marche, mais son ascension n'était due qu'à lui-même, à sa grande conscience professionnelle et à une probité éprouvée. Il jouissait d'une totale confiance de la part de son patron, qui lui confiait non seulement le soin de manipuler de grosses sommes d'argent sur des placements à risque, mais aussi celui de s'occuper de la caisse de la banque, c'est-à-dire des mouvements qui s'effectuent en argent liquide.

Mais tout bascula quand il se retrouva seul. Il s'était brouillé avec ses enfants, partis en Australie, il y avait déjà longtemps, et y ayant fondé leur famille.

Au début, quand son marqueur corporel échappait encore à l'olfaction de ses congénères, la vague idée de se remarier lui avait traversé l'esprit, mais c'était surtout dans l'esprit de dames très intéressées qu'elle avait laissé le plus de traces et comme Charlie n'était pas dépourvu de bon sens, il avait vite coupé court à ces trop voraces prétentions féminines.

Le service du renseignement, alerté par la révélation des écoutes, mit le focus sur lui et quand le contour un peu glauque de sa personnalité se révéla aux limiers de Jerry Carven, la réaction du Sphinx ne se fit pas attendre.

Quand le patron du FBI mit ce repoussoir de Charlie Fourther en perspective avec les conversations où il évoquait les voies possibles d'insertion des surions dans les puits de pétrole auprès d'une certaine Madame Jeifferson, il en devint fébrile comme un pêcheur qui voit son bouchon s'enfoncer dans l'eau Cette dernière était également inconnue de ses services. Son accent texan était bien marqué, s'il en croyait ce qu'il lisait sur le fichier de retranscription.

Le Texas ! L'état où se concentrent les champs pétrolifères états-uniens et qui subit actuellement la plus grave récession de toute son histoire... Nous avons fait mouche et le poisson semble disposer d'une couverture en béton...

Lorsqu'il en parla à Jerry Carven, qui revenait de vacances et n'avait pas encore eu le temps de se mettre à jour de l'avancement du travail de son équipe, il déclencha un sifflement d'admiration :

— Décidément, vous n'usurpez pas votre réputation Monsieur, chapeau pour le flair.

Robert C. Russerl prit le compliment pour ce qu'il était, sans en faire un plat. Intelligent et paranoïaque, ça ne faisait aucun doute, mais vaniteux, ce n'était ni son genre ni celui de la maison ; on n'oubliait quand même pas les gamelles qui étaient accrochées à cette institution, dont l'efficacité était pour le moins variable.

— Jerry, je vous laisse terminer votre enquête sur ce ... suspect...

Le mot « salopard » lui avait traversé l'esprit, mais fidèle à l'image courtoise et sereine qu'il voulait donner de lui, il ne l'avait pas laissé sortir.

— ... demande officielle de placement sur écoute, examen de ses comptes bancaires, ses relations, etc. L'objectif maintenant est : inculpation et aveux. Vous me comprenez ?

— Absolument ! termina Jerry.

Ce que le Sphinx avait ainsi formulé, était une pratique qui consistait à rassembler un nombre suffisant d'indices forts et concordants. Il fallait non seulement justifier une inculpation, mais surtout obtenir des aveux, sous l'effet de masse. Le but était de pouvoir démonter la filière et tout le système mis en place, car bien entendu, Charlie Fourther n'agissait pas seul. Pour Jerry, il fallait identifier toute la chaîne, ses ramifications mondiales et la place de Charlie Fourther dans cette organisation terroriste, dont le mobile semblait être l'appât du gain pour la Globexum.

De retour dans son bureau, il réunit son état-major.

— Messieurs, nous devons tout d'abord obtenir une autorisation officielle de mise sur écoute de Mr Charlie Fourther, sans laquelle nous ne pourrons pas lui opposer ce qu'il a dit ; nous arrangerons les dates pour que celles-ci coïncident avec celle du feu vert de la justice. Pour les autres personnes écoutées, on ne bouge pas, inutile de mettre la puce à l'oreille des cousins[29] là-dessus. Ensuite, il faut que nous examinions ses comptes bancaires personnels, car je n'imagine pas que nous ne trouvions rien à lui reprocher dans ce domaine ; n'oubliez pas que le mobile est le colossal gain financier pour la Globexum.

Le spécialiste des affaires financières demanda la parole :

— Nous avons à faire à un banquier, c'est un professionnel de la finance, il a peut-être soigné la gestion de ses comptes pour passer inaperçu…

— C'est possible, nous verrons bien. Pour mener cette opération, il nous faut l'aide de nos collègues de Chicago, notre correspondant là-bas est l'inspecteur Jimmy Khaler. J'écoute maintenant vos questions… Pas de questions ?… Alors au travail !

Les collègues de Chicago qui reçurent la requête de Washington, décidèrent pour faire bonne mesure, de compléter le dispositif par une surveillance visuelle en plaçant des caméras partout où cela était possible. Pour approfondir la

---

[29] Euphémisme qui désigne la CIA

connaissance des faits et gestes de Charlie Fourther, on voulait aussi savoir ce qu'il faisait lorsqu'il ne téléphonait pas.

À son domicile, l'accès était tellement facile que l'agent spécial qui dirigeait le bureau de Chicago en profita pour utiliser l'opération au titre de la formation de ses stagiaires. L'affaire fut rondement menée et en quelques jours, des caméras très discrètes furent installées. Si l'espace public de la BBC et la salle des coffres étaient évidemment surprotégés, il n'en était pas de même de la salle des marchés, celle-ci fit donc également l'objet d'une visite nocturne par d'agiles techniciens.

Entre les images et le son, l'autorisation d'écoute ayant été obtenue, dans les bureaux du renseignement, ils n'étaient pas moins de quatre personnes en permanence, pour effectuer cette traque. Jerry téléphona plusieurs fois par jour pour faire le point. Ses consignes étaient claires :

— Charlie Fourther est un très gros poisson. Sa couverture est très épaisse, il faut donc ouvrir l'œil sur les détails si l'on veut en tirer quelque chose. Du côté des écoutes téléphoniques, on oublie les mots clés et on enregistre tout.

Mais même avec les deux yeux ouverts, rien ne permettait d'établir un doute sur les activités réelles de Charlie Fourther, jusqu'à ce qu'un beau matin, un fourgon de transport de fonds se présenta devant la banque et qu'au même moment, le caissier principal appela le Directeur :

— Bonjour Mr Fourther. Nous avons une valise qui vient d'arriver pour vous par notre convoyeur, envoyée par John Rockwell de la Globexum.

— Je l'attendais, j'arrive tout de suite, merci ! répondit aussitôt Charlie, qui quitta la salle des marchés et se rendit près du caissier pour prendre possession de ladite valise.

Ce que les agents fédéraux ne pouvaient pas voir ni entendre, c'est ce qu'il fit ensuite. Il compta le contenu de la valise, remit l'intégralité de la somme au caissier et effectua une écriture dans le livre des comptes de la Caisse de la BBC, puis il rejoignit son bureau.

Robert C. Russerl fut aussitôt informé par Jerry Carven qui ignorait que l'argent avait été déposé dans la caisse de la banque et imagina au contraire qu'il avait été versé sur un compte personnel de Charlie Fourther.

— Eh bien cela me paraît clair, Jerry : Mr Fourther, sous le couvert d'activités bancaires, perçoit une rémunération occulte de la Globexum, en remerciement de ses services de sabotage de nos sources d'énergie, pour le plus grand profit de la Globexum. Nous touchons au but. Que donne l'examen de ses comptes personnels ?

— Eh bien pour l'instant nous n'avons accès qu'à son compte courant, mais on a déjà des transferts massifs vers des comptes offshores ou depuis des comptes offshores. Nous avons une ligne à 85 M$!

— Ça dépasse de loin les revenus d'un Directeur de banque, même bien payé ! Pensez-vous en avoir assez pour l'arrêter ?

— Oui !

— Alors allez-y !

— Bien Monsieur, je déclenche ça tout de suite !

Le soir même, deux agents se présentèrent au domicile de l'infortuné et pourtant riche, suspect :

— FBI ! Vous êtes bien Charlie Fourther ?

— Oui, que voulez-vous ?

— Tournez-vous face au mur, mains dans le dos, jambes écartées ! ordonna laconiquement le sergent.

En bon américain, Charlie savait qu'il devait s'exécuter faute d'aggraver son cas. Il fut menotté pendant que le second sergent lui lut ses droits :

— Au nom de la loi je vous arrête. Vous avez le droit de garder le silence. Si vous renoncez à ce droit, tout ce que vous direz pourra être et sera utilisé contre vous devant une cour de justice. Vous avez le droit à un avocat et d'avoir un avocat présent lors de l'interrogatoire. Si vous n'en avez pas les moyens, un avocat vous sera fourni gratuitement. Durant chaque interrogatoire, vous pourrez décider à n'importe quel moment d'exercer ces droits, de ne répondre à aucune question ou de ne faire aucune déposition.

L'étonnement affecté par Charlie Fourther lorsque que le fonctionnaire le retourna, ne surprit pas le moins du monde les deux policiers.

— Mais à quel sujet suis-je arrêté par le FBI ? demanda simplement Charlie s'en s'émouvoir particulièrement.

— Veuillez nous suivre sans résistance, vous aurez une réponse à toutes vos questions dans nos bureaux.

C'est ainsi qu'avec une courtoisie qui ne masquait pas une grande brusquerie, Charlie Fourther se fit embarquer pour un interrogatoire dont il ignorait le motif mais qu'il redoutait, sans trop savoir pourquoi. Quand un tel assommoir répressif s'abat sur un homme, même le plus honnête sent monter la terrifiante angoisse d'un crime effroyable, commis à son insu, à un moment de sa vie. Durant son trajet dans la Chevrolet qui l'emmenait au 2111 W. Roosevelt Road, ses accompagnateurs se montrèrent fort peu loquaces, ce qui ne l'incita pas à espérer que cette entrevue resterait banale. Il fouillait désespérément sa mémoire, à la recherche d'un évènement répréhensible, au point de déclencher la lecture de ses droits par des policiers sans amabilité. Plus son esprit tournait à vide, plus son pouls accélérait la cadence. Il transpirait. Un des policiers ouvrit les vitres de la voiture.

Quand il se retrouva seul dans une pièce équipée d'une simple table et de deux chaises en vis-à-vis, on lui retira ses menottes. La pièce était lugubre, sans autre décor qu'un tableau d'affichage sur lequel étaient punaisés des feuillets reprenant des articles de loi, le règlement intérieur, les droits des prisonniers et l'organigramme succinct du bureau, mais avec les photos des agents, du moins, des responsables. Une baie vitrée donnait sur la ville mais malgré la hauteur de plusieurs dizaines de mètres au-dessus du sol où elle se trouvait, on avait cru bon de la doter d'une grille d'apparence très solide. Charlie en tressaillit d'effroi. En face, une autre baie vitrée donnait sur le couloir, mais elle avait été rendue opaque.

Sans tain, vraisemblablement !

Sur la table, un téléphone et de quoi écrire mais pas d'ordinateur. Heureusement, il se passa assez peu de temps avant que la porte ne s'ouvrit et qu'un inspecteur n'entra.

— Je suis l'inspecteur Khaler et je voudrais vous entendre sur les attentats aux sources d'énergie !

Là, Charlie écarquilla les yeux, il redoutait certaines questions mais vraiment pas celle-là. Il ne put répondre immédiatement.

— …Je ne comprends pas en quoi je peux intéresser le FBI à ce sujet… inspecteur ! poursuivit-il, après avoir hésité un instant sur le titre à utiliser, tant il était peu familier des procédures policières.

L'inspecteur était un homme grand, mince et même sec. Malgré son âge jeune, que Charlie situa en-dessous de 40 ans, il était chauve. Ses joues creuses et son regard noir et inexpressif faisait de lui un homme froid et antipathique. Mais au-delà de cette désavantageuse apparence, Jimmy Kahler était un homme qui doutait de tout et c'était bien pour cette habitude qu'on l'avait incité à entrer dans la carrière d'inspecteur alors qu'il se destinait à la comptabilité.

Il observait Charlie avec attention. L'hésitation qu'il avait montrée pour répondre à sa première question lui faisait penser qu'il mentait. Un véritable innocent aurait plutôt sur-réagi, selon lui. C'était un jugement purement arbitraire et même douteux, mais il n'en était pas conscient. Il savait qu'il allait devoir passer plusieurs heures avec cet homme qu'il rencontrait pour la première fois, il savait que c'était un faux citoyen ordinaire et qu'il devrait user de patience et de ruse pour obtenir les aveux, le point ultime de sa mission. Pour l'instant, il cherchait les faiblesses du suspect, dont le dossier qu'il avait consulté en faisait un coupable à coup sûr ; la présomption d'innocence était une lourde contrainte à respecter pour lui, car malgré ses doutes, Jimmy Khaler n'échappait pas à la règle qui prévalait dans sa corporation : il valait mieux un innocent en prison qu'un coupable en liberté.

Charlie, scruté avec tant d'insistance, reprit la parole pour rompre sa gêne :

— Que diable puis-je vous dire à ce sujet ? Je n'ai pas d'autres informations que ce qu'on entend ou voit dans la presse…

Bien sûr, je ne suis au courant de rien, je suis blanc comme neige… Sors un peu tes preuves, si tu veux qu'on discute. Vais-je le placer en cellule avec cette terreur de CokeJoe ou pas ?

— Allons Monsieur Fourther ! J'espère que vous allez vous montrer raisonnable avec nous. Je vais vous mettre sur la voie. Pourquoi vous entretenir avec Madame Jeifferson des possibilités d'insertion de surions dans le pétrole ?

Charlie Fourther resta interdit. Un doute surgit dans son esprit.

— Il est probable que vous fassiez erreur sur la personne… J'exige un avocat !

— C'est votre droit ! Vous en avez un je présume ?

— Geoffrey Folken du cabinet Folken & Schumell !

— Félicitations !

— C'est celui de la BBC, je n'ai pas les moyens personnels de m'offrir une telle pointure, inspecteur.

— Donnez-moi son numéro, je vais le composer.

Le téléphone qui se trouvait dans la salle d'interrogatoire n'était pas à la disposition des personnes interrogées, Jimmy devait composer un code pour accéder au réseau public.

— Je ne connais pas son numéro, mais je peux l'avoir par ma banque.

— Vous ne connaissez pas le numéro de votre avocat ?

— Je n'ai encore jamais eu à l'appeler personnellement…

Cette réplique déclencha une alerte de doute chez Jimmy.

Il faudrait qu'il soit très expérimenté des interrogatoires pour inventer cette méconnaissance, or ce n'est pas son cas puisqu'il est établi qu'il n'est jamais passé dans nos mains.

Cela perturba Jimmy Khaler, cette méconnaissance ne collait pas avec le super-terroriste qu'il était, selon toute vraisemblance par ailleurs.

Vous venez d'éviter la cellule de CokeJoe, Mr Fourther !

Il ne montra rien de son trouble et obtint le numéro par les renseignements. Une assistante reçut l'appel :

— Déborah du cabinet Folken & Schumell, que puis-je pour vous ?

— Inspecteur Jimmy Khaler du FBI de Chicago, je vous passe Mr Fourther, un de vos clients.

— Bonjour. Je suis Charlie Fourther Directeur du trading à la BBC. Je viens d'être arrêté par le FBI et je souhaite bénéficier des conseils de Geoffrey Folken.

L'assistante connaissait la BBC et savait ce qu'un tel appel signifiait, Charlie fut rapidement mis en ligne avec l'avocat et exposa son affaire. Rendez-vous fut pris pour le lendemain matin.

En attendant, Charlie Fourther allait passer la première nuit de sa vie en prison, plus exactement, dans l'une des cellules de préventive du FBI. Elles se trouvaient au dernier étage de l'immeuble, c'est-à-dire là où on a tendance à cramer l'été et à se geler l'hiver, car il faut être précautionneux avec l'argent du contribuable et ne pas accorder un confort excessif aux résidus de la société. Au passage, Charlie fut gratifié d'un beau costume orange après un passage en douche, ce qui constitua un soulagement pour les matons chargés de mener l'opération. Comme l'avait généreusement décidé Jimmy Khaler, Charlie ne fut pas placé dans la même cellule que CokeJoe.

CokeJoe était une montagne de muscles et de graisse qui dépassait de loin le quintal et qui avait la charmante particularité de démolir tout ce qui était à sa portée lorsqu'il se réveillait en manque de came. On l'utilisait parfois pour aider les détenus récalcitrants à soulager leur conscience. Le surveillant porte-clés qui avait reçu la consigne de l'inspecteur, expliqua à Charlie, en le faisant parvenir jusqu'à sa cellule :

— Vous avez de la chance de ne pas être dans la même cellule que lui. À son réveil, il aurait pensé que c'était vous qui lui aviez fauché sa poudre, alors le temps que les renforts arrivent et que nous intervenions, il vous aurait fait des trucs moches. La dernière fois, la victime s'est fait énucléer un œil et quelques dents de devant. Après ça, il était très motivé pour nous raconter sa vie en long et en large et ça nous a bien plu, l'inspecteur était content. En échange, on lui a offert les prothèses dont il était dans le besoin.

D'ordinaire, Charlie Fourther n'était pas un homme qui avait la blague facile mais en ce moment, il ressentait en plus une lourde vague de dépression qui l'enveloppait et le serrait comme un drap humide et froid.

Aux anecdotes de circonstance du porte-clés, s'ajoutait le sinistre décor d'un endroit sans couleur, mais avec de fortes odeurs, presqu'humaines. Les cellules étaient en fait une succession de grilles aux barreaux dissuasifs, qui délimitaient une douzaine de surfaces de 3 mètres sur 3, réparties de part et d'autre d'un couloir central. Le long du mur, une planche servait de table, de lit et de chaise et à côté, une cuvette de WC qui faisait aussi usage de lavabo. Aucune cloison, aucune intimité. Pas de fenêtre non plus, la lumière était diffusée en permanence par une rangée de tubes au néon.

Au moment où Charlie entra dans les lieux, CokeJoe dormait. À côté de sa cellule, un autre prisonnier faisait les cents pas. Il avait l'air complètement pénétré par son activité, comme s'il faisait des calculs mentaux. Un peu plus loin, un autre individu observait l'entrée de Charlie Fourther.

Une fois sa cellule atteinte, le surveillant le poussa à l'intérieur et referma la porte à clé.

Charlie avait de la chance, il n'avait pas de voisin direct, mais ce faible avantage ne venait pas combler sa tristesse. Il se sentait plonger dans l'anéantissement le plus total et rien ne semblait pouvoir freiner sa chute. Il ne parvenait même pas à rassembler ses idées pour comprendre ce qu'il lui arrivait ou comment organiser sa défense. Il avait peur. Il était terrifié car il y avait bien sûr des pratiques occultes à la BBC, qui avaient peut-être été découvertes, mais il ne comprenait pas l'allusion de l'inspecteur qui résonnait encore dans sa tête :

Pourquoi vous entretenir avec Madame Jeifferson des possibilités d'insertion de surions dans le pétrole ?

Pourquoi l'inspecteur Khaler lui parlait-il de cette histoire incompréhensible ?

Un bruit de clé le sortit de sa sombre léthargie, on amenait les plateaux repas. Ils furent glissés sous les portes, à un endroit un peu plus relevé. Du coup CokeJoe se réveilla. Il avait l'œil mauvais. Il aperçut Charlie. Il cracha dans sa direction, puis prit son plateau et se mit à manger avec les doigts.

Charlie prit son plateau et lui tourna le dos. Il posa le plateau sur le bat-flanc et regarda ce qu'il contenait. Il n'avait pas faim. L'envie de pleurer le gagna.

La nuit la plus pénible de sa vie se déroula sans sommeil, ponctuée pour les éructations buccales ou anales des prisonniers et les chasses d'eau.

Le lendemain matin, il dut encore attendre pour son rendez-vous. Enfin un porte-clés vint le chercher et l'emmena dans la pièce où il avait été interrogé la veille, Geoffrey Folken était là, seul.

— Bonjour Mr Fourther !

— Bonjour Mr Folken et merci d'être venu si vite.

— Cela fait partie de mon métier. J'ai discuté avec Jimmy Khaler et j'ai pu consulter votre dossier. Vous êtes accusé de terrorisme contre les centrales nucléaires et les puits de pétrole. Toutes les pièces que j'ai pu voir sont régulières et vous accablent. Nous seulement vous avez eu une conversation explicite à ce sujet mais on a découvert des opérations anormales sur votre compte bancaire.

— Mais c'est faux… Je ne connais pas cette Jeifferson… En revanche, oui, il y a des opérations spéciales qui sont opérées par la BBC et qui transitent par mon compte, mais c'est pour de seules raisons de discrétion, cela n'a rien à voir avec du terrorisme ! s'exclama Charlie Fourther.

— Expliquez-moi ça, je vous prie.

Charlie commença à se décomposer. Il comprenait maintenant pourquoi il était là. L'histoire des surions était un prétexte pour lui faire avouer le système de blanchiment mis au point entre la Globexum et la BBC. Car pour tout dire, il y avait bien une entourloupe derrière ces mouvements de fonds. Du côté de la Globexum tout était clair : il y avait un déblocage de fonds en bonne et due forme, pour les dividendes régulièrement acquis à son actionnaire. Rien à dire. Du côté de la BBC, cela était aussi transparent, dans un premier temps tout du moins. Des fonds arrivaient, ils étaient bien inscrits dans le livre de caisse, mais sans leur provenance ni leur motif et ils étaient gelés au coffre le temps de la prescription fiscale de 3 ans. Naturellement, les dividendes étaient déclarés au fisc et en cas de contrôle avant la fin de la prescription, il suffisait de rajouter les mentions manquantes dans le livre de caisse, juste avant le passage des contrôleurs. L'opération était indolore. Faute de contrôle fiscal, c'est-à-dire dans 95 % des cas, les mentions manquantes ajoutées, n'étaient plus celles de la Globexum mais celles d'une banque située dans un pays ensoleillé qui échappe au contrôle américain, un vrai paradis en somme. Dès lors les sommes étaient libres d'être utilisées en toute impunité à des fins illégales de corruption ou de dessous de table lors d'une transaction. Ce n'était généralement pas la BBC qui procédait ainsi pour son propre compte, c'était le plus souvent pour un client de la banque et comme c'était un précieux service qu'elle lui rendait ainsi, elle lui facturait une commission arrière pour rétribution de la facilité accordée. Le montant de cette commission, couvrait largement les frais initialement engagés pour payer l'impôt, sur ce qui était à l'origine de respectables et honnêtes dividendes. Pour parachever l'embrouille, on faisait transiter les sommes via un compte extérieur à la banque, celui de Charlie en l'occurrence. Banquier, c'est un métier !

— Et pour l'écoute téléphonique ? poursuivit l'avocat.

— C'est là que je ne comprends plus rien. Je ne connais pas de Madame Jeifferson et je n'ai jamais parlé de surions à quiconque et par quelque moyen que ce soit…

— Alors je pense que nous devrions obtenir votre élargissement. Il faut demander un complément d'enquête sur les écoutes téléphoniques et expliquer vos techniques financières. Vous n'avez rien à craindre, ce n'est pas cela qu'ils recherchent. Les petits arrangements entre amis ne sont rien face au séisme qui secoue le monde actuellement avec les attentats aux sources d'énergie.

— Vraiment ?

— Oui et je vous propose de vous assister pour expliquer tout ça à l'inspecteur.

Peu après, Jimmy Khaler rejoignit le prévenu et son avocat dans la salle où ils se trouvaient et Charlie Fourther répéta son explication.

— Ainsi, l'argent que vous avez reçu de John Rockwell de la Globexum n'est pas non plus la juste rétribution de vos services selon vous ?

— C'est très facile à vérifier. Une perquisition dans notre

livre de caisse vous montrera que je dis la vérité. Je vous le répète. Je suis directeur à la BBC, mon travail me prend tout mon temps et je gagne suffisamment ma vie pour ne pas avoir recours à des expédients crapuleux. Venez vérifier nos comptes et vous verrez que la transaction de la Globexum est légale et fondée et que le bénéficiaire est la banque et non moi !

En quelques heures, la preuve fut apportée qu'il n'y avait pas de rétribution de Charlie Fourther. Il restait à éclaircir la question de l'écoute téléphonique. Charlie maintenait qu'il y avait erreur sur la personne et demandait à ce que l'on vérifie à la source, l'enregistrement qui avait été réalisé.

Jimmy Khaler n'était pas très sûr que Charlie Fourther mentait. Son doute atavique le reprenait. Son interlocuteur se montrait sans faille et le point des transactions bancaires ayant été éclairci en sa faveur, l'incitait à penser qu'il y avait pour le moins un complément de vérification à faire. D'autant qu'un autre élément venait troubler sa conviction initiale : Charlie Fourther n'avait pas eu d'autres contacts que Madame Jeifferson dans les relevés d'écoutes suspectes, ceux qui avaient été déclenchés à partir des mots-clés. Jimmy Khaler se disait que si Charlie Fourther avait été au centre d'un réseau aussi actif, il y aurait eu d'autres appels avec d'autres correspondants.

— Soit, nous allons retrouver cette écoute pour recouper notre information, consentit l'inspecteur.

La demande fut formulée à Jerry Carven et il ne fallut pas longtemps au Directeur du renseignement pour s'apercevoir que la conversation prêtée à Charlie Fourther appartenait en réalité à Chi Xao Tan. Jerry était catastrophé. Comment cela avait-il pu se produire ? Il se remémora les circonstances et se souvint qu'il revenait de congé lorsque le Sphinx lui avait appris la nouvelle. Cela n'avait éveillé aucune question chez lui, car ses quelques jours de vacances, l'avaient complètement coupé du travail de son équipe. Normalement, c'est lui qui aurait dû l'apprendre au patron, après vérification avec son équipe. Mais en son absence, l'information était remontée directement, ce qui n'était pas habituel. Certes, mais cela n'expliquait pas pourquoi les interlocuteurs avaient été permutés… Il demanda à être reçu par Robert C. Russerl.

— Robert, nous sommes devant un problème. La conversation qui accusait Charlie Fourther ne lui correspond pas, c'est celle de Chi Xao Tan comme tant d'autres d'ailleurs. J'étais en congé lorsqu'on vous l'a transmise. Mais qui vous l'a donnée précisément ?

— Eh bien mon assistante, Lisa Roestemberg !

Robert et Jerry s'observèrent incrédules. On fit venir Lisa dans le bureau du patron.

— Lisa. Pouvez-vous m'expliquer pourquoi un fichier d'écoute qui vous parvient avec le nom de Chi Xao Tan, ressort par vos soins et à mon attention, sous le nom de Charlie Fourther ? questionna Russerl

Lisa Roestemberg était prise, mais elle ne s'effondra pas :

— Charlie Fourther est le demi-frère de Joss Sullivan…

— Qui est Joss Sullivan ? demanda Jerry qui cherchait en vain à recoller les morceaux.

— Jerry, je vous expliquerai plus tard. Pour le moment, transmettez l'information à Chicago et qu'on libère Charlie Fourther avec nos plus plates excuses, intervint le Sphinx.

Sans comprendre, Jerry s'exécuta, Robert C. Russerl se retrouva seul avec Lisa Roestemberg.

— -Vous vous rendez compte que vous avez failli envoyer

un innocent à la prison à vie et encore heureux que l'Illinois ait aboli la peine de mort en 2011, et tout ça parce que c'est le demi-frère de votre agresseur d'il y a plus de vingt ans ?

— Je suis désolée, Monsieur, vous ne pouvez pas comprendre ma blessure, je vous présente ma démission sine die.

— Je ne peux que l'accepter ! conclut sans joie le patron du FBI.

Plus tard, Robert C. Russerl informa Jerry Carven de ce stupéfiant concours de circonstances. Non seulement, la piste de Charlie Fourther était bidon, mais pour ce qui était de Chi Xao Tan et des autres responsables de la Globexum sur qui pesaient toujours des soupçons, le Sphinx annonça au Directeur du renseignement qu'on devait passer la main à la CIA et qu'il s'en chargerait lui-même. Fin de la partie.

Francis de la Moulière avait marqué un beau point, mais l'échec du FBI, les questions sans réponses qui se posaient toujours à l'inventeur du translaser et des surions et la crise énergétique qui continuait à s'étendre, n'auguraient pas d'un avenir joyeux dans le monde. Bien sûr, çà et là, des gens pouvaient encore trouver des ressources pour survivre. Mais qu'allait-il devenir de l'humanité quand les forces de maintien de l'ordre seraient rendues inopérantes ?

Cette perspective cataclysmique n'était pourtant pas partagée par ceux qui savaient que Marc Leterrier et Fao Fournier avait découvert une époque de notre civilisation qui s'était affranchie de la menace présente. Ils étaient cinq : Katia van Oberhaus, Chi Xao Tan, Mathias Kroble, Chu Da et Maxime Lagrange. Cinq personnes à être persuadées que l'humanité allait trouver une issue et que la planète redeviendrait de nouveau vivable. Mais pas plus que les meilleurs cerveaux des services secrets de ce monde, aucun d'eux ne savait comment s'y prendre pour mettre fin à ces actes de sabotage, à commencer par le Professeur Chi Xao Tan. Au moins pouvait-il compter sur un entourage attentif et bienveillant, sans lequel il aurait sans doute sombré dans un profond abattement.

Fin

 « Du foin dans le Bousquet », « Le temps d'un espace » et « Chaos mondial » font partie d'une épopée de la série « Électrons glamour et jupons libres » qui se poursuit dans « Échec et dix de der »

Sommaire

www.ingramcontent.com/pod-product-compliance
Lightning Source LLC
LaVergne TN
LVHW091700190726
843493LV00001B/86